新しい韓国の文学 05

都市は何によってできているのか

パク・ソンウォン著

吉川凪＝訳

もくじ

The『都市は何によってできているのか』is published under
the support of Korea Literature Translation Institute, Seoul.

キャンピングカーに乗ってウランバートルまで

川の水は確かに老いていた。台風に伴う大雨で川の水が濁ったせいか、川の水は確かに老いているように見えた。川岸には根っこまで腐ってしまった葦が雨にへし折られて倒れていたし、そのうえ川風に乗っていやな匂いまで漂ってきた。折れた木の枝や捨てられたビニール、生活ゴミが水を覆っている様子は、テレビで見た高脂血症患者の血管に似ていた。姉の言うように、僕たちは足止めを喰らってしまった。姉は、四十年ぶりの大雨だと言った。大雨は線路をのみこみ、道路の一部をむしり取った。また、堤防のあちこちには大人の背丈ほどの穴が開いたというが、一晩中部屋の中にこもっていた姉がどこでその話を聞いたのか、僕としては知る由もない。しかし確かなのは、姉の言葉通り、足止めを喰らってしまったという事実だ。

父は三万冊余りの本を遺して亡くなった。父は死ぬ数年前、三万冊余りの本を持って黄龍江《ファンニョンガン》*1近くの小さな村に引っ越した。意外だった。僕は、父がモンゴルに行くのだとばかり思っていた。父はモンゴルでの遊牧民の生活を夢見ていたから。砂漠を歩けば一日もたたないうちに、自分の歩いてきた足跡が跡形もなく消えるんだぞ。それが砂嵐のせいであれ風化作用の結果であれ、足跡は常に消える。振り返って見ればな。後に残るのは風紋だけだ。父はそう言っていた。振り返れば足跡が消える遊牧民の暮らし。父がモンゴルを好きな理由は、そんなところにあった。いつだったか、父はＮＡＳＡの宇宙船が火星の軌道を回りながら撮った写真を僕に見せて、言った。

――これが火星にある大峡谷なんだとさ。見ろよ。火星もたかだか、ゴビ砂漠ぐらいのものじゃないか。

ゴビ砂漠を見たことがない僕は、それが砂漠なのか火星なのか区別がつかなかった。僕には砂漠でも火星でもない、ただの捨てられた土の山のようにしか見えなかったが、父の目にはすべてが砂漠に見えるようだった。父は酒を飲んだり、本を読んだり、一人で空想にふけったりしていた。父は時間の外部に生きる人間だった。彼の言葉によれば、人は誰でも時間の中に住んでいるのだそうだ。出勤時間、会議時間、約束時間、開始時間、ひいては薬をのむ時間まで、人々は時間を守って暮らしており、時間の内部に留まっているからこそ、暮らすことができるというのだ。父が言うには、時間の外部に出ることは、事実上、死に等しい。生産も時間によって計算されるし、効率というのもすなわち時間だ。すべてが時間の闘いなのだ。人は誰しも時間の中に留まっており、時間の外部に出る人のことなど誰も気にかけてくれない。また、時間の外に出ることを認めもしない。なぜなら、時間がつくり出す体制や制度自体が脅かされるので、時間の外に出ることは絶対に容認されないというのだ。だから人は法律を破ることはできても、時間の境界を抜けることはしないのだそうだ。

法律は変わっても、時間は絶対に変わらん。時間のために法が変わり制度が変わるのであって、人のために時間が変わることはない。ところで時間は誰がつくったんだ？　空を飛ぶ鳥か。それでなきゃ、ほら穴に住む兎がつくったとでもいうのか。人は自ら進んで、自分達がつくったものの奴隷になってるんだ。ときどき、時間の中から追放される人がいるが、彼らは再び時間の中に入るために、すなわち他の人たちと時計の時間をぴったり合わせるために必死にあがく。ごくまれには、時間の中にいた人が、自分の足で歩いて出て行く場合もあるけどな。父はそう言ってから、僕に尋ねた。

——時間の中に住んでいたのに、自ら歩いて出ていった人を何と呼ぶか、知ってるか？

父はビールを飲んでゲップをした。他の人たちと同じように暮らせばいいのに、どうしてまっとうな時間から離脱したりするのか。それは狂人ではないか。少なくとも僕はそう思った。

——そういうのをキチガイってんじゃないの。

——キチガイだと。ほんとうに頭がおかしいのは、つくられたものに飼い馴らされてしまった人間だ。何かを見るとき、どうして我々は目に見える対象だけを見るのか？　なぜ対象を見ている自分の目についてては考えないのかってことだ。対象を見る自分の目が間違っているかも知れないのにな。高い金を出して火星を見ようとするくせに、自分の目を見ることは、できないものだ。少なくとも俺はそう思う。

父は手酌でビールを飲んだ。

――つくられた時間の中で飼い馴らされずに飛び出した人間は、狂人ではない。彼らこそ遊牧民だ。

父は再び長いゲップをした。遊牧民。なかなか洒落た言葉に思えた。

――時間の内部ではすべてのものが根を下ろすから、時間を抜け出しては生きてゆけなくなる。時間の中に根を下ろすということは、気楽な奴隷になるということだ。あまりにも楽なために、自分が奴隷であることすら気づかない奴隷だ。だけど、ほんとうの遊牧民には根がない。

しかし、父は口先だけだった。父はいつも家にいた。居間の床に腹ばいになっている老いた猫のごとく。そんな父がようやく向かったのは、モンゴルでも砂漠でもない、ごく小さな村だ。父が引っ越したと聞いた時、行き先は少なくともモンゴルに似た場所なのだろうと思った。ところが姉が言うには、そこは砂漠どころか、ペンションと遊興施設がところどころにあるだけの、安っぽい観光地だった。父は釣り人相手の民宿と、その村に似つかわしくないブックカフェを経営していた。それでも未練が残っているのか、カフェの名を、モンゴルの首都から取って「ウランバートル」とした。

姉と僕は誕生日が四日しか違わない。そんな姉を姉と呼んでよいものかどうか、僕は昔から何とも判断がつきかねている。早い話が、僕は父の隠し子だ。それも本妻と同じ時期に妊娠させたというから、その手際の良さには舌を巻く。父はたぶん、当時から遊牧民気質を持っていたのだろう。僕が子供の頃、お父さんはどこにいるのかと母に聞くと、母はしばらくためらってから「ほら、あの、アメリカ合衆国」と言った。米国でもアメリカでもない、アメリカ合衆国とは、なんとまあ、教科書的な答えであることか。僕は、へえ、とうなずいた後に、自分の部屋で笑い転げた。アメリカ合衆国とは、あまりにも模範的な解答ではないか。私生児に与えるには、ふさわしい正解。

僕は、父がアメリカではなく監獄にいるのだろうと考えた。アメリカよりも監獄の方が、なんとなく似合うような気がしたのだ。僕は自分のでっち上げた嘘を、それとなく自慢した。無期懲役だってさ。僕は重大な秘密を打ち明けるがごとく、友達に話し始めた。それなのに、初めて会った父はスパイでも殺人者でも政治犯でもなく、遊牧民を夢見る哀れな男だった。

　僕が十八の時、母は事故に遭った。定期的に登山サークルに参加していた母は、早朝登山の途中に転落死した。最後の登山に出かける前日、母は、その前の晩に見た夢の話をしてくれた。*2シマク山の奇岩峰の横で、色とりどりの晴れ着を着た童子たちが互いに年齢自慢をしていたという。自分の方が何百歳年長だと言い争っているうちに、ある童子の姿がだんだん根と茎のある*3山参《サンサム》に変わっていった。そして、三百年長く生きていると言っていた童子が山参を抱いて、嬉しそうに踊ったのだそうだ。母は夢の話をする時、幸福に満たされていた。翌日、母は登山の予定地であった*4周王山《チュワンサン》には行かず、単独で奇岩峰に向かったけれども、数百年ものの山参を持って帰ることはなかった。母は奇岩峰の絶壁の下で、大腿部が脱臼し、鎖骨が砕けた状態で発見された。直接的な死因は、折れた骨が心臓を貫通したことである。ともあれ僕は母が亡くなってから一年間、父の家で暮らした。

　一年余り過ごしている間に姉と僕が顔を合わせた回数は、僕が居間の時計を見た回数よりも少ない。父の家で僕が気後れし始めたのは、父が座っている椅子の後ろに、城郭よりも頑丈に積み上げられていた本の山のせいだ。僕は時折、父が読んでいた本を手に取ってみたものの、ぎっしり詰まった文字が、まるで死刑台に引っ張られてゆく囚人たちの行列のように見えて、二、三度めくっては元に戻した。父は読書を勧めたが、僕は文字を見るたびに死刑囚の行列が思い浮かんで、ろくに頭に入らなかった。小さい頃から僕が想像していた全身傷だらけの父親像は、僕が父の家に住み始めて数日後に消え、新たに脳裏に浮かんだ父の姿は、同時に妊娠した二人の女の間を右往左往する、チャーリー・チャップリンみたいに滑稽な姿だった。いや、この表現は好意的に過ぎる。父はただ、貧しい敗北者に過ぎなかった。

そんな父が亡くなった。僕に本だけを遺して。姉には家と「ウランバートル」という名の、カフェを兼ねた民宿を遺した。僕は彼らと一年間一緒に生活し、高校卒業と同時に父の家を出た。その後、チモールでは内戦が勃発し、ダウ・ジョーンズ指数は二〇〇・八五ポイント上がり、ヨーロッパには右派政権が続けて成立し、南米の中部地域では大きな山火事と地震と山崩れが続き、南極のオゾン層の穴は二メートル以上広がり、クローン動物が数多く生み出され、あまりにも頻繁に起こるため今ではもう異常気象とは思えない異常気象がアメリカ北東部地域を襲い、ＤＲＡＭのギガバイトは増え、父の言うように、人々は時間の中で少しずつ幸福になり、その分だけいっそう馬鹿になっていった。僕？　僕は主に工事現場をぶらぶらした後、みっともなくも数年前から美術なんぞを始めたのだけれど、これは皆さんだけにこっそり教える秘密だ。周りの人たちには、とても言い出せなかった。僕が美術を始めるようになったきっかけは、女だった。彼女は、父の言うところの遊牧民をちゃんと理解できる人だったから、父に会ったら意気投合していたかも知れない。彼女は僕に、モナリザがなぜ駄作なのか、人はどうして駄作に熱狂するのか、時間が駄作をどういう手口で傑作に化けさせるのか、そしてなぜ人は、つまらない物に熱狂するよう飼い馴らされているのかを教えてくれた。しかし文字を教えこんでも意味まですべて理解する訳ではないのと同じく、僕は彼女の言うことをじゅうぶん理解できなかった。それでも僕は彼女が好きだった。攻撃的な性格が好きだった。激しい攻撃と、その勢いが良かった。

だから僕は彼女を慕ったが、彼女は出て行った。出て行く時に彼女は、僕たちは似過ぎていて良くない、二人のうちどちらか一人は安定しているべきだと言った。僕とは遊牧民らしい別れ方をしたけれど、聞くところによれば、結局は彼女も良い土地に巡り合って定着民になったそうだ。今頃は高級腕時計をつけているかもしれない。

——お父さんが亡くなったわ。

数日前、姉から電話をもらったのは、梅雨入りを知らせる雨が降り出した日の明け方だった。姉は湿った空気よりも柔らかな声で言った。受話器ですらじっとりしていて、壁からは湿っぽい匂いがしていた。

その声は電話線を伝って遠くから響き、父の死を知らせる姉の言葉は、まるで遠い空に浮かぶ入道雲のようだった。目には見えても、手でつかむことのできない入道雲。

その頃、僕の状況は最悪だった。同棲していた彼女が出て行き、暮らしは破綻していて、二日酔いの朝に食べるインスタントラーメンですら、何か売って金をつくらなければ買えない有様だった。

――こっちに来るでしょう?

行かざるを得なかった。

父の葬式はお粗末だった。父方のまたいとこに当たるおばさんが来て、酒を飲んで哭《こく》*5をした以外には、特に大きな声も聞こえなかった。村の繁栄会の会員たちだけが夜に訪れて花札をした。姉の化粧っけのない顔が喪服によく似合っていた。姉は皿に豚肉を盛り、僕は酒を注いだ。豚の脂で、姉が歩くたびにスカートの裾が恥じらうようにてらてら光った。葬式をしている間に、僕が一番たくさん見たのは焼酎のグラスだった。焼酎のグラスは蛍光灯の光を反射して、生気がまったく感じられないほど無感覚に見えた。知っている人がいないのは姉も同じらしく、彼女はずっと、冷えた豚肉の横に座っていた。花札をしていた繁栄会の人たちが帰って行き、酒をしこたま飲んだまたいとこのおばさんが眠り込んでしまうと、まさにお通夜らしい、しめやかな雰囲気になった。僕はすっかり冷めてしまった豚肉を箸で何度もつつき返し、焼酎で死ぬんじゃないかと思うほど、自分でどくどく注ぎながら葬式の間じゅう一人で飲んでいた。

梅雨どきなので葬式の間はずっと雨が続いたけれど、棺を墓穴に下ろす時までは、たいした雨ではなかった。雨脚は蜘蛛の糸よりも細く、まるでひそひそ話のように静かに降っていた。酔いの覚めたおばさんはそんな雨を見ながら、物悲しいのはお誂《あつら》え向きだと言って、降る雨に陶酔していた。姉は、棺の中に父の日記帳を入れてくれと頼んだ。姉によると、父は臨終の瞬間まで、いくつもの日記帳を抱きしめていたのだそうだ。姉が棺に入れてくれという父の日記帳は、遊牧民らしく、まちまちであった。父は酒を飲んだり、本を読んだり、一人で妄想にふけっていたりする時も、突然何かを書きつけることがよくあった。ダイアリーや手帳がなければチラシの隅っこに書いたりもしていたが、姉が持ってきた日記帳は、日記というより、ほとんど紙くず同然だった。父と一緒に紙の束を棺に納めれば、父の願い通り、歩いてきた足跡が跡形もなく消えるのだろうか。僕にはわからなかったし、それを確かめる術もなかった。しかし葬儀屋と人夫たちは難色を示した。棺を再び開ければ、墓に納める時間や次の葬式の時間がずれてしまうということだった。何しろ桐の木は堅くて、いったん釘を打ちつけてしまうと板を割らない限り開けられないのだ、とも付け加えた。それでも姉は頑強に言い張った。姉がチップをやると人夫は、ばらばらにしない限り開けられないと言っていた桐の棺を、手品のように、いとも簡単に開けた。僕はその時、死んだ父の顔を初めて見た。遅れて到着したために、死体を清めて死装束《しにしょうぞく》を着せる時も、父の顔を見ることができなかったのだ。死んだ父の顔はのっぺりしていて、鼻に詰めた綿だけがはっきり見えた。いっそのこと車にはねられて死んだ道端の猫みたいだったなら、ひどく可哀そうに思えもしたのだろうが、傷一つなく物体のように穏やかな父の顔は、ただ固いだけだった。ひょっとすると、それは一年分の感情なのかも知れない。父と共に過ごした一年。僕としては一年分以上の感情を持つことは難しかった。棺の隙間に入れてあったちり紙やおがくずをつかみ出し、そこに父の日記帳とダイアリーを入れた。葬祭ディレクターだという人物に時間がないと急き立てられつつ、葬式はそんなふうにして終わった。

葬礼がすべて終わってしまうと、おばさんはもう酒を飲んで哭をすることができないのが物足りないのか、手持無沙汰な様子だった。姉はおばさんに、交通費にいくらか上乗せした金額を渡し、遠くから来てくれたことに対するお礼だと言った。おばさんは受け取ろうとしなかったが、肌着の中に金をしまう段になると、顔がゆるみっぱなしだ。まるで、また葬式があれば、きっと呼んでほしいとでもいうような様子だった。繁栄会の会員たちは、花札に勝った人は他の人たちに分け前を少しずつあげるべきだなどと午後まで言い争っていたが、僕の見たところ、彼ら全員がただ楽しんでいるという印象しか受けなかった。独り姉だけが、蒼白な顔で誰もいない家に倒れ込んだ。

僕は葬式がすんだら、まっすぐ帰りたかったが、帰れなかった。まずは、僕に遺されたあの膨大な書籍をどう始末すべきかが問題だった。大都市にある古本屋の何軒かに電話をすると、売れそうな本以外は重さで計算するほかはないと言われた。

――じゃあ、キロ当たりいくらになりますか。

電話線を伝って聞こえた答えは、あきれたことに一キロ当たり百ウォンだった。

僕が、三万冊余りだとどれぐらいになるだろうかと再び聞いた時、男は面倒臭そうに、三百五十万ウォン[*6]までは出せると言った。しかし地方なら運送費は別に貰わないといけない、と付け加えることも忘れなかった。僕にとって父親とは、せいぜい三百五十万ウォン分の人生を生きた人ということだ。それもそのはず、父は金を貯めることには消極的だった。父の言葉によると、ある人が百万ウォンを貯めるということは、実は百人から一万ウォンずつ脅し取るのと同じことなのだそうだ。

――なあ、金は天下の回りものじゃないか。考えてもみろ。誰かから貰わない限り、金はできないんだぞ。お札は無限に印刷されるわけじゃないだろう。

――学校ではそんなふうに習わなかったけど。

――お前、学校もろくに行かないくせに。

父はその時もビールを飲んでゲップをした。

葬式を終えてから、僕は本を分類する作業に取りかかった。売れそうな本を選ばなければならない。有名作家の本や新品同然の本、そしてベストセラーと実用書を中心に。しかし、きれいな本を選び出すことぐらいしかできなかった。誰が有名作家なのか、またどんな本が売れそうなのか見当がつかなかったのだ。だが、何より僕を悩ませたのは、空間の狭さだ。選んだ本を別の場所に置くというより、すぐ横に移すという程度に過ぎなかった。中庭を使いたかったけれども雨が続いていたから、そうもできない。百冊あまりの本を冷蔵庫の横にちょっと置き、冷蔵庫のドアを開けるために仕方なくトイレの前に移し、トイレに行くにはトイレの前に置いた本を再び冷蔵庫の横に移さなければならなかった。それは城を崩して新たに築くよりも疲れる作業だった。そんなことを一週間も繰り返しながら、僕は梅雨の終わりをひたすら待ち焦がれていた。売れる本を一万冊選び出したとしても、せいぜい千五百万ウォン[*7]にしかならない。しかし梅雨は果てしなく続いた。梅雨はエルニーニョ現象の影響で一カ月間、ずるずると続いた。

——梅雨も今日で終わりのようね。

　姉は窓の外を見ながら言った。夕焼けだった。夕焼けは赤い帯のように長く伸びていたけれど、夕方の空と混じり合わないまま長く横切っているので、まるで孤立しているように見えた。カフェの窓を全面ガラス張りにしたから、外と中の区別がはっきりしない。夕焼けを見たのも、ほとんどひと月ぶりだ。姉は、梅雨が終われば、釣り客がふらりと立ち寄ることもあるだろうと言った。僕はビールを飲みながら[*8]呉貞姫《オジョンヒ》の小説を読み、姉はコーヒーを飲んでいた。ビールのグラスは白い泡が雪のように覆っており、コーヒーの入ったマグカップには湯気がかすかに揺れていた。ラジオでは[*9]デミス・ルソスがすすり泣くように歌っていた。

――売れそうな本を選んで、残りはそのまま置いて行きなさい。

僕がマグカップについた姉の口紅の痕を見ていると、姉が言った。父と暮らしてた姉が、あの膨大な量の本を読んだのかどうかが気になった。

――まだ読んでない本があるの？

――うん。まだね。

――だろうな。読んでないのもあるさ。あんなにたくさんだもの。

僕はビールを飲み、姉はコーヒーをひと口飲んだ。

――遊牧民だなんて。親父はただの、哀れな男だったんだ。

僕は独り言のようにつぶやいた。

——俺が不幸なのは、皆が俺と違う考え方をするからだ。

姉が父の声色《こわいろ》をまねてそう言い返すものだから、僕は噴き出した。突然笑い出したために、ビールの泡が口の周りにくっついた。それは、父がふだんよく言っていた言葉だった。父はいつもそうだった。父は、時間の中に生きる人々は正気を失っている、それは監獄暮らしのようなものだと言った。鉄格子のない、普遍的な監獄。普遍という言葉ぐらい、もっともらしい嘘もない、と。しかし僕は、父が間違っていると思っていた。なぜ普遍が監獄なのか。誰もが楽しむショーが、どうして悪いのだ。便利で身体さえ楽なら、いっそ監獄の方がましではないか。父は、自分が不幸なのは世の中が一方にのみ偏った欠陥社会であるためだと言っていたが、僕の見る限りその不幸は、彼自身の無能に起因していた。

——いっそ幸福な監獄に住みたいな。こんなにうざったいのよりは、幸せな監獄の方が良くない？

僕が聞くと、姉はわからないと答えた。

――ねえ、気づいてる？

僕は口の周りについた泡をぬぐった。

――何に？

姉は、僕の食べていたピーナツをつまんだ。

――僕たちが今日、今までで一番たくさん話をしてるってこと。

話している間、自分でも気づかないうちにゲップが出た。以前、父がしていたように。

――そうかしら？

――うん。

――そう。これからはたくさん話をしましょう。

――そうだね。

姉はピーナツを剥いてコーヒーの中に入れた。ピーナツがコーヒーにぷかぷか浮かんだ。僕はピーナツが沈むことを願ったが、ピーナツは沈まないで、なめらかな身体を回転させながらコーヒーに翻弄されていた。水と油のように混じり合わないその様子は、まるで夕焼けのようだった。夕方の空に、孤立した夕焼け。

――家族とは、思っているほどたいしたものではない。

――何だって？

姉はコーヒー風呂に入れたピーナッツを噛みながら尋ねた。

――親父の本なんだけど、蛍光ペンでラインが引いてあるんだ。「家族とは、思っているほどたいしたものではない」って所に。

――まあ、そうも言えるわね。

――台風が来るって。

今度は姉が話を切り出した。

――何？

――今、ラジオで言ってたわ。台風が来るんだって。

姉はため息をついたけれど、僕はその瞬間再び笑い出した。梅雨が終わってすぐ台風だとは。

台風の来る前の二日間は久しぶりに夏のような天気だったのに、僕は本を整理することができなかった。二日間、本を選んで外に出したとしても、台風が来るなら無駄なような気がしたのだ。予報通り大型台風は二日後に西海岸から上陸してきた。風と雨が尋常ではなく、ドアを閉めても耳が聞こえないほどだった。雨脚はだんだん激しくなり、すぐ前の山ですら、よく見えなかった。山を流してしまいそうなほど大粒の雨だった。僕は窓から離れたところに横たわって眠ろうとした。堅牢な城郭のような本が、天井近くまで積み上げられていた。夕食代わりにビールだけ少し飲んだせいか、寝つけなかった。電話が鳴ったけれど、僕は姉が電話を取るまでそのまま寝ていた。窓が、がたがたと音を立てた。姉の足音が聞こえ、姉が電話を取ったのか、電話のベルはそれ以上続かなかった。僕は目を閉じて台風が吹きつける様子を思い描いてみた。そうすれば眠れるような気がした。木の枝が揺れる様子と、山を抉り取るがごとくに降りつける雨。だが、姉の話し声が気になって集中できなかった。洞窟に響くこだまみたいに何をしゃべってるんだか聞き取れない声が、束になって家の中を巡り、屋根を叩く雨の音も僕の睡眠を妨害した。電気スタンドをつけると、その周囲の闇が抉られたように消え去った。その時、姉が部屋のドアをノックした。

――もう寝た？

――いや、まだ。

僕がドアを開けて出て行くと、姉はぎゅっと拳を握りしめ、川からすくい上げたばかりの魚のようにばたばた跳ねていた。どうしたのかと尋ねても、姉はしばらく言葉を発することができなかった。

――ねえ、どうしたらいいの。

姉はその言葉を何度も繰り返したが、口角が上がっているところを見ると、悪いことではないように思えた。しかしそれほど明るい表情でもなかった。

――お父さんが宝くじの一等に当せんしたみたい。

姉はようやくそれだけ言うと、しゃがみこんだ。姉の言うには、町のスーパーマーケットの女主人から電話があったのだそうだ。そのスーパーは、主に酒のつまみと生活必需品を購入していた店なのだが、三カ月ほど前に父がそこでロトを買ったという。そしてその週にその店で一等当せん者が出たので、おばさんは町のターミナルにまで張り紙をし、おかげで近隣の大都市からも宝くじを買いに来るようになって商売が繁盛したそうだ。ところが今まで受取人が現れないので変だと思い、何人かの人が首をひねった結果、亡くなった父が当せん者に違いないという結論が出たとのことだった。

——はっきりしないじゃないか。

僕は姉の言葉をさえぎったが、姉の考えは違った。父はいたずら心を出して宝くじを買ったのだろう、そしてまた、たいしたことだと考えずに、当せんしたのかどうか確認すらしなかったのに違いないと言った。姉はそれに加えて、その週にその店で宝くじを購入した人は数人しかいなかったし、父以外はみんなはずれに間違いないという、女主人の意見まで伝えた。

——じゃあ、宝くじはどこにあるんだよ。

——お父さんのリュック。

姉はそう言った。父のリュックは僕もよく知っている。父はその中に時々何かを隠していた。リュックは常に玄関からいちばん近い所に置かれていた。いつでも持って出られる場所だったが、僕は父がリュックを持って出て行く姿を一度も見たことがない。まるで消火器のように玄関近くに堂々と立てて置かれていたのにも関わらず、僕は開けてみることができなかった。ただ漠然と、何か貴重で大切なものが入っているのだろう、札束とか預金証書、貴金属かもしれないと推測するばかりで、開けてみることはできなかった。自分の部屋を僕に明け渡した父は居間で生活していたから、リュックを開ける隙がなかったのだ。僕は、そのリュックはモンゴルに行くために準備したものだろうと思った。僕は父がリュックを背負って何も言わずに旅立つ姿を何度も想像したけれど、父はいつだって家にいた。腹の出た猫のように。

姉は部屋に入って父のリュックを持ってきた。リュックの中には父が大事にしていたチェックの開襟シャツ、寝袋、ガスバーナー、ライター一箱、ろうそく二本、ビニールで包装されたままの下着、スパム二缶、サバ缶とサンマの缶詰一つずつ、靴下、折りたたみの傘、スイス製アーミーナイフ、ジーパン、ランタン、きれいな手帳一冊、そして姉の母と僕の母の写真一枚ずつ、姉と僕の写真一枚ずつ、運動服、裁縫道具の入った小さな箱、ボールペン二本、金の指輪と金のネックレスが一つずつ、薬の箱、流通期限が約六カ月残った五百ミリリットルのペットボトルの水、チョコレート、ガム、乾電池、凸レンズ付き方位磁石、歯磨きと歯ブラシ、三冊の本が出てきた。貧弱でみすぼらしい遊牧民の荷物だった。何の悲壮感も、旅への情熱も、放浪に対する緻密さも感じられない、子供のように幼稚な装備だった。僕はリュックの中身を見て、父は出て行くことなど絶対にできる人ではなく、空想にふけるだけの敗北者に過ぎないと確信した。荷物を見れば持ち主の人間性がわかる。家具や所帯道具で人を評価するように、僕は持ち物を見て初めて、父が脆弱な人間であると思った。姉はリュックの隅々まで探したが、宝くじは出て来なかった。僕が再びリュックをひっくり返してくまなく探したけれど、姉は、もうやめろと言った。

——どこにあるか、わかるわ。

——どこ？

——ダイアリー。

——ダイアリー？

——そう、日記かダイアリーの中にあるはずよ。

姉の言葉はじゅうぶんうなずけるものだったけれど、肝心のそのダイアリーは、そっくり棺の中に入れて、父と一緒に埋めてしまったではないか。

——掘らなきゃ。掘り出さなければいけないわ。

——冗談だろ。

——いいえ、今すぐ掘るのよ。

——後で、人を雇ってやらせよう。

——だめ。台風で山崩れでも起こったら、それで棺が壊れたり、水に漬かったりしたらどうするの。ううん、それより、支払い期間があんまり残ってないって言ってたわ。

——期間はどれぐらい？

——九十日だって。

――九十日？　それまでに受け取りに行かなかったら？

――帰属するんでしょ。

――誰に。

――政府か銀行。

その時、僕の目の前を横切ったのは、宝くじを探し出した僕らを人夫が背後からシャベルで殴りつける光景と、山崩れで押し流された父の棺が川に入って潜水艦のようにゆっくり沈んでゆく場面と、支払期限の最終日にシャッターが下りかけている銀行のドアを叩く姉と僕の姿であった。姉の言う通り、今すぐにでも行って墓を暴き、棺を割ってでも探さなければいけないのだろうが、恐ろしかったし、宝くじが棺の中にあるということも信じられなかった。僕は、宝くじがありそうな別の場所を先に探してみようと言ったけれど、姉は意を曲げなかった。

――ねえ、四十三億[*10]ウォンよ。あんた、男でしょ。あれぐらいの地面は、あんた一人でもじゅうぶん掘れるわ。

姉の言うように、父がくじを隠すような場所は、家の中にはなさそうだった。

四十三億という言葉に、43の後についているゼロが、シャボン玉のように浮かんだ。

――ねえ、いいこと。外は台風が来てるし、お父さんのお墓がいつひっくり返るかわからないわ。信じられるのは、あんたとあたしだけよ。それに、あたしたちには時間がない。

姉の言うように、ただ手をこまねいているわけにはいかなかった。棚から落ちたぼた餅のような大金を、受け取りもせずにほうっておくことはできない。姉と僕は、ほとんど同時に靴を履いた。ドアを開けると雨風が大きな奇声を上げながら吹きつけてきた。姉がたんすから傘を出して開こうとしたが、傘は自分勝手に開き、間もなく姉の手から飛んで行ってしまった。激しい雨が、錐で刺すように肌に痛い。

――雷が鳴ってなくて、良かった。

僕がそう言ったが、姉は僕の腕を引っ張って、傘も持たずに飛び出した。僕はシャベルを持ち出し、姉はバッグに手当たり次第、工具を詰め込んだ。雨水をたっぷり吸ったズボンは脚をつかんで垂れ下がり、足先が泥の中に落ちるごとに、誰かが地下から僕の足を引っ張っているような気がして身の毛がよだった。風の音以外は何も聞こえず、雨脚が分厚い鋼鉄のように視界を遮った。ぬかるんだ山道に足を取られ、揺れる木の枝が腕や背中をむちゃくちゃに引っかいた。シャベルを持った腕は痙攣し、開いた口の中に雨水が降り注いだ。

父の墓に着くと、墓の土《ど》饅頭《まんじゅう》[*11]は、すでにかなり崩れ落ちていた。僕はシャベルで墓を掘り返し始めた。土の山が崩れていたのはありがたかったが、雨水をたっぷり吸いこんだ土は、肩がちぎれそうに重かった。脚が勝手に震え、シャベルをちゃんと持つことすらできなかった。しかし僕の腰と腕は、もう機械になっていた。思考とは関係なく機械のように土を掘り始め、止まったり、休んだりしたいという欲求は、もはや筋肉に伝達されなかった。つらいという思いは、もう少しだという思いに変わり、僕は反復される動作の中で次第に思考力を失った。恐怖も、父に対する思いも、金銭欲も浮かばなかったし、風の音も聞こえず、雨脚も見えなかった。頭の中は真空状態になったように、ある瞬間から静まりかえり、僕は宇宙のどこかに、ただ浮遊しているような気がした。見えるのはぬかるんだ土だけで、僕の身体は機械のごとく、いかなる意味も持たない動作を繰り返していた。そして僕は、自分の身体がそんなふうに規則的かつ冷酷に動作を反復しているという事実を、まったく意識することができなかった。意識と肉体が完全に分離して、頭の中は、いちめん真っ暗な宇宙をぷかぷか漂っていたし、腕と腰は何の痛みも感じないで力強く動いた。火星だか砂漠だかわからない乾燥した土の山が、しばし目の前にちらついた。

——棺だ。

姉が叫んだ。桐の木だと言っていたのに、棺はひと月もしないうちにすっかり腐っていた。姉は蓋の継ぎ目を探したけれど、木の板はほとんど腐っていて、しっかり打ちこまれた五寸釘だけが持ちこたえていた。

——お父さん、ごめんなさい。後でいい棺に納め直してあげるから。

姉はそういってバッグから金槌を出して僕に渡した。シャベルを下ろして金槌をつかむと、それまで忘れていた痛みが、痙攣とともに襲ってきた。手がひどく震え、金槌を何度も落とした。

――ちょっと休憩しよう。

姉がそう言うと、僕は棺の上にへたりこんだ。煙草を吸いたかったが、すっかり濡れてしまっていた。座っていると、忘れていた風と雨が、僕の身体を殴りつけるのが感じられた。僕はいつしか宇宙から戻り、黄龍江の見える小さな山で座っていた。僕はぶるぶる震えている右腕を左腕でつかんだが、震えは止まらなかった。その瞬間、父の言葉が再び浮かんだ。目に見える対象ばかり見ないで、見ている自分の目をまず考えろ。僕の姿がどんなふうなのか、気になった。薄汚いだろうか。見苦しいだろうか。だが、いろいろな考えがめまいとともにトンボのごとくぐるぐる回るだけで、何もわからなかった。姉は、手の震える病気にかかったみたいに震えている僕の手を見て、自分で金槌を持って棺を叩き始めた。材木が粗末な上に長雨でもろくなっていた棺は、姉が貝を割るように打ち下ろす弱い力で、簡単に割れた。

――あんまり強く叩くなよ。親父の顔を叩きそうだ。

僕が言うと、姉は悲鳴を上げて尻餅をついた。姉はしばらく尻をついたままだったが、突然笑い始め、その様子を見た僕も、思わず笑い出してしまった。ひとたび笑い出すと止まらなくなって、僕たちは台風より大きな声で笑い始めた。姉は腹を抱えて転がりまでしたけれど、笑いは止まらなかった。僕も笑い過ぎて気道が塞がり、息をするのも苦しかったが、笑いを止めることはできなかった。何がおかしいんだか、ちっともわからないまま、笑いは止まらなかった。姉と僕は、お互いを指さして笑った。姉はそれ以上笑うのが苦しくなったのか、顔を土にこすりつけた。僕も笑いで息が詰まり、頭を松の木に打ちつけて笑いを紛らわせようとした。僕は幸福なのか。だから笑いがこみ上げてくるのだろうか。わからない。ただ、その瞬間、僕の脳裏に浮かんだのは、笑いを止めるために頭をもっと強く松の木に打ちつけなければ、ということだけだった。頭が割れるほど、思い切り強く。それも笑いが止まるまで、ずっと。

ひとしきり笑ってしまうと、腕の痙攣も治まっていた。姉から金槌を受け取って棺を叩き下ろすと、気持ちの良い音を立てて木の板が割れた。だが、気持ちの良い音がした後には、すでに腐敗し始めた父の顔がのぞいた。大粒の雨と強風にも関わらず、むかむかする匂いが鼻から額にまでまとわりついて、なかなか離れなかった。陥没しかけた父の顔には湿った土がまだらにこびりついており、雨が少しずつその土を洗い流し始めた。僕は、くだらない、と思った。しかし、何がくだらないのかは、わからなかった。くだらないものは、父、死、自分、この行為、あるいは僕たちなのかも知れなかったが、その瞬間には何がくだらないのか、いっこうにわからず、ただ、くだらないという気がした。

姉と僕は、ほとんどゴミ同然になった父の手帳とダイアリーをバッグに収めた。バッグを包んでヒモでしっかり縛ったが、雨の勢いがすごくて安心できなかったのか、姉はバッグを自分の服の中に押し込んだ。

帰り道は相変わらずたいへんだったけれど、家はずいぶん近くに思えた。僕は雨水が入らないかと心配したが、姉は自分の胸の下にあるから大丈夫だろうと言った。

――こんなことになるとわかっていたら、ビニールでも持ってくるんだったな。

姉と僕は笑ったが、笑いの薬効も切れたのか、すぐに笑いやんでしまった。

姉は家に入るとすぐ暖房のボイラーをつけ、服の中からバッグを出した。僕は太ももに貼りついている半ズボンを、ほとんど引きちぎるようにして脱いだ。姉はバッグから手帳とダイアリーを出した。汗だか雨水だか区別のつかない水気が、姉の額からぽたぽたと落ちた。僕はタオルを出して姉に手渡した。姉の服がすっかり雨に濡れ、ぺったり貼りついているブラジャーがはっきり映った。姉はタオルで額と顔をふくと、父の手帳とダイアリーをていねいにぬぐった。そして水分が完全に乾くまで待ってから手帳とダイアリーを開き、四冊目のダイアリーからロトの宝くじ券を見つけた。

朝の五時になろうとしていた。姉は宝くじ券を本箱の本の間に挟み、シャワーを浴びに行った。僕はテレビをつけた。ニュース専門チャンネルでは、台風の位置と進路について報道していた。シャワーを終えた姉が僕にシャワーを浴びろと言ったが、僕は目を開ける気力すらなかった。僕は静かに目を閉じた。すると棺に入った父の泥まみれの顔が思い出されたけれど、ちっとも怖くはなかった。父にとって死とは、暴かれることに過ぎなかったのだろうか。可哀そうだとも、怖いとも思わなかったし、罪悪感もなかった。ただ、めまいがした。

僕が再び目を開けた時、姉はテレビを見ていた。僕は煙草を探して口にくわえた。時計を見ると十二時が過ぎていた。テレビでは高脂血症患者の血管の写真を紹介しながら、高脂血症の予防と対処法について教えていた。

——あんた、知ってる？　お父さんが高脂血症だったってこと。

僕は黙って煙草をふかした。

——台風が通り過ぎたようだね。

僕が聞いた。姉は相変わらずテレビばかり見ながら言った。

——あたしたちは足止めを喰らってしまったわ。ソウルにある銀行の本店まで行かなきゃならないのに。どうしよう。

——あと何日あるの？

僕が尋ねても、姉は答えなかった。

——ちょっとは寝た？

――ううん、眠れない。

姉の目は充血していた。僕は外に出た。川の水がどれぐらい増えたのか、車が通れるのか、確認するためだ。川のところまで散歩をした。川の水は確かに老いていた。台風に伴う大雨で川の水が濁ったせいか、川の水は確かに老いているように見えた。川岸には根っこまで腐ってしまった葦が雨にへし折られて倒れていたし、そのうえ川風に乗っていやな匂いまで漂ってきた。折れた木の枝や捨てられたビニール、生活ゴミが水を覆っている様子は、テレビで見た高脂血症患者の血管に似ていた。それで、高脂血症にかかった父の血管の中に僕が閉じ込められているような気がした。姉の言う通り、僕たちは足止めを喰らってしまった。姉は四十年ぶりの大雨だと言った。大雨は線路をのみこみ、道路の一部をむしり取ったそうだ。また、堤防のあちこちに、子供が入れるぐらいの大きさの穴があいたという。

僕は散歩を終えて、家に戻った。姉は昼食をつくった。

――ご飯を食べたら、お墓に行ってくるよ。夜じゅう持ちこたえたかどうか、わからないな。

——そうね。

昼食はメウンタン[12]だった。冷凍シナケツギョ[13]のメウンタンだったが、スープは濃厚で、こってりしていた。姉は洋酒で晩酌をしようと言ってスコッチブルー[14]を出した。

——あたしたちだけでも、簡単にパーティーをしなきゃね。

——支払期間はまだ残ってるんだろ?

——うん。二日ぐらい。それまでには道路が通じるでしょ。

——じゃあ、ここをざっと片付けて、一緒にソウルに行けばいいね。

僕が言うと、姉は酒を注ぎながら乾杯をしようと言った。一杯飲むと、喉と胸が熱くなった。

——四十三億ウォンは、どうやって集めたのかな。

——何のこと?

——宝くじの当せん金。

――そりゃあ、それだけたくさんの人が買ったのよ。

――じゃあ、親父の言った通りだ。百万ウォンというお金は、百人から一万ウォンずつ徴収しただけだって言ってたけど。

――どういう意味？

――いや、別に。

僕は落ち着いて姉の顔を観察した。姉は姉の母親に似ているのか、父に似たところがなかった。僕も、自分の母親に似たせいか、姉と似たところを探すのは容易ではなかった。

――あたしたち、家族なのかな？

――さあ、法的にはアカの他人だろ。

僕は死んだ母を筆頭とする戸籍に入っていた。

――姉さんの姓は閔《ミン》だし、僕は車《チャ》じゃないか。姉さんは閔芝姫《ミンジヒ》、僕は車亨鎬《チャヒョンホ》。

――あんた、お金ができたら何したい？

――さて。まずキャンピングカーを買って、ウランバートルまで行ってみようか？

思わず口をついて出た言葉ではあったが、僕はほんとうにそうしたかった。どのみち父の金なのだから、父の望んでいた通り、ウランバートルに行ってみたかった。

——姉さんは？

僕が尋ねたが、姉は返答しなかった。僕は姉と一緒にキャンピングカーに乗ってモンゴルを縫うように走っているところを想像した。何となく、一人では退屈な気がした。夜の間に姉とともに遭遇した出来事を考えると、なんだかほんとうの家族みたいだったし、運命共同体のようだった。

——一緒に行こうか？　素敵だと思わない？

姉はやはり答えなかった。僕も、黙って台風が通り過ぎた家の外ばかり眺めていた。空は爽快だったが地面は汚く、木ははっきりと見えたけれど、ことごとく折れていた。パーティーとは言ったものの、姉と僕は互いに口をきかなかった。僕はただメウンタンを食べ、酒を飲んでいた。真夏の重苦しい日差し——あまりにも明るく強烈なために、かえって重い日差し——だけが降り注いでいた。

——ここまで匂ってくるみたい。

姉は鼻をくんくんさせた。

——何が？

——わかるでしょ。お父さんのお墓……。

姉は言葉尻を濁した。

——ああ、わかるさ。急いでお墓に行ってみるよ。

ビールをさらに二杯ほど飲んでから、僕は外に出てシャベルを探した。そしてバッグに五寸釘と金槌を入れた。酒が回って、ちょっと目がくらくらした。

——親父のお墓に行ってくるよ。

僕が叫ぶと、姉はエプロンで手を拭きながら出て来た。

——もうテレビも映らないし、トイレも詰まってる。水道も止まったみたい。

——ついさっきまで、何ともなかったじゃないか。

——さあ、送電塔が倒れたのかもね。

——さっさと出て行けってことだな。歩いてでも、ここを出なきゃ。

僕が言うと、姉は僕に近づいて来て、いきなりキスをした。ぎごちないキスだった。僕が手で唇を拭いながら姉を見ると、姉は妙な顔をしていた。砂漠に広がった奇怪な模様みたいに、実に何とも言えない表情だ。夜の間に僕がした働きに対する感謝のしるしか、あるいは僕がほんとうの家族のように思えて頼りがいがあるということなのか、それでもなければ、あっぱれだと僕を褒めてくれているのか、あるいは父の願い通りにキャンピングカーに乗ってウランバートルまで一緒に行くと言いたいのか、何とも判断に困る顔だった。僕は突然キスされたのが気まずくて、あわてて道具を持ち、行ってくるよとだけ言って、父のお墓に向かった。姉の表情を見たかったけれど、僕は前だけを見て黙って歩いた。木が倒れ土砂が崩れていたため、歩いている間ずっと、生臭い匂いや草の匂いが重苦しく漂っていた。酔いで顔がほてってった。

父の墓は、想像していたよりもずっとひどい状態になっていた。昨夜は暗くて見えていなかったものがはっきり見えて、吐き気を催した。内心では、いっそ崖が崩れて父の棺が土に埋まるか、川に流れてしまっていればいいのにと思っていたのに、腐敗しかけた父の顔はすっかり露わになって雨水に洗われ、風呂上がりのようにてかてかしていた。棺も腐って壊れているから、釘を打てそうな所もなかった。僕は父の遺体にそのまま土をかけることにして、遠くの山を見渡しながら呼吸を整えた後、掘り返した土を、再びかけた。シャベルは夜明けに持った時より重かった。僕は二度ほどシャベルを動かすと、倒れるようにしゃがみこんでしまった。息を吸うのもつらいほど、たいへんな作業だった。僕はシャベルを投げ出し、しばらく目を閉じていた。

再び目を開けると、まさに日が暮れようとしていた。僕はあわてて土をかけた。そうして家に帰った時には姉も宝くじ券も消えていて、父の本だけが留守番をしていた。家の中は、姉の言葉通り、電気も通っていなかった。午前までは何ともなかった電気が、どうして突然切れたのだろう。漏電遮断器が作動したのか、玄関の照明も、扇風機もつかない。電話も駄目だ。小便をして水を流すと、下水が逆流した。便器の小便と混ざった下水は、僕が水を流すと、待ってましたと言わんばかりに噴き上がって便器の外に溢れ出し、浴室の床に流れた。排水口から水が流れ落ちるのを待ったが、水は落ちなかった。油の浮かんだ緑青《ろくしょう》混じりの水と、得体のしれない鉄粉が、悪臭とともにぷかぷか漂っていた。父の手帳と日記帳を持って外に出ると、山の稜線にかかっていた夕焼けが消えようとしていた。僕は家の外を回り、姉を呼びながら探したが、辺りはただ暗さを増すばかりだった。探す途中、壊されたり、切り取られたり、切断されたりした痕跡をあちこちで見つけた。電線と電話のコードが切断され、電気の安全開閉器の中ではヒューズが切れていた。だけど、まさか誰かがわざと切ったりはしないさ。強い雨風でぷっつりと切れちゃったんだろ。台風で。僕は笑った。

　僕は真っ暗になるまで、ただ地面に座り込んでいた。傍らにあるのは本だけだった。空腹だったけれど、電気も水道も下水も通っていない。その時、父のリュックのことを思い出した。僕は家に入ってリュックを持ち出した。まずペットボトルの水を飲み、それからろうそくを灯し、缶詰を開けて、ガスバーナーで温め始めた。寝袋を地面に敷いて父の日記を、一番最後の文章から読み出した。すべてのものは結局、消えてしまうだろう。父の日記は、そう締めくくられていた。

僕はその上の文章を読み始めた。ろうそくの火が少し揺れた。ろうそくと、缶詰を煮ているバーナー以外には何の明かりもなくて、距離が離れるほど、深い闇に覆われていた。闇を見つめていると自分がほんとうの遊牧民になったみたいだったし、僕が座っているこの場所は、もしかしたらモンゴルのどこかの草原か、砂漠なのかも知れないという気がした。時間も方角もわからない。自分の影も見えないし、自分の痕跡すら見つけることができなかった。寝袋は温かく、リュックから父の匂いがした。今、この瞬間、僕にはそれだけが必要だった。

＊1【黄龍江】栄山江《ヨンサンガン》の支流の一つ。全羅北道《チョルラブクト》の内蔵山《ネジャンサン》国立公園にある白岩山《ペガムサン》に源を発し、光州《クァンジュ》市を貫通する。

＊2【シマク山】慶尚北道《キョンサンブクト》にある小さな山。

＊3【山参】野生の高麗人参。非常に貴重で高価である。

＊4【周王山】慶尚北道青松《チョンソン》郡にある山。七百二十一メートル。

＊5【哭】葬式の時などに霊前で大声を上げて泣く儀式。

＊6【三百五十万ウォン】日本円にして約二十五万円（二〇一二年七月四日のレートによる。以下同様）

＊7【千五百万ウォン】日本円で約百五万円。

＊8【呉貞姫】韓国の代表的な女性作家。一九四七〜。

＊9【デミス・ルソス】Demis Roussos。一九四六〜。ギリシャの男性歌手。

＊10【四十三億ウォン】日本円で約三億円。

＊11【土饅頭】伝統的に韓国では土葬が広く行われ、土を山のように丸く盛ってその前に碑石を立てた墓がつくられてきた。近年では火葬が急速に増えつつある。

＊12【メウンタン】魚、豆腐、野菜などを唐辛子入りの辛いスープで煮た鍋物。

＊13【シナケツギョ】スズキ科の淡水魚。

＊14【スコッチブルー】韓国産ウイスキーの商品名。

＊15【浴室】韓国の家庭の浴室は一般的に西洋式で、バスタブとトイレが同じ空間に置かれている。

都市は何によってできているのか

午前二時十九分。妻が死んだ。

妻が死ぬ前、彼はうっかり眠り込んでしまっていた。目が覚めたのは泣き声にも似たつぶやきを聞いた後だ。その声は荘重で、ゆっくりだった。最初彼は、それが夢の中で聞こえているものなのか、あるいは昏睡状態に陥った妻が発した言葉なのか、しばらく判断できなかった。

つぶやく声は低く広がり、彼の脳裏にべったりついて、なかなか離れなかった。彼は反射的に「何だって?」と尋ねようとしたが、声帯が乾いていて、喉はずっしりとした錘《おもり》をぶら下げているかのように重苦しく塞がっていた。彼はようやくたまった唾を飲みこんだ。喉の奥がひりひりする。それでも聞こえ続けるつぶやき声にせきたてられて、彼はやっとのことで目を開けた。真っ暗だった。

——毛深い象。毛深い象。

暗闇の中にぼんやりと妻の鼻筋が見えた。空気を伝わって彼の耳に響くつぶやき声は、夢ではなかった。妻が何度も繰り返しつぶやくにつれ、彼の瞳孔と虹彩は暗さに慣れてきた。

——毛深い象。街を歩き回るのね。

妻は微笑しているらしいが、それは微笑というより、まるで紙に皺《しわ》が寄っているような具合だった。彼は妻の手を取った。妻の瞳はしばし彼を見ていたが、すぐに、揺れながら落ちる水滴のごとく目の縁にすべり落ちた。彼が握っている妻の手は枯葉のようにかさかさしていて、少しでも力を入れれば砕けてしまいそうだった。彼は、暗闇の中で妻の顔に笑みが広がるのを見た。しかし妻の乾いた頬は微笑もうとすればするほどいっそう皺になるので、彼はむしろその微笑をやめさせたいと思った。手を取って揺らしてみても、妻は彼を見ようとしない。妻は微笑みつつ一点をじっと見つめていた。それは天井だった。

——いえ。毛深い象。

彼が手を取って揺らすと妻の瞳がしばし彼の方に向いたものの、視線はたちまちそれて虚ろになった。妻は相変わらず低い声で同じ言葉を繰り返していた。遺言のように何か大切なことを言い残そうとしているようでもあるが、彼にはわからなかった。妻の瞳は彼を見ようとしても焦点を合わせることができず、口は意味のない言葉だけを繰り返していた。どんな言葉をかければよいのか、まるで見当がつかない。言うべき言葉を探しあぐねているとき、妻はゆっくりと目を閉じ、皺の寄った頬の筋肉からすっと力を抜いた。

彼は妻の名をそっと呼んでみた。しかし妻は何も答えず、微動だにしなかった。妙なことだ。その瞬間彼は、この世からすべての音が消えてしまったような気がした。何の音も聞こえなかったし、自分の息遣いすら感じられなかった。空気が岩のように重たくて固いということしか思い浮かばなかった。ひどく重くて固いので、身体の中に吸い込むことができないみたいだ。彼は息が荒くなった。空気を何度吸っても沈んだ空気は吸収されず、肺が膨らまない。彼は、重い沈黙が隅々にまで染みこんでくるのを感じた。

彼は再び妻の手を揺らした。妻の手は電車のつり革のように、彼が動かすままに揺れた。夜明けの青い光が妻の顔の上に留まっていた。手を伸ばせば青い日光がつかめるような気がしたし、掌でかき回せば光がばらばらにできそうだった。しかし彼は手を伸ばさず、青い光だけをしばらくじっと見つめて座っていた。

彼は妻の顔から目を離して他の所を見たかったが、どういうわけだか顔をそむけることができなくて、青い絵の具をかぶったような妻の顔ばかり見ていた。どれぐらいそうしていたのだろう。五分か。三十分か。一時間か。わからなかった。彼は、妻がこらえていた息をまた吐き出すかもしれないと思った。そうして、皺くちゃになりそうな微笑みをまた浮かべて自分を見つめるかもしれないと思った。だが妻は、こらえていた息を吐きはしなかった。重い時間だけが流れた。

音たちが、消えていた音たちが夜明けの光を揺らしながらある瞬間からゆっくりと押し寄せてきた。水道管を流れる水の音と、遠ざかる車の音、下の階でドアを開け閉めする音が聞こえた。そして夜明けの青い光も徐々に本性を表し始めた。騒音が少しずつ大きくなるに従って彼の目は暗闇に慣れ、闇の中でも事物はおのおの色に染まっていった。いつの間にか妻の顔もよく見えるようになっていた。彼は深呼吸をして息を整えると、しっかり握っていた妻の手から自分の手をそっとはずして立ち上がった。手をはずす時、彼の中指が妻の中指に引っかかって妻の手がちょっと持ち上がった。だが、彼の指から抜けるやいなや、妻の手は力なく垂れ下がった。

　彼は部屋の外に出ると、すぐに壁を手探りしてリビングルームの明かりをつけた。キッチンとバルコニーも明かりをつけた。それでようやくちゃんと呼吸ができるような気がした。窓を開けて新鮮な空気を吸いたかった。だが彼は窓を開けることができない。窓の外に凝固している暗闇を見て、彼はまた蛍光灯の下に逃げ込んだ。彼はキッチンにあるテーブルの椅子に座った。開け放たれた部屋のドアを通して、彼はベッドに横たわっている妻を見た。毛深い象。毛深い象。再び妻のつぶやきが暗い部屋の中で低く聞こえてくるような気がした。

　彼は目をそらして明るい所を探した。妻は生の最後の瞬間にいったい何を見たのだろう。考えても、わからなかった。妻が微笑みながら眺めていた天井を見れば、彼女の考えていたことを覗き見ることができるような気もしたが、もう部屋には入りたくなかった。彼は水を一杯飲んだ。生ぬるいばかりで何の感じもなかった。

　妻は死んだのだろうか。これは現実なのか。信じられなかった。彼は受話器を取り上げた。耳の中をかき乱すように響く信号音が冷たい。まず誰に電話するべきなのか、思いつかない。彼は冷たく耳慣れない信号音に耐えられなくて、受話器を下ろした。受話器を下ろしたものの、相変わらず冷たい信号音が錐《きり》のように彼の耳の中をつついていた。彼は手で耳を塞いだ。そして電話の液晶画面にある時計を見た。三時二十分を少し過ぎたところだ。彼は指で電話をなでた。何もかも信じられなかった。目の前に見える電話もまるで蜃気楼のようだったし、テーブルも壁も、そしてすべての事物と、座っている空間と自分の身体までも、見慣れないもののように感じた。十数年以上住んでいた家ではなく、初めて会う人の家に招待されているみたいだった。

妻が間もなく死ぬだろうと予想しなかったわけではない。いや、彼は妻が病気にかかって以来、いつも妻の死のことを考えていたのだ。ずっと考えていたせいで、かえって鈍感になったのだろうか。彼は再び受話器を持ち上げたが、そのつど耳の中に響く信号音が耐えられなかった。彼は何度か電話をかけようとして、その度に受話器を置いた。その時だった。誰かが玄関のドアを叩いた。叩くというより、むちゃくちゃに殴っていた。その音を聞くごとに、彼の心臓は耐え切れずにどきどきした。ドアを叩いていた人が「お母さん、お母さん」と叫んだ。男の声だった。男はお母さんと呼びながら、ほとんど泣いていた。

お母さん、と呼ぶ声に彼は一瞬、混乱した。お母さんだって？　誰だろう。いったい誰が訪ねて来たんだろう。彼は子供がなかった。妻をお母さんと呼べるのは、妻が眺めていた写真の娘だけだ。しかし、それはあり得ない。妻は、自分と結婚する一年前に、赤ん坊を裕福な家の養女に出したと言っていたのだから。妻が持っていたのも、娘が満一歳の頃に撮った古い写真二枚きりだった。妻ですら十年以上会っていないはずだ。しかも、声の主は女ではなく男ではないか。仮に妻の子供が訪ねてきたとしても、いったいどうしてここがわかったのか。彼はめまいがした。

——お父さん、お父さん。開けてよ。ああ！　お母さん。

男はほとんど泣きそうになってドアを叩いていた。男の泣き叫ぶ声が彼の身体を揺さぶった。彼はそんなはずがないと、何度も自分に言い聞かせた。しかし彼の身体は椅子から起き上がり、いつの間にかドアを開けていた。彼はめまいを覚え、頭の中が混乱していた。

ドアを開けた途端、湿っぽいような酒の匂いが、彼の顔に冷水を浴びせるがごとく押し寄せてきた。ドアの前には若い男がふらつきながら立っていて、酒の匂いはその男から漂ってきていた。男は片手を壁についたまま、ずっと頭を揺らしていた。その瞬間、彼は痙攣が起きたように自分の腹がひどく震えるのを感じた。彼は腹の震えをやっとのことで静め、ドアを叩いていた若い男をじっくり眺めた。初めて見る顔で、間違いなく知らない人だ。

——ああ、お父さん、お母さん。

若い男はそう言いながら、台風に遭った木の枝のように頭を大きく揺らした。男は気を取り直そうとするように片手で自分の頭をつかんだ。しかし、男の瞳は水に浮かんだブイのようにゆらゆらして、焦点を合わせられないでいた。男はしばらく息を整えていたかと思うと、奇声を上げた。お母さんと言ったようでもあったが、よく聞き取れなかった。男の張り上げる奇声は壁に当たっていっそう変な音になり、響きながらだんだん大きくなっていった。若い男はとうとう涙を流して泣き始めた。しゃっくりまでしながら悲しそうに泣いた。

——誰かが死んだわけでもあるまいし。夜中に何を騒いでる。

前の家のドアが開いて、ジャージ姿の男が大声でそう言いながら出てきた。男の後ろには腕組みをした女が立っていた。彼は腕組みをした女を見て、数日前、前の家に引っ越してきた夫婦であることに気づいた。女は彼と目が合うと、すぐに真っ暗なリビングルームに引っ込んだ。

——酒を喰らったのなら、おとなしく家に入りゃいいだろう。

前の家の男が若い男を叱ったが、彼を意識したのか、すぐに言葉尻を濁した。悲しそうに泣いていた若い男は泣き止んで、彼と前の家の男を交互に見た。そして猫が顔を洗うように掌で顔を拭いていたが、彼にお辞儀をすると、前の家の男に抱かれた。若い男は前の家の男に抱きかかえられながら、お父さん、お父さんと呼んだが、ひどいしゃっくりのために言葉がもつれた。前の家の男が彼に謝った。

——さぞかし驚かれたでしょう。こんなことをする子じゃなかったんですけどねえ。

前の家の男は、ともすれば倒れようとする若い男を助け起こした。数日前に引っ越してきた前の家の男を、彼も何回か見かけたことがあった。

——越してきて間がないんで、この子が家を間違えたようです。

彼を見ながら前の家の男は頭をかいた。そのはずみに、父親の腕に抱かれていた若い男が、うずくまるようによろけた。前の家の男は紙くずを丸めるみたいにして、若い男を家の中に押し込んだ。

——特に変わったことはなかったでしょう?

前の家の男は二度ほど頭を下げながら言った。だが彼は、その瞬間何も答えられなかった。変わりがないかという男の問いに、彼の脳裏が空転した。その言葉は流れ星のごとく遥か遠くに感じられた。いいえ、妻が死にました。脳裏にはそんな言葉が浮かんだけれど、彼は何も言わなかった。若い男は泣き止みはしたものの、下駄箱にしがみついて、相変わらずひどいしゃっくりをしていた。

——朝っぱらから申し訳ありません。

前の家の男は何か言い訳を考えているようだったが、ただ顔を赤くして立っているだけだった。前の家の男は青年が倒れると助け起こしてから彼に頭を下げ、騒がせたことについてもう一度謝罪してからドアを閉めた。ドアの内側から前の家の男の声がまた聞こえてきた。誰かが死んだわけでもあるまいし。夜中に何を騒ぐんだ。男の声が洞窟に響くこだまのように彼の耳に入ってきた。誰かが死んだわけでもあるまいし。

廊下じゅうに広がった酒の匂いはなかなか取れなかった。一階の出入り口が開く音がして、何かが床に落ちる鈍い音が聞こえた。おそらく新聞だろう。彼はしばらくその場に座り込んでいた。煙草が吸いたかった。煙草をやめて一年以上たつのに、彼はズボンのポケットを探った。ポケットには何もなかった。ポケットにあるはずがないし、家の中にもないだろう。彼は起き上がって家の中に入った。煙草を買わなければと思った。彼は軽いジャンパーを出して着こみ、財布を持ち、帽子をかぶった。靴を履きかけてやめ、キッチンにある引き出しを全部開けてライターを探した。彼はライターを手に持ったまま玄関に向かった。彼が靴を履こうとした時、ドアの外でがさごそという音がした。彼はしばらく動きを止めて、じっとしていた。たぶん牛乳配達のおばさんが牛乳を置いているのだろうと思った。彼はじっと立ったまま、今日は何日なのか考えた。確かに牛乳の来る日だ。彼はおばさんが牛乳を置いて去ってゆくまで待った。いきなり出て行って顔を合わせたりすれば、そんなことはないだろうが、妻について尋ねられでもしたら、困ると彼は思った。明け方、死にました。少し前に女房が死にました。困る理由は何も見当たらなかったのだが、どういうわけだか困るような気がしてならなかった。

彼は靴を脱いでテーブルの椅子にしばらく座っていた。そうしてから、ベッドに横たわっている妻を見た。誰かが死んだわけでもあるまいし。前の家の男の声が再び脳裏によみがえった。変わったことはなかったでしょう？　いいえ。いいえ。私の妻が死にました。少し前、明け方に死にました。信じられますか？　長く生きられないとは思っていたけれど、それでも……。

その瞬間、彼はまた息が詰まってくるのを感じた。胸がむかむかして涙が溢れそうだったが、拳を握りしめて深呼吸をした。彼女の死を前にして自分は何ができるのか。ただ、泣いてやることか。それ以外に自分のできることは何もないという事実に、彼は倒れそうだった。めまいと痙攣が起こってきて、彼は妻が起き上がって自分を胸に抱いてくれたらいいのにと思った。

彼は妻の傍らに行き、再び妻の手を握った。

——おい、何か言えよ。

彼は妻を見た。自分の問いかけに妻が何の返答もしないことは我慢できた。睫毛一本すら動かさないことも、受け入れられた。しかし呼吸をしていないということ、微かにでも聞こえていた、吸ったり吐いたりする息の音もなく、まるで煉瓦かマネキン人形みたいに静かであるという事実が彼を狂わせた。取り戻すことはできないし、二度と再び声を聞くこともできない、ほんとうに最後だったのだと考えると、もう耐えられなかった。彼は歯をぐっと噛みしめた。押し殺すことのできない嗚咽《おえつ》が、渦を巻いてこみ上げてきた。手で自分のももを思い切りつねった。下顎がひとりでに震えるのに、その震えを止めることはできなかった。こめかみがやたらに痙攣し、吐き気がして、鼻から流れた鼻水が口の中に広がった。

彼はそれ以上妻の手を握っていられなかった。壁のような妻を見るのが恐ろしくて目をつぶった。彼は何も考えずに外に出るべきだと思った。見なければ、思い出さないような気がした。

部屋から出るまでに何度も転びかけた。関節が勝手に動いていた。床を踏んで立っているのではなく、水の上を歩いているような気がした。彼はしばらく浴室のドアの取っ手を握って身を支えていた。息がまともに吸えないような感じで、心臓と脈ばかりが高鳴っていた。

彼は気をそらすべきだと考えた。煙草。彼は煙草も買い、必要ならば酒でも買わなければと思った。彼は妻に言った。「すぐ帰って来るからね」。彼は妻が死んだと思ってはならないと考え、妻の死を受け入れないことにした。新聞を配る人や、牛乳を配達するおばさんや、あるいは前の家の男と、酔っぱらったその息子と同じように、自分は知らない、ときっぱりシラを切るべきだろうと思った。彼は妻の死を当面のあいだ猶予し、それが死であることが明らかであっても否認すべきだと思った。そうしなければ、その瞬間に耐えられず、気を失って奈落の底に落ちてしまうような気がした。指先が痺れてきた。

いいよ、起きなくてもいい。そのまま寝てろよ。煙草と酒を買ってくるだけだからさ。すぐに戻る。何かいるものはない？　彼の独り言が頭の中でぐるぐる回った。ひょっとして妻の返答が聞こえたり、思い浮かんだりするかもしれないと思って、彼は浴室のドアの取っ手をいっそう強く握りしめた。歯茎とこめかみがずきずきした。彼は起きて歩かなければと思った。散歩に行く人のように、軽やかに出て行くべきなのだと自分に話しかけた。しかし身体が言うことを聞かない。腕と脚が痙攣して思うように動かず、脈と心臓は勝手に高鳴った。彼がつかんでいたドアの取っ手がとうとう壊れてしまい、それで身体を支えていた彼は、床にくずおれた。彼は這うようにして、やっと玄関に行った。

彼が玄関のドアを開けると、時折吹きつけてくる風だけが、ゆっくりと廊下に流れていた。

――おい、行ってくるよ。

彼はドアノブを握って言ったものの、その言葉を発したことを後悔した。頑丈なスチールのドアの前で、彼は自分がついに泣き出したことに気づいた。おい、行ってくるよ。すぐ戻るからね。その言葉を何度も繰り返したけれど、妻の返答はなかった。ひんやりしたドアの前で、彼はひとしきり泣いた。

小さな通りは騒音が多少響いているだけだった。台風一過の後、爆発するように遅まきの猛暑が始まったが、どうしたことか彼は寒気を感じ、シャツの外に出ている腕に鳥肌が立った。彼が路地を歩く間、自分の靴音が背中をくすぐった。肌が服に擦れるたび、誰かが錐で引っかきでもしているかのようにひりひりした。彼はわざと多くのものを見ようとした。家の門やレンガの色、明かりの灯っている窓、住所の番地。そして空の色や明るさ。しかし、そうすればするほど妻の顔がしきりに思い出された。彼はめまいとともに、胃液がこみ上がってくるような吐き気を感じた。彼はコンビニのある通りを思い浮かべようと努めた。幼い子供に道を教えるように、彼は自分にコンビニに行くまでの詳細な道順を説明しながら、一人でぶつぶつ言っていた。路地を抜けると左右に道が見えるはずだ。左の道は上り坂だけど、その道を行くと文房具屋と小学校と病院があるだろう。その病院は、内科だったかな？　たぶんそうだ。病院を過ぎて右に入れば、その道が地下鉄の駅に通じている道なんだけど、美容院とパン屋と花屋がある。美容院は姉妹が経営している店で、パン屋の主人はちょっと足が悪い。花屋を過ぎてまた右側にずっと歩けば、大きな道につながっていて、その大きな道をもう少し行くと、バスの停留所と総合病院があって……あ、……総合病院……彼は総合病院を思い浮かべようとして、息ができなくなった。入院している妻の姿と、痛みに耐えようと歯を食いしばっている表情が目に浮かんだ。彼は深呼吸をして息を整えた。そう、その横にコンビニがある。彼はしきりにコンビニを脳裏に描こうと努めた。難しくはないよ。すぐにわかるさ。

彼は自分に教えた通りにコンビニを見つけた。その店の看板は、そこだけ暗闇を切り取ったように明るかった。彼は信号を待ちながら、自分を取り巻く闇の中に妻が立っているような感じを何度も受けた。しかしよく見てみると、それは剥がれかけた貼り紙だったり、立て看板だったりした。一度は、がさがさという音がしたので、音のする方に振り返った。白いワンピースを着た妻に違いないと彼は思った。おい、とそっと呼びかけると妻は風船のようにふわふわ飛んでいった。再び見ると、妻の姿はなく、そこには白いポリ袋が風に吹かれて路地の奥に潜んでいた。信号が青になると彼はしきりに後ろを振り返りながら道を歩いた。その時だ。遠くからアスファルトを引っかき、轟《とどろ》きわたるような大きな音が聞こえてきた。ラッパの音、音楽、クラクション、ホイッスル、エンジンの音が混じった音だった。彼は音のする方に顔を向けた。光がダンスをするように揺れながら彼の方に走ってきた。一番前にいた光が彼の膝をかすめるように素早く通り過ぎて行った。バイクだった。

——何してるんだ。どけ！

後続する別のバイクから、誰かが叫んだ。彼は振り返った。数えきれないほどのバイクが、それぞれ別の音と光を放ちながら彼に向かって走って来ていたが、彼は避けることすらできなかった。後ろからもう一台のバイクが彼の尻をかすめるように通り過ぎた。彼は車道の上の横断歩道に閉じ込められてしまった。信号の歩行者サインが点滅するのが見えたけれど、それでも渡れなかった。反対側の車道ではタクシーがやや離れた所に避けながら徐行していた。騒々しい音とさまざまな明かりが彼の身体を襲った。彼は音と明かりに圧倒されて身動きできなくなった。二台のバイクが彼にぶつかりそうなほどぎりぎりに通り過ぎた。彼の服にいろいろな明かりが反射しては消えた。遅れて彼に気づいた一台のバイクが、彼の立っている近くで前輪を曲げながら倒れた。摩擦音とともにいくらかの火花が、花火のように弾けた。倒れたバイクから青年と若い女が立ち上がった。青年の破れたズボンの上に血が滲み始め、短いスカートをはいた若い女の膝と腿にも血が流れていた。

――死にたいのか、このキチガイ。

青年が彼を見ながら怒鳴った。彼は集まってきたたくさんのバイクに取り囲まれた。仲間が怪我をしたことに対する腹いせだと言わんばかりに、一台のバイクが前輪で彼を轢く真似をして脅した。彼は驚いて後ずさりしたが、いつしか後ろからまた別のバイクが彼の尻を押しのけつつ割り込んできた。

――気をつけろ。ぼんやり歩いてると死ぬぞ。

誰かが彼に言うと、あちらこちらで笑い声が起きた。青年は倒れたバイクを起こすとハンドルを回してエンジンをかけ、膝と腿を怪我した女が顔をしかめてバイクに乗った。そうしてから、いっそう大きな音で警笛を鳴らしつつ、一台二台と走り出した。彼はバイクがみな行ってしまうと、道を渡ろうとしていた地点に戻った。目がくらくらして立っていることすらつらかった。筋肉のあちこちが、食いちぎられたみたいに痛み始めた。歩道に座り込んで息を整え、顔を上げて遠くを見ながら深呼吸をした。向かいのコンビニの前に立っていた人が、中に入って行った。彼は立ち上がろうとしたが立てなかった。歩道のブロックが沼になって、力いっぱい彼を引きずり込もうとしているかのようだった。

信号が三、四回変わるまで、彼はまったく動くことができずに座り込んでいた。都市は夜明けの一部分になったように、静かに埋もれていた。呼吸をして動くことができるのは自分しかいないという思いに、彼は再び恐ろしくなった。妻のことが思い浮かぶと彼は身震いして、さっと立ち上がった。

彼は信号を見ながら左にある総合病院が目に入らないよう、正面だけを凝視した。信号が青になっても、足はちっとも動かなかったから、彼はまた座り込むほかなかった。座り込んで、ぼんやりと前を見ていた。信号が二回変わった。三回目に青になった時、道の向こう側から子犬と一緒に一人の女の子が走ってきた。女の子は八つか九つぐらいに見えたが、マネキン人形の腕に小道具として掛けておくのにふさわしいようなバッグを小脇に抱え、望遠鏡を手に持っていた。女の子は歩みを止めると、座り込んでいる彼を眺め始めた。彼は動けなかった。あちこちの筋肉がやたら震えていたものの、全身が岩のように固まって身じろぎすらできない。遠くに見える街灯とネオンサインが、まるで虚空に光る星のようにきらめいていた。子犬と一緒に歩いてきた女の子は、座っている彼のそばにしゃがみこんだ。

――パパ。

女の子は出し抜けにそう呼んだが、彼は何の返答もできなかった。女の子は手に持っている望遠鏡を彼に示した。

——望遠鏡……これ、パパが送ってくれた……。

女の子は彼の目の前でゆっくり望遠鏡を振った。しかし彼は、何のことだかさっぱりわからなかったし、その子の話など聞きたくもなかった。

——パパ……望遠鏡……。

彼がじっとしているので、女の子は望遠鏡をぎゅっと目に当ててから、彼の全身をくまなく観察し始めた。女の子の目の代わりになった望遠鏡は、ミミズクの目のように黒く、かすかに光った。子犬が女の子の横でしばらくキャンキャン吠えていた。

——今、泣いてるのね？

女の子にそう言われて、彼は目の縁を触ってみた。粘り気のある液体が流れていたものの、それは涙ではなく汗だった。額から流れた汗が、目の縁で涙のようにたまっていたのだ。彼は目をこする振りをしながら目の縁を拭いた。女の子は相変わらず望遠鏡で彼を上から下まで観察していた。彼は女の子を見た。望遠鏡がその子の顔の半分以上を占めている。彼は女の子を見てから、周囲を見渡した。

女の子と子犬以外には誰もいない。彼は呼吸するのもつらかったが、女の子は知らんぷりをして、望遠鏡で彼を眺め続けた。

——涙を拭くティッシュ、あげましょうか？

女の子が望遠鏡をちょっと下ろし、バッグを開けようとした。女の子がバッグのファスナーを開けようとした時、彼はそのファスナーの端に小さなぬいぐるみがぶら下がっているのに気がついた。灰色がかったぬいぐるみは、象だった。太短い四本の脚と胴体と同じぐらいの大きさの頭の上に、細い毛がびっしり生えている小さな象。その瞬間、彼の脳裏には再び妻の重苦しいつぶやきが聞こえ始めた。

彼は女の子をゆっくり観察した。そして妻が肌身離さず持ち歩いて眺めていた、妻の娘の写真を思い浮かべたが、確信は持てなかった。あまり大きくない目やあまり高くない鼻、そして少し突き出た額は妻の持っていた写真の中の娘に似ていたけれど、まさかそんなはずはない、と彼は考えた。妻が彼と結婚したのは十年前で、その時、妻の娘は三つだったと思う。養女に出さないでそのまま妻が育てていれば、少なくとも十三、四歳にはなっているだろう。

彼は、コンビニに来るまで、妻が自分について来ているような気がしていたのを思い出した。彼は何よりもそれがひっかかった。ひょっとすると、自分が煙草を買うためにコンビニまで行くことになったのも、偶然ではなかったのかもしれない。妻が自分をコンビニに導いたのかもしれないし、妻のつぶやきもまた、娘を探してくれという頼みであったのかもしれない。しかし彼は首を横に振った。気のせいだ。目を閉じるたび、瞼の内側に砂がいっぱい入っているように痛かった。

女の子がティッシュを出して彼に渡した。彼は女の子がくれたティッシュをしばらくじっと見ていた。女の子はまた望遠鏡を目に当てたまま彼を見、それから空を見上げた。彼は周囲を見回したが、女の子以外、通りには誰もいなかった。なあ、ちょっと前に、うちの女房が死んだんだよ。彼は自分に起こった出来事を打ち明けたかった。だが彼は女の子を眺めるだけで、何も言わなかった。彼は痙攣しそうな身体をようやく落ち着かせた。女の子の足の後ろにいた子犬が、少しの間吠えていたかと思うと、突然路地の中に走っていった。

――ワンちゃん、元気でね。

女の子は路地の奥に向かって叫んだ。そうして再び望遠鏡を目に当て、彼を観察し始めた。

――私の犬じゃないの。病院の前で会ったんだけど、葬儀場から持ってきた豚肉をやったら、ずっとついてきたのよ。

女の子は塀の貼り紙みたいに、彼の側にくっついて動かなかった。しかし首だけはあちこちに向けて望遠鏡で周りを眺めていた。

――子犬のことが心配？　でもそんなに気にしなくてもいいわ。

日差しが少しずつ強くなっていた。彼は日差しが強くなるにつれ、疲労が自分の肩を押さえつけるのを感じた。妻のつぶやき声が日差しに当たって、ぴしっと音を立てて裂けるような気がした。しかし身体は微動だにせず、指一本動かすことができなかった。ぼんやりしてばかりいられないと思ったが、身体は重力に引っぱられ、どこでもいいから倒れたがっていた。どうして身体は常に思考を裏切るのだろう、と彼は考えた。どうして身体が疲れているのか、なぜやたらにへたばるのか、彼は理解できなかった。するべきことは山ほどあると思うものの、何ができるのかわからなかったし、身体は勝手に行動していた。

――子犬がいなくなったから泣いてるの？

女の子は再び望遠鏡で彼を見ながら聞いた。彼は女の子を見た。

――知ってる？　孤立すればするほど、人間より動物の方がうまく暮らせるのよ。

女の子は話し続けた。

一九〇四年に大西洋でメリープラウド号が沈没したの。沈んだ時、何人かが漂流して無人島に流れついたんだけど、一年後に行ってみると、無人島にいた人たちはみんな死んでたんだって。でも、その時、人間と一緒に船に乗っていた犬やヤギや馬は無人島でとても元気に暮らしていたんだって。それも、子供まで産んでたのよ。どうしてだか、わかる？

女の子の言葉が、まるで夢の中で響いているかのように、ひどく揺らいだ。

――動物は家を建ててくれとか、服が欲しいとか、退屈だとか、ピザを買ってくれとか言わないし、病院がなくても、パパがいなくても、とても幸せに暮らせるのよ。これはとてもたいせつなことだわ。ママやパパがいなくてもちゃんと暮らせるってことがね。その点では、動物は人間よりずっと偉いのよ。特に、島でもない、こんな都会ではね。だから子犬のことは心配しないで。おじさんよりもっとうまく暮らしていけるわ。

女の子はまるで模範答案を暗誦するかのように、ひと言ひと言はっきりと話した。女の子の顔が、夜が明けてくるにつれ少しずつ明るくなっていた。

——なあ。

彼はやっと口を開いて女の子に呼びかけた。すると女の子は望遠鏡を下ろして彼を見つめた。彼は女の子の黒い瞳を見た。彼を見ていた女の子が、白い歯を見せて笑い始めた。

——ちょっと待って。言わなくても、何を言おうとしてるのか、わかるわ。今、私に、とっても賢い子だねえ、と言おうとしたでしょう？

いや、そうじゃない。彼は話すのにも骨が折れた。口を開くことすらできそうになかった。彼はその瞬間、女の子を抱きしめて、思い切り泣きたかった。どうしたことか、その一瞬だけは女の子に夜明けに起こった出来事と、自分の身の上話をしたかった。死んだ妻のことも話したかった。なあ、死んだ女房はお前ぐらいの年で孤児になったんだ。俺に会う前、自分の子供まで養子に出さなきゃならなかったんだよ。しかし彼は力なく女の子を見ているだけで、何も言わなかった。こんな小さな子が、死や恐怖や孤独や人生がどんなものなのか、わかるわけがないと思った。彼は辺りを見回した。道路には少し前よりずっと多くの車両が往来していた。彼は日差しの重さに耐えられないような気がした。疲れた体の上を針のようにつつき続ける光の騒乱は、それ以上耐え難かった。彼がふらつきながら立ち上がると、女の子も立ち上がった。彼は立ってからしばらくの間、息を整えた。少しでも呼吸を止めると膝がひとりでに地面にくずおれてしまいそうだった。人が一人二人と現れてくると、都市にたった独り残されたという思いが、彼の首筋にまとわりついた。

——どこ行くの?

女の子が望遠鏡を手に持ったまま、彼に尋ねた。彼は女の子を一度見てから、自分が歩いてきた路地を見つめた。

――おうちに帰るの?

女の子は望遠鏡をしっかり胸に抱きしめて彼に聞いた。彼は答えなかった。彼は答えないで家に帰る道順を脳裏に描いた。花屋とパン屋と美容院の前を通って……彼はぶつぶつ言いながら、家に向かって力なく歩き始めた。女の子は路地の中に入ってゆく彼を、しばらく見守っていた。彼の姿が完全に見えなくなると、女の子は手に持った望遠鏡を見た。

――遠くから望遠鏡で見た時、最初はパパだと思った。

女の子が路地に向かって叫んだが、小さな口から出た声は、どれほども届かないうちに、すぐに消えてしまった。

――ちぇっ、望遠鏡で見たら、パパが見えると言ってたのに。

女の子は望遠鏡を地面に投げた。

女の子は地面に突き刺さった望遠鏡をしばらく見ていた。女の子が望遠鏡を初めて手にしたのは、五歳の誕生日だった。いつからか、女の子は自分にはどうして父親がいないのかが気になり始めた。女の子は母に、父のことを尋ねた。母は子供にうまく説明することができず、子供は母の説明をなかなか理解できなかった。女の子にとって父親とは、まるでパズルのようなものだった。顔まですっかりばらばらになったジグソーパズル。

子供はジグソーパズルが好きだったが、母親は好きではなかった。子供は父が黄色い服を着るのか知りたがった。子供は父がおかずを食べるときにこぼすのかを知りたがった。子供は父が左の靴下を先にはくのか、右を先にはくのか知りたがったし、雨が降る時に傘をさすのが好きなのか、それともレインコートを着るのが好きなのか知りたがった。子供は父がチーズを食べたことがあるか、風邪薬をのむ時は手で鼻を塞ぐのかどうかを知りたがった。だが、母はなかなか答えられなかった。

母は答える代わりに、子供の日や誕生日、そしてクリスマスにパパからだと言って一つずつプレゼントをやった。子供が最初にもらったのは、顔から脚まで届く長い鼻を持った小さな象のぬいぐるみだった。それはパパからの最初のプレゼントだった。その年のクリスマスには、パパがバッグを贈ってくれた。子供は象のぬいぐるみの尻についている輪をバッグのファスナーに付けた。子供は服や鉛筆を受け取り、さらに果物やパンまでもらった。そして五歳の誕生日にもらったのは小さな望遠鏡で、今度は手紙まで添えられていた。

いままでずっとパパにあえないで、おこってるだろうね。パパはすごーくとおいところにいる。だからなかなかあえないんだよ。パパがとってもすてきなプレゼントをあげる。ぼうえんきょうだ。パパはおそらのようにとてもとおいところにいるから、パパをさがそうとおもえば、ぼうえんきょうがいるだろう。パパにあいたくて、ママにしかられたとき、このぼうえんきょうでパパをさがしておくれ。そしたらみえるはずだ。もし、おまえがパパをぼうえんきょうでみられなくても、あまりがっかりするな。パパはぼうえんきょうがなくても、いつでもおまえをみまもっているよ。パパはおとなだから、なんでもみえるんだ。おまえもおとなになったらわかるさ。じゃあ、げんきでね。

女の子は手紙を読んだ時にはとても喜んだが、何日もしないうちにパパの手紙が信じられなくなった。書き取りの練習をしなさいと言って母が出した宿題の筆跡にそっくりだったからだ。子供は何日か泣き暮らした。そしてパパから二通目の手紙が来た。今度は手書きではなくて、本で見たのとまったく同じ形の文字だった。二通目の手紙でパパは、ママがパパの手紙をなくしてしまい、それでママがそっくり書き写したのだと言った。それからパパは、字の練習を怠けないようにという言葉を付け加えた。そうすれば、大事な手紙をなくしたりしても、内容をそっくり伝えることができるからだという。子供はとても嬉しかった。子供はパパが本当に手紙を送ってくれたのだと信じた。それ以後、子供はいつも望遠鏡を持ち歩いた。パパに会いたくなると望遠鏡でパパを探した。手紙にあったようにパパは遠くにいるから、女の子はいつも遠い所を見た。女の子は望遠鏡を一万三千二百六十九回も目に当てたけれど、今まで一度もパパを見ることはできなかった。パパどころか、大人の男を見たこともなかった。女の子が見たのは、きれいな空と暗い空と雨の降る空と雪の降る空と雲のかかった空と青い空と夕焼けの空と空を飛ぶ鳥と月の出ている空とかすかに光る星と黄色い空だった。

パパからの手紙はそれからも頻繁に送られてきた。船が難破してたくさんの人たちが近くにあった無人島に脱出したのだが、一緒に脱出した動物たちはちゃんと生き延びたのに、人間はみんな死んでしまったという話が書かれていたのは、パパの四通目の手紙だった。子供は手紙を読むと、自分が大人になったような気がした。五通目の手紙には、料理のレシピが書いてあった。パパのいる所で人気のある料理だという。子供と母親は、手紙のレシピ通りに料理をつくった。卵三つを器に割り、塩、コショウ、牛乳を入れて混ぜた。オリーブオイルをたっぷり入れたフライパンに卵を流し込んでバターを加え、フライパンを前後に揺すって箸でかき混ぜた。ピーマンとハム、ニンジンも入れた。子供はニンジンが嫌いだったが、おいしく食べないわけにはいかなかった。

手紙はずっと送られ続けた。もちろん、母が書いたものだ。当初は、子供がくじけないで育ってほしいと願う気持ちからだった。しかし何度も手紙を書いているうち、母は自分がでっちあげる手紙に、だんだんのめりこんでいった。六通目の手紙には簡単な手品のやり方を数種類書いた。七通目には母自身が行きたい南太平洋のある島の写真をいっぱい入れて、パパはここを旅行中だと書いた。手紙を書けば書くほど、母は子供の父親に対する実際の記憶を失っていった。子供の父親がふだん料理をしたのか、簡単な手品ぐらいはしたのか、旅行が好きだったのか、記憶はまったくあやふやだった。それでも手紙は書き続けなければならない。パパはコックからマジシャン、画家、ピアニストになった。スポーツ選手に人気があればスポーツ選手にもなった。二十通目の手紙を書いた時、母親は夫の日常の習慣を思い出そうとしたが、何も思い出せなかった。趣味や好み、いつも考えていたことなども思い出せなかった。母は手紙を書くのではなく、でっちあげていった。その回数が三十回を超すと、子供の母親は、夫の背丈や体格もはっきり思い出せなくなった。母は生活のためにいろいろな人に会わなければならなかった。最初はたいへんだったが、母は偽の手紙を書き始めてから、生きてゆくのはそれほど難しいことではないと悟った。母が悟ったことの一つは、自分を捨てれば生きやすくなるということだ。子供の父親が実際の姿からだんだん離れてゆくほど父親像をでっちあげやすくなるように、母は自分の考えを捨てて他の人たちに合わせるほど、生活が楽になることに気づいた。母はもはや子供の父親がどんな人物だったのか、すっかり忘れつつあった。自分がほんとうに願っているのは何なのか、時には気になることもあったが、そんなことはまったく重要ではなかったし、生活していく上では、ちっとも役に立ちもしない。

母は手紙を捏造《ねつぞう》し続けたが、自分の年齢と同じ数の手紙を書いてからは、手紙の頻度と内容が少なくなってきた。母は子供が他の人たちと同じように考えながら育つことを願った。子供の母は最後の手紙を書いた。簡単な内容だった。

パパだよ。お前もずいぶん大きくなっただろうから、パパの言うことがわかるだろうと思う。生きてゆくということは、誰にとっても同じだ。世の中を生きてゆくのに一番必要なのは、大多数の人たちが好きなものを好きになり、大多数の人たちが考えるようなことを考えることだ。パパの経験からすると、それが最も大切なことだと思う。そういうふうにしさえすれば立派な人になれるんだ。じゃあ、また手紙を書くからね。

だが、その次から手紙は来なくなった。

母親はだんだん忙しくなり、その分、女の子は独り望遠鏡で空や壁や街を眺める時間が増えた。子供は父親の望み通りに過ごしつつ成長した。そして友達や大人たちに会って、望遠鏡でパパを探すのはやめた方がいいということを知った。望遠鏡でパパを探そうとすると、友達は転げまわって笑い、大人たちからは憐れみの目で見られるということを知った。近所のお姉さんは真剣な表情で、ヒモとベルトでぎゅっとしばった服を着せられて、死ぬまでもがきながら精神病院に閉じ込められるわよ、と警告してくれたりもした。

女の子は望遠鏡でパパを探すと、他の人たちとうまく付き合えなくなるということを理解した。他人とうまくやって行くには、お笑い番組の真似をしたり、流行歌を歌ったりできて、皆と同じ赤いTシャツを着て、手拍子で応援しなければならないということを知った。だが、女の子は混乱し、どうすればいいのかわからなくなかった。パパを探すには望遠鏡で見なければならないのに、パパは、他の人たちと同じように行動することを望むのだから。

大きくなると、望遠鏡で遠くを眺めたりはしなくなった。女の子は学校に通うようになって友達と遊んだ。しかし、その頃から気落ちするようなことが続いた。女の子は友達の気持ちがわからなかったし、友達は女の子の気持ちをわからなかった。友達と付き合うようになってわかったことの一つは、友達が自分の気持ちをわからないように、自分も友達の気持ちがわからないということだった。子供の母親は女の子に、みんなそうなんだと教えてくれた。

ねえ、木を見てごらん。木の内側は見えなくても、木だということはわかるでしょ。車も、中がどうなっているのか知らなくても乗れるし、動かせる。コンピュータも同じだわ。内部の付属品がどうなっていようが、インターネットがどんな原理で動いていようが、お前はコンピュータで宿題をするじゃない。パパがいつか、手紙で言ってたでしょ。中はわからなくても、互いに気持ちはわからなくても、ちゃんと暮らすことができるんだよ。生きるって、そういうものなんだ。つまり運動会のリレーみたいなものだ。お前の役割はお前の後ろから来る子のバトンを受け取って、懸命に走り、次の子にバトンを渡せばいいんだ。お前だけじゃなく、他の子もみんなそうだ。誰でも、この世の人すべて、同じだ。つまり、生きるということは、リレーなんだ。

子供は納得しなかった。子供はリレーが嫌いだった。なぜ途中で休んではいけないのか。なぜ転んだり、後ろに走ったり、バトンを遠くに放り投げたりしたらいけないのだろう？　すると、母がまた、口を開いた。

それはねえ、全体の規則に合わなくなるからよ。あんた一人のせいで、みんな駄目になってしまうわ。この世の中の人間は皆、競技場に生まれてトラックに生きているの。だから誰もがリレー走者なの。どうしようもないのよ。それが人生だし、運命なんだから。

女の子は地面に落ちていた望遠鏡を拾い、バッグの中にしまった。バッグの中にはパパのくれた手紙がきれいに折りたたまれて入っていた。女の子がファスナーを閉めると、ぬいぐるみの象の鼻が揺れた。女の子は彼が歩いていった路地の奥を、しばらくじっと眺めていた。

信号が青になると、女の子は再び道を渡った。コンビニの前を通って病院まで歩いた。駐車場を過ぎ、葬儀場[*1]に行った。線香の匂いが鼻につく。葬儀場の二号室に着いた時、ほとんどの人は寝ていた。女の子は、額に入った母親の写真をちらりと見、廊下に出て椅子に座った。ほとんどの人が寝ていたから、女の子は自分も眠らないといけないと思ったものの、眠りたくなかった。

女の子が椅子に座って長い廊下を見ると、奥に案内板が貼られていたので、望遠鏡で見てみた。女の子が再び望遠鏡を見始めたのは、母親が死んでからだ。女の子は、ママが死んだということが、よくわからなかった。死ぬと会えなくなるというのが、いくら考えてもどういう意味かわからなかった。遠い親戚が来て保険の話をした時には、もっとわからなかった。親戚の人は、ママは幸せそうな顔で亡くなったと言った。別の親戚は、オートバイにはねられて死んだと言い、また別の人は、お酒を飲んで車道に走り出したのだと言った。事故で死んだのに、どうしてママが幸せな顔をしていたのか、女の子には理解できなかった。

女の子は葬儀場のある病院に来る途中ずっと、車の中から望遠鏡で空を眺めた。葬儀場でも、一番高い所に上がって望遠鏡で遠くを見た。日が暮れてお腹もすいたけれど、女の子は望遠鏡で遠くを眺めた。たった一度だけでも、パパを探さなければいけない気がした。女の子は、どうかお願い、どうかお願い、と言いながら遠くを見た。空は完全に暗くなり、目の前にあるのは暗闇だけで、目が痛くてひとりでに涙が流れても、女の子は一晩中望遠鏡から目を離さなかった。誰も女の子を探さなかったし、女の子を知っている人もいなかった。医者たちは走り回り、看護師たちは交替し、患者たちはいつも苦しんでいて、面会に来た人たちは帰って行った。女の子だけが同じ場所から空を見ていた。しかし、夜が明けてぼんやりと日が差し始める頃には手の力が抜け、望遠鏡が下に向くようになった。女の子はそのたびにさっと持ち上げたが、もう持っていられないほど手の力がなくなると望遠鏡がだんだん下に下がり、道端に座っているパパが見えた。最初、女の子は信じられなかった。何度もレンズを拭き、座り込んでいるパパを見た。女の子はパパを見つけたと知らせるために葬儀場に走っていった。しかしいざ二号室に入ると、誰に告げればいいのか、わからなくなった。望遠鏡でだけパパに会えることを知っているママは、額の中に閉じ込められていた。女の子は考えた。望遠鏡でパパを見たなんて言ったら、近所のお姉さんが言っていたように、ぎゅっと締めつける服を着て死ぬまで精神病院に閉じ込められるかもしれない。だから、そっと抜け出してパパに会いに行かなくちゃ。女の子が二号室を出ようとした時、何度か会ったことのある親戚の人が、女の子の口に、いきなり豚肉を入れた。お前は食べなきゃ。食べて元気を出すんだよ。親戚はそう言い、女の子はうなずいた。女の子は豚肉を噛むふりをして、こっそり掌に吐き出した。そしてパパに会うために病院の外に出た。女の子が出て行くところを見た人はいない。ついて来たのは、肉の匂いを嗅ぎつけた子犬だけだ。

女の子は望遠鏡で案内板を見ながら、自分がプレゼントした望遠鏡やバッグや象のぬいぐるみに、パパがどうして気づかないのか、とうてい理解できないと思った。遠くから見た時はほんとうにパパみたいだったのに。女の子はそうつぶやきながら望遠鏡を触った。

女の子は自分が独りぼっちであるということに気づいた。今、周りに誰もいないように、これからも誰もいないだろう、と思った。

女の子は望遠鏡で文字を読み始めた。応急室、外来診療室、新生児室。女の子は椅子から立ち上がって長い廊下を歩いた。これ以上することもなかったから、案内板に従って歩き始めた。

女の子が真っ先に着いた所は、新生児室だった。そこはとても明るく、人がたくさんいた。ドアを開けて入ると、正面にある大きなガラスの壁のカーテンが開いて、人々がガラスの壁に近づこうとしていた。女の子も皆についてガラスの壁の方に行った。人の間をかきわけて入ると、プラスチックのかごの中に寝ている赤ん坊たちが目の前に現れた。皆は赤ん坊を見て笑ったり、大きな声でしゃべったりし出した。女の子もつられて笑った。一緒に笑い、皆と同じように、わあ可愛い、と言った。すると誰かが女の子の頭をなでてくれた。女の子はその瞬間、とてもいい気分になって、声を上げて泣きたくなった。しかしそれも少しの間のことで、皆はスピーカーで一人ずつ名前を呼ばれ、赤ん坊を抱いてその場を離れていった。笑いながら、微笑みながら。

女の子は、誰についていけばいいのかわからず、もじもじしていた。女の子がぐずぐずしているうちに一人二人と去って行き、ガラスの壁は再び厚いカーテンが閉められた。女の子は、たった一人残された新生児室でつぶやいた。どうせ、みんな死ぬのに。

女の子は新生児室を出ると、案内板に従ってまた別の場所に行こうと思ったが、考え直してまた外に出た。女の子は赤ん坊を見ているうちに、ふと、パパが自分を見た時、自分は赤ん坊だったことに気づいた。ひょっとするとパパは、あの場所に先に来て座っているかもしれない。なあ、お前がこんなに大きくなってるとは思わなかったよ。パパはお前が赤ん坊の時に会ったきりだから、気づかなかったんだ。ごめん。そう言うかもしれないと思った。

女の子はバッグをぎゅっと抱えたまま走った。病院を抜け、コンビニのある信号の前に立つと、人がおおぜい歩いていた。女の子は通る人を一人ずつじっくり見ようとしたけれど、人々は女の子を押しのけて通り過ぎて行った。

女の子は、パパが、パパが座っていた場所に座り、バッグから望遠鏡を取り出して握りしめた。パパが、また来るような気がしてならなかった。自分が大きくなったということを、なぜ考えなかったのだろう。パパは赤ちゃんの時の顔しか覚えていないということを、なぜ思いつかなかったのか。女の子は悔しかった。自分は大きくなったと、最初に言えばよかった。

どれぐらいたったのか。一時間？　二時間？　ひょっとしたら四時間かもしれない。女の子は腰が痛いのでちょっと信号機に背中をもたせかけた。パパを探さなければと思ったものの、通り過ぎる人たちの視線が怖くて、目をぎゅっとつぶった。パパは絶対私を探しに来る、と信じて。そうするうちに、いつの間にか眠り込んでしまった。

そうして時間が流れた。誰かが女の子を揺り起こした。女の子は目をこすって、細目を開けた。初めて見る男だ。

——ここで何をしてるの？

女の子は立ち上がってお尻を払った。あくびがしたかったけれど、我慢した。

——パパを待ってる。

女の子が言った。見知らぬ男が周囲を見回しながら聞いた。

——パパ？　どこにいるんだい？

女の子は辺りを見回した。パパはいなかった。その瞬間、女の子は自分でも知らないうちに泣き出してしまった。女の子は、望遠鏡でパパを見たからパパだとわかったんだけれど、自分が大きくなったということを言わなかったから、パパが行ってしまったと話した。しかし泣きながらしゃべるから、何を言っているのか、自分でも、よく聞き取れなかった。

——そうか、パパの顔を知らないんだね？

女の子は泣きながらうなずいた。どうすれば涙が止まるのか、わからない。

——じゃあ、ママは？

女の子はしゃくりあげながら、死んだと言った。見知らぬ男は辺りを見回した。

――ねえ、おじさんと一緒に行こう。君のパパがどこにいるのか、探せると思うよ。

女の子が泣きやんだ。女の子は、自分がついさっきまで泣いていたということすら忘れたように、ぼんやりしていた。あんなに探していたパパを、男が知っているなんて、驚きだった。

――パパを……。

――そう。パパが待ってるよ。さあ、行こう。

見知らぬ男は手を差し伸べて女の子の手を握った。女の子はためらった。すると見知らぬ男は微笑みながら、手をさらに強く握った。

――こんな道端で一人で泣いてちゃ、いけないよ。ああ、いけないに決まってる。

男は言った。

男は女の子の手を握って三、四十分歩いた。女の子は歩きながら時々後ろを振り返ったが、パパはいなかった。男は女の子を空き地に連れて行った。そこには車が一台止まっていた。男は車のドアを開け、乗れと言った。

──さあ、これからこの車でパパに会いに行こう。

女の子は助手席に座った。男は優しくシートベルトを締めてやり、助手席のドアを閉めると、口笛を吹きながら運転席に行った。男は口笛を吹く口を女の子に見せながらエンジンをかけた。車体が少し振動し、車はゆっくり車道に侵入した。女の子は窓の外を見ていた。男はラジオをつけてダイヤルを回し、ニュースの流れているところで止めた。

──手に持っているのは望遠鏡かい？

男が尋ねた。女の子は望遠鏡を見た。女の子は望遠鏡をゆっくり持ち上げて目に当てた。男が車の速度を上げると、建物が猛スピードで通り過ぎていった。女の子は望遠鏡であちこちを眺めていたが、突然止まった。女の子が見たのは、道路の上に立っている一頭の象だった。ぬいぐるみではない、巨大な本物の象だ。信じられなかった。あそこに象がいる、と言いたかったけれど、あまりにも驚いたために、声が出ない。その時、男が言った。

──おい、ニュースを聞いてみろよ。動物園に移送中のトラックが事故を起こして、象が道路を歩いてるんだと。はは。

男は笑うと、また口笛を吹いた。道路に立っている象は、消防車とパトカーに囲まれ、どこに進むべきかわからないで、長い鼻ばかり動かしていた。きっと大きな声で鳴いたに違いないのに、ずいぶん遠いから、女の子には男の口笛しか聞こえなかった。

——毛深い象。

女の子は思わずつぶやいた。

男は口笛を止めて尋ねた。

——え？　何だと？

——毛深い象。街を歩き回るのね。

——ふん、そうらしいな。

男は再び口笛を吹き始めた。男の顔が夕焼けの光に照らされてちょっと赤くなった。女の子は、望遠鏡をさらに強く目に押し当てた。しかし象はだんだん遠ざかり、もう望遠鏡でも見えなくなった。女の子は自分の目から涙が流れるのを感じた。パパに会いに行くのだから嬉しいはずなのに、どうして涙が出るのか、わからなかった。

＊1【葬儀場に行った】韓国では大きな病院に葬儀場が付設されていることが多い。

キャンピングカーに乗ってウランバートルまで　2

*1
In the year 2525,
If man is still alive If woman can survive they may find（…）

Now it's been 10,000 years,
Man has cried a billion tears for what he never knew
（Zager & Evans. "In the year 2525"）

僕は今、公園にいる。ベンチに座って、女からもらった歌のＣＤを聴いている。公園の風景は退屈なことこの上ない。二十分どころか、たった十分間見ただけで湖に石を投げたくなって、いっそ砂漠の写真でも見ている方がずっといいような気がした。時折、風に揺り起こされる時だけ、意識がはっきりした。風が吹かなければ、僕はひたすらぼんやりとしていただろうし、僕の靴をなめていた子犬が靴をまるごと食べてしまっても、気づかなかったに違いない。

風のない時はうとうとしていた。夢の中で僕は父に会った。父は僕がまだ小さかった頃に住んでいた家の中で、釘抜きで釘を抜いているところだった。家は爆撃を受けたように壊れ、崩れたコンクリートの上に埃と煙が舞っていた。

——お父さん、何してるの？

僕が聞くと、父は僕の方をちらっと見てから机を見た。

——机を拾ったの？

父はうなずいた。

——結構良さそうな机なのに、脚の付け方が変なんだ。

父はそう言うと、釘の刺さった机の脚と天板をじっくり眺めていた。父の言うように、四本の脚は位置がずれていて、真っ直ぐ立っていられないほどだった。父が眺めている釘を、僕も見た。釘はとても深く打ち込まれ、ひどく怖気づいたスッポンの頭のように、表面よりもだいぶ奥に引っ込んでいた。僕は父から釘抜きを受け取って釘を抜こうとしたけれども、木が削れるばかりで、何の役にも立たなかった。僕は釘抜きを地面に投げ捨てて言った。

——どうして家がこんなザマなんだよ。戦争でも起こったのかい。

——戦争で壊れなくても、開発するからとか何とか言って壊すじゃないか。

父は、たいしたことでもないような口ぶりで言って、釘を見た。

——釘さえ抜ければ、上等の机につくり直せるんだが、こう深く入っていてはなあ。

父はそう言うと、脚をつかんで机を床に叩きつけた。

——深く打ち込んだ釘は抜けないんだ。割るか、壊すかしない限り。

——そうだよ。釘抜きでも抜けないんだもの、どうしようもないさ。

父が何度も叩きつけると机は壊れた。ようやく脚が取れて、釘の尖った部分が露出した。

——見ろ。一度打ち間違えた釘が、どれほどしぶといか。結局は壊すよりほかにない。机をつくる木も、あまり残っていないのに。

父はがっくりとして、壊れた机を眺めた。僕が何か言おうとすると、強い風が吹いた。埃と煙が目に入ったので、僕は目をこすった。そうして夢から覚めたのだが、僕の目をたたくのは埃ではなく、ベンチの脇に立っている木の、風に揺られる枝だった。枝には咲き始めたばかりの花のつぼみが三、四個ついていた。僕は枝を避けて、少し横に移った。そして、数日前から書き始めたSF小説について考えた。

僕はSF作家を夢見る小説家のタマゴだ。僕は二〇六九年に生まれた。誕生日は、人類が初めて火星に旗を立てた日だ。だから僕は小さい時から、自分の身体には火星の気が流れているのかもしれないと考えたりしたものだ（そのせいかもしれないが、火星の温度のように、僕の躁鬱病はかなり極端だ）。僕は二〇八七年に発表された未来宣言――硫酸を食べ、塩酸を水のごとく飲む、大きな頭をした緑色のエイリアンたちと地球人が、いずれは夕食をともにするだろうという、対国民宣言――を今でも信じているし、僕の座右の銘は「想像力は科学の敵ではなく、科学の母である」というトールキン[*2]の言葉だ。SF作家だと言いふらしてはいるものの、残念ながらまだ僕の小説が出版されたことはない。

SF小説を書こうとする理由は、僕が常に未来を夢見ているからだ。現在はうんざりだ。過去は考えたくもない。僕の生活はいつも同じだった。今日も昨日も、五年前も十年前も、僕の生活には変化がなかった。いや、むしろ、いっそうぼろぼろになっていった。僕の暮らしなんて壁に貼られたポスターのようなもので、そのうちにびりびりと破られたり、上から他のポスターが貼られて息苦しくなるのが落ちだった。人類が火星まで出入りするようになったけれど、僕はぼろ切れのようになってゆき、僕に与えられた時間は、地球を脱出できないまま雑巾になった。ささいなことで何度も社会奉仕命令を受け、その義務を果たすのに、時間と生活の大部分を費やした。

僕がそうなったのには、父の影響が大きい。父は僕が小さい頃から、よく砂漠の写真を見せてくれた。

——おい、これが砂漠の写真だってさ。砂漠って、まるで火星みたいじゃないか？お前のお祖父さんが俺に見せてくれた火星の写真と、どうしてこんなに似てるんだろうなあ。

砂漠を見たことのない僕としては、その写真が砂漠なのか火星なのか判断がつかなかった。僕の見たところ、砂漠でも火星でもない、捨てられた土の山のようだった。

　父は、自分では画家だと言っていたけれど、僕の見るところ、飲んだくれで、釘一つまともに打てない大工だった。父は自分のことを、時間の外部に生きる人間だと言った。父は、すべての人は時間の内部でのみ生きていると言った。人は時間を守って暮らしており、時間の中に留まっている限り、人は生きられるのだという。父が言うには、時間の外部に出ることは、事実上、死に等しい。人は誰しも時間の中に留まっており、時間の外に出る人のことなど、誰も気にかけてくれない。また、時間の外に出ることを世間は絶対に認めもしない。なぜなら、時間がつくり出す体制や制度自体が脅かされるので、時間の外に出ることは絶対に容認されないというのだ。だから人は法律を破ることはできても、時間の境界を抜けることはしないのだそうだ。

――法律は変わっても、時間は絶対に変わらん。時間は石ころだって信仰にしてしまうんだ。化石は石油になり、炭素の固まりがダイヤモンドになり、そして人々は自分たちの信じているものを真実だと錯覚する。

父はそう言ってから、僕に聞いた。

――時間の中に住んでいたのに、自ら出ていった人を何と呼ぶか、知ってるか？

他の人たちと同じように暮らせばいいのに、どうしてまっとうな時間から離脱したりするのか。それは狂人ではないか。少なくとも僕はそう思った。

――俺の考えでは、つくられた時間の中で飼い馴らされずに飛び出した人間は、まさに自由人ってものだ。時間の内部で生きている人は自分が幸福だと思っているのだろうが、それは幸福は幸福だと信じる幸福に過ぎないんだよ。

父はそう言った。しかし、それが自由人なら、この世にあるすべての自由は深い眠りについているのに違いなさそうだ。

――時間の中に根を下ろすということは、気楽な奴隷になるということだ。あまりにも楽なために、自分が奴隷であることすら気づかない奴隷だ。お前がもう少し大きくなったらわかるよ。だけど、世の中の人々は、わからないだろう。なぜなら世間の人たちには時間という大きな釘がとても深く刺さっているからだ。釘はとても長い間刺さっていて、皆はそんな物が刺さっていることすら気づかない。

幸福の半分は不幸な人々の取り分だから、俺は幸福なんぞ羨ましくないんだ。

だが、父は口先だけだった。父こそが、酒の奴隷だった(だから母に逃げられた)。父は、祖父のことをよく話してくれたが、僕はまともに聞こうとしなかった。過去の話は耳にタコができるほど聞かされたから。父は[*3]祖父の遺品だというリュックを抱きしめたまま、死んだ。リュックの中には缶詰と服、それにろうそくや本などが入っていた。墓の中に入れるのに、最も似つかわしい物ばかりだった。

父の死後、僕の人生はさらに狂っていった。僕が他人の人生を使い尽くそうとしているわけでもあるまいし、自分の人生を生きているだけなのに、どうして国家が倫理だの発展だのを口実に、僕のすることをご法度にしたがるのか、とうてい理解できない。

ちょっと前には離婚もした。一年間の結婚生活だった。結婚を砂糖壺に例えれば、最初のひと月は、壺いっぱいの砂糖のおかげで、甘さに浸っていられた。しかしひと月後に砂糖壺は空っぽになった。それからというもの、底に残った砂糖を三、四粒探すのに時間を浪費した。一粒の砂糖も見つからなくなった時、空っぽの壺には虚しいこだまだけが残っていた。あんなにたくさんあった砂糖は、いったいどこに消えたのだろう？　壺の中に向かって尋ねると、聞こえてくるのは、虚しい自分の声だけだ。空っぽの壺に残っているのは埃と、お互いに対する怒りや憎悪だけだった。もちろん妻は今でも、僕にだまされたのだと大声を上げるだろうけれど。

僕たちは別れる前日、最後の電話をした。顔も見たくないから、どちらもモニター画面はつけていなかった。妻は棒読みするように言った。

——知ってる。あたしも、あんたを憎んでいるという点では、同じよ。

おお、そうか。互いに憎んでるって？　僕たちはなぜ互いの共通点を見つけられないでいたのだろう。憎しみという輝かしい共通点を。もっと早く気づくべきだったのに。

——憎しみ以外にも残ってるものがあるよ。

僕が言った。すると妻は「何？」と尋ねた。

——借金。

——そう？　じゃ、それはあんたの取り分として残しておくわ。

妻はその言葉を最後に、電話を切ってしまった。

妻の残してくれた僕の取り分のために、僕は破産した。

数日前、誰かが家に訪ねて来た。うちに人が来るのは、ほとんど半年ぶりだった。僕を訪ねて来たのは税務署の職員で、二人来たのだが、二人とも百年前の流行みたいな三つボタンのグレーのスーツを着ていた。どなたかいらっしゃいますか、と言いながら入ってきた彼らは、僕が二〇九九年から現在まで、十年間も常習的に税金を滞納していると告げた。僕は、とにかく座れと言い、彼らのためにコーヒーをいれた。その間、彼らは家のあちこちを調べていた。小説をお書きになるんですか？　痩せた方の男が言った。僕は自分の書いた電子ブックにサインをして、彼らに一冊ずつやった。もうすぐ出版されてベストセラーになるはずだと言うと、彼らはへへへと笑いながら、礼を言った。本はありがたいのですが

……と、一人がもじもじしながら言った。

——当方としては手続きに従い、仮差し押さえの申請をせざるを得ません。

僕は家を見回しながら、とりあえずコーヒーを飲めと言った。そうして彼らに、税金がどこに使われるのか、ちっともわからないと言った。二人のうちの一人が笑った。少し痩せ気味の男だ。宇宙探査と開発に使われるんです。僕の出したコーヒーを啜りながら、痩せた男が言った。もう一人が横から口を添えた。それに、武器をつくって地球を守るのにも使われます。僕は、そんなことに使うんだったら税金は払いたくない、と言った。その時、唐突に躁鬱病がひどくなるのを感じた。思わず顔全体が赤くなり、息苦しさに耐えられなくなった僕は、マウンテンゴリラのように自分の胸を思い切り叩いた。僕の表情がほんとうに恐ろしかったのか、痩せた男はカップを置きながら、ちょっと落ち着けと僕に言った。いやあ、そんなところにばかり使われるのではありません。痩せた男は空咳を二回ほどした後、八十数年前に完成した大運河にいろいろ問題があって再工事をするので、それに天文学的な費用がかかるはずだし、ヨーロッパのどこかのサッカーチームのユニフォームの背中に「Hi, Korea」という広告を入れるのにも数百億ウォンの税金が必要だと語った。お前ら、頭がいかれてるな、とっとと帰れ、と僕は大声を出した。彼らは慌てた。僕はマグカップを壁に投げつけた。彼らは立ち上がって、告発するぞと僕に警告した。

僕は破産したし、破産する前から大部分の時間を社会奉仕命令を遂行するのに費やしていた。僕の生活は跳躍と発展の時間に適応できず、僕の生活の時間だけが雑巾のようにぼろぼろになった（妻はそんな僕のことを、すべてを雑巾に変えてしまう、きわめて神秘的な才能を持っていると評したことがある）。だから僕は、ひたすら未来だけを思う。過去は死んだものであり、もし死んでいなかったら、僕が殺してやる。僕はただ、未来と幻想だけを夢見る。

ともかく、税務署の職員たちが帰って行くと、僕は突然気分が良くなった。頭の中に大作の予感が湧き出し、僕はその霊感に包まれたまま、すぐに執筆にかかった。

僕が新たに書き出した小説は、こんなふうに始まる。

暴風雨に見舞われた夜空は、とても暗かった。大粒の雨が重たげな音を立てて地

面と司祭館の建物に叩きつけ、夜空を横切るのは稲妻だけだった。時折走る稲妻は、獲物を捕らえる龍の舌のごとく敏捷で、雲の合間から轟く雷鳴は傷ついたトロル*4の悲鳴のようだった。その時、僕は図書館にいて、アウグストゥス司祭を補佐するウィリアム司祭の指示に従い、バビロンの古文書と死海経典、そしてイグナシオ学派の律法五経を整理しているところだった。三十八人の若い副司祭たちのうち、僕がそんな重責を任せられるだろうとは思ってもみなかった。普通は司祭以外は入れない書庫に、僕のような新参の副司祭が配置されたのは、寺院ができて以来、初めてのことだ。当惑する若い副司祭たちに向かって、アウグストゥス司祭はラテン語で語った。Alea Jacta Est!（賽《さい》子は投げられた）アウグストゥス司祭がそう言うと、寺院の中は水を打ったように静まりかえった。重い沈黙を破ってウィリアム補佐司祭が、運命の賽子は投げられたのだ、と叫んだ。三十七人の副司祭たちは頭を深く下げたまま退き、その時から僕は書庫で働き出した。

ウィリアム補佐司祭は、初日から無理するなと言ったけれども、僕は疲れなどまったく感じなかった。一部のデータとしてのみ転送されたものを見ていた情報を、原書で最初から最後まで見るのは初めてだった。僕は喜びに浮かされ、夜が更けるのにも気づかなかった。大音響の雷と稲妻がなければ、おそらく一晩中本を読んでいただろう。嵐は突然始まった。律法五経のうち第一経五章十九節、シナイ半島であった、大天使の封印を読む頃――この部分はキリスト教で言うルシファー[*5]と似たところが多いので、僕はメモを取りながら研究に没頭していた――稲妻が寺院の裏にある山に落ち、それから数秒もしないで雷の音が響いた。そして雷の音が消えようとする時、続いて長い悲鳴が上がったのを僕は耳にした。最初は雷の音かもしれないと思った。しかし、老いた獣が息を引き取る前の呻きのような声が再び起こったので、僕は席を立たないわけにはいかなかった。窓を溶かしてしまいそうなほど雨の勢いが強かった。僕は窓を開いて外を見た。辺りは真っ暗で、西の塔のてっぺんにだけ明かりがついていた。そこはアウグストゥス司祭の部屋だ。雨が強くて、耳がよく聞こえない。もう悲鳴や呻き声は聞こえなかった。錯覚だったのかもしれないと思って窓を閉めようとした時、アウグストゥス司祭の部屋で影が動くのが見えた。忙しそうに行き来していた影は、明かりが消されると同時に消えた。

僕は慌てた。アウグストゥス司祭の部屋で何かが起こったのに違いない。僕は規定通りの戸締りをして保安装置を作動させなければならなかったが、不吉な予感がしていたために、暗号化作業に二度失敗してしまった。僕はドアをいい加減に閉め、西の塔のてっぺんを目指して走った。

廊下を走る自分の足音が、いっそう不安をあおった。何事もなければいいが。しかし僕の願いに反して、アウグストゥス司祭の部屋のドアは、半ば開いていた。僕はそっとドアを開け、明かりをつけた。司祭はロッキングチェアに座って僕を見ていた。僕は身を少しかがめながら司祭に近づいた。僕が近づいても、司祭は身動きすらしなかった。司祭の顔は蒼白で、唇は鉛色になっていた。ああ、司祭さま。僕は司祭の手の甲に口づけして言った。僕の口づけにも、司祭は動かなかった。司祭の瞳はまるで剥製動物の瞳のごとく固定したまま、黒光りするばかりだった。司祭の鉛色の唇が少し震えたかと思うと、とても低い声で言葉を発した。十三人……の……戦士……預言と……運命……召集。僕は司祭の手を握りしめた。司祭の手は石のように固く、皮膚は石灰をまぶしたようにかさかさしていた。僕は、彼が何を言っているのかわからなかった。司祭様。僕が呼んでも、司祭には聞こえていないようだった。必ず……回収して……野蛮……どうか……悪霊……ユビキタス……。司祭は僕を見た。黒い瞳が少し揺れた。司祭の身体は瞬くうちに氷のごとく冷たく、固くなっていった。司祭は僕の名を二度ほど呼ぶと、それ以上何も言わなくなった。稲妻は夜空を横切り地面に落ちた。僕は司祭の手を、そっと離した。

僕はウィリアム補佐司祭の部屋に走ってゆき、ドアをノックした。そしてアウグストゥス司祭が殺されたことを知らせた。ウィリアム補佐司祭はパジャマ姿で、寝ぼけた顔をしていたが、アウグストゥス司祭が死んだという言葉に目を剥き、息をのんだ。さあ、早く、書庫に。ウィリアム補佐司祭が僕をせきたてた。アウグストゥス司祭が殺されたというのに、どうして書庫に行くのだろう。ウィリアム補佐司祭は祈祷文を唱えながら廊下を走った。書庫の戸締りは規則通りにやっただろうね？　祈りを唱えていた補佐司祭は、突然僕をにらみつけて言った。怒りに満ちた声だった。ウィリアム補佐司祭が怒鳴るように言うので、僕はほんとうのことを話すほかなかった。何しろあわてていたから……。ウィリアム補佐司祭は、僕が言い終わるより先に、奇妙な悲鳴を上げながら、恐るべき速度で書庫に向かって走り始めた。

書庫のドアは開いていた。窓まで開いていて、雨と風が入っていたために、まるで悪霊に憑かれたかのようにパピルスや羊皮紙が小躍りし、開いた本のページは、今にもちぎれそうにぶるぶる震えていた。ウィリアム補佐司祭はそんな古文書や古書には構わず床に立ったかと思うと、懐から掌ほどの長さの鍵を取り出した。床には星雲と星団の星座が描かれていたのだが、ウィリアム補佐司祭はそのうち喇叭手《らっぱしゅ》座の上に立った。鍵を持った手が、ひどく震えていた。心臓が苦しいのか、ウィリアム補佐司祭はしばらく胸を押さえ、やがて喇叭手の口に鍵を差し込んだ。鍵はまるで氷が溶けて染みこむように喇叭手の口の中に入り込み、続いて鈍重な音とともに喇叭手座が描かれた床が、ゆっくりと動いた。床が動いたために配列の変わった星団が、太陽系とぴったり一致した。

開いた床に向かっていたウィリアム補佐司祭は、ない、ない、あの本がなくなった、と叫び、座り込んだまま胸をまた押さえた。僕はウィリアム補佐司祭を助け起こすために走って行った。ウィリアム補佐司祭の目は、もう涙でいっぱいだった。彼はものすごい力で僕の腕をつかんだ。始まった。恐ろしい預言が、すぐに実現するだろう。早く十三人の戦士を召集しなければ。時間がない。ウィリアム補佐司祭は力を込めて言うたびに僕の腕をいっそう強くつかみ、僕はその勢いにのまれて、必ずそうすると答えた。

僕の小説は、ここでしばらく中断した。いつものように妻が邪魔をしたからだ。一緒に暮らしていた時と違うのは、果物や野菜を投げながら、「また社会奉仕命令なの?」と叫ぶのではなく、朝から執拗に電話をかけ続けて邪魔するということだった。僕は出たくなかったけれど、ベルがずっと鳴り続けているので仕方なかった。番号を変えなかったことを後悔したが、妻名義なので、変えることもできない。外では雨が降っていた。僕の小説のように大雨が降っており、窓に流れる雨の音がうるさかった。春の梅雨にしては強い雨だ。僕は電話を受けると、問い詰めるような口調で妻に言った。

——僕たちの結婚は、すでに流通期限が過ぎたはずだぞ。

僕の言葉が終わりもしないうちに、妻は僕よりももっと大きな声を上げた。

——どうして離婚届を出してないの？　あんた宛の社会奉仕命令書を、何であたしが受け取らなくちゃなんないのよ。

それは、ちっとも変ではない。妻は感情的に問い詰めるより、論理的に僕の怠慢を攻撃するべきだった。それに、社会奉仕命令は僕が受けるのに、妻がどうして腹を立てるのか理解できなかった。二一〇〇年をとっくに過ぎた現在まで、タロット占いなんかしてるくせに。

——今日、今すぐ行って。そして、二度とあたしに電話がかかったり書留が届いたりしないようにしてよ。

妻は僕に応戦する隙も与えないで電話を切ってしまった。こんちくしょう。考えてみれば、新しい小説を書くために、何日か社会奉仕に行っていなかった。

僕が受けた、すなわち一番新しく受けた社会奉仕命令は、愛玩動物保護法違反と公共管理施設物毀損によるものだった。ひと月前、僕は小説に書く材料を探すために近所にある大学図書館に行った。あれこれ資料を収集して図書館から出ようとした時、二十数年ぶりで中学校の同窓生に会った。彼は犬を抱いていた。目の大きい、がりがりに痩せてひどく神経質そうな犬だ。僕が再会を喜ぶと、同窓生は、お前は相変わらずだなあ、と言った。握手をするために差し出した僕の手を見て、犬が歯を剥き出してうなった。同窓生は図書館で働いていると言い、自分のいる大学図書館に、どういった用件で来たのかと聞いた。僕があれこれ理由を説明すると、同窓生は犬をなでながら言った。

——道理で、最近、図書館に席がない、と学生から文句が出るわけだ。

同窓生はそう言うと愛犬保管箱に犬を入れ、図書館の中に入っていった。同窓生が去ってから、僕は保管箱の犬を見た。犬は爪ほどの大きさの歯を剥き出しにして、再びうなった。指を出すと、犬は尻を後ろに引いてから、バネのように飛び跳ねて僕の指を襲った。僕が素早く避けていなかったら、おそらく小さなのこぎりの歯のような犬の歯が、僕の指を食いちぎっていただろう。ひゃあ、こいつめ。僕の指には犬の唾がついていたが、いったいいつ歯を磨いたのか、腐ったような匂いがした。僕は木の枝を一本拾い、箱の隙間に差し込んだ。木の枝で二、三回つついて懲らしめてやるつもりだったのが、けしからんことに、犬の方が逆に木の枝をくわえて振り回した。僕は木の枝を奪おうとしばらく争い、何してるんだ、という管理人にも神経を使わなければならなかった。管理人は犬には何も言わず、僕にだけ大声を上げた。ようやく犬から枝を奪い返した時には、警察が僕の背後に立っていた。犬はしっぽに火でもついたように、吠えたてた。犬を一度もつつくことができないまま、僕は社会奉仕命令期間中にまた社会奉仕命令を受けたという加重処罰により、なんと二千四百八十時間もの社会奉仕命令を言い渡された。

それでも、前に受けた社会奉仕命令よりは、ずっとましだ。僕が受けた二千四百八十時間のうち百八十時間は、流通期限の近づいた食べ物を寄付する業者から集め、宿泊場所と食事を無料で提供する施設に配達する仕事だった。他の奉仕命令に比べれば楽だったし、収集した物で三食食べられたから、今まで受けた社会奉仕命令の中では、最も好きな仕事でもあった。どういうわけか、うちの冷蔵庫は空っぽだし。

時計を見ると、区役所で奉仕申告をしてから働くのにじゅうぶん間に合いそうだった。僕は書きかけの小説を保存し、区役所に行くため服を着替えた。

その日、僕は区役所で車を借りてコンビニと惣菜屋と衣料品店を経てパン屋まで、運行日誌に従って都心を走り回った。寄付してくれる業者はパン屋が最後だった。夜も遅いし、一日中降っていた雨のせいか、通行人はあまりいなかった。街はじめじめしており、あちらこちらにできた水たまりが、石油のように黒く光っている。重みに耐えきれなくなった水滴がぽつんぽつんと水面に落ち、水面に映った都会の明かりを散らした。街のところどころに、封切りを前にした「スターウォーズ3D第九編」の立体広告が、雨に濡れながら幽霊のように立っていた。

僕はパン屋の店員たちが奥に戻っていくと、寄付の箱からおいしそうなパンと飲み物を選んだ。その日、パン屋から持ってきた箱の中は、ほとんどサンドイッチばかりだった。僕はエンジンをかけながらサンドイッチを一つ出して食べた。

ラジオでは十時を知らせる時報が鳴り、それに続いて、また一日が消滅しようとしています。この夜遅くに、あなたは今、どこで何をしているのですか、とディスクジョッキーが言った。消滅だなんて。ＤＪの言った消滅という単語をつぶやくと、なぜだか口の中がしょっぱくなったような気がした。塩辛さが口の天井や舌に広がり、舌のつけ根がちくちくするみたいな感じ。

車を出そうとした時、再び雨が降り始めた。大粒の雨だ。

都心の外郭に向かう大きな道路に入ると、なぜだか都心が僕を押し出したような気がした。雨水とともに、街灯がびゅんびゅんと後ろに去ってゆき、僕は、元気でな、と叫びたかったけれど、何も言わなかった。行くべき場所もないくせに、何がお別れの挨拶だ。

そんなふうに僕は、最後の収集場所であるパン屋から車で五十分ほどの無料宿泊所「いこいの家」に配達した。走りながら見えるのは、閲兵式の兵隊のようにずらりと並んだ街路樹ばかりで、僕はどこかに海でもあればいいのにと思った。しかし目に入るのは、光を反射してはすぐ闇の中に吸い込まれてゆく国道沿いの街路樹だけだった。ひげを剃った方が良かったかな？　毎日成長するのは、ひげだけだ。僕は片手でハンドルをつかみ、もう片方の手で、つんつん伸びたひげを触った。

「いこいの家」に到着すると、雨脚はいっそう激しくなった。芝生は滑りやすく、土は水を含んでいるので、ひと足ごとに靴がずしりとめりこんだ。箱をすべて搬入してから、儀礼的な挨拶すら交わさないまま、僕は車に戻った。運転席に座るとすぐ、僕はヒーターの温度を上げた。そして振り向いた時、誰もいないはずの後部座席に、女が一人座っているのが見えた。それが誰なのか、なぜ車に乗っているのかは、わからない。女もずいぶん雨に降られたらしく、全身ずぶ濡れだった。焦点の合わないぼんやりとした顔つきで、墓場の雑草みたいに毛玉がいっぱいできた服を着ていた。顔には血の気がなく、冬の朝日を浴びただけでも倒れそうなほど弱々しい感じで、骨と皮だけのように痩せているせいか、ひどく堅苦しく見えた。

――行こう。

女は短く言い放った。僕は女を眺めたが、女は窓を見ていた。車の屋根を叩く雨音がうるさくて、耳がよく聞こえない。エンジンはとても低く深い呻き声を出しながら震えていた。

——何してるの。さっさと車を出しなさいよ。

女は僕を見もせずに、せかした。

——早く行けってのに。

窓から建物を見ると、ドアは固く閉ざされていた。ワォ、午前零時を目指して、気分よく走ってみましょうか？　ラジオのＤＪは相変わらずくだらないことを、声を張り上げて言っていた。

——大丈夫よ。気にしないでいいわ。ここは刑務所でも病院でもないんだから。

女が言った。ドアは、なかなか開きそうになかった。女の言葉は正しいようだ。ここは刑務所でも病院でもない、「いこいの家」なのだから。それに、何百人もの中から一人ぐらいいなくなっても、気づかれないような気がした。

僕はゆっくりと車をスタートさせたものの、どこに向かうべきなのかわからなかった。どこに行くのか尋ねると、女はどこでも構わないと答えた。ラジオは数日前に出現したミステリーサークルと、その上空で撮られた空飛ぶ円盤の写真のことで騒ぎ立てていた。僕は音量を上げた。僕の好きな話だから。うわあ。すごいじゃないか。ラジオのＤＪが声を張り上げて興奮していた。

——知ってる？　百年前にも、ミステリーサークルや空飛ぶ円盤の写真で皆が興奮してたのよ。

女が言った。百年前？　百年前なら二千年代頃だけど、そんな昔に人々が空飛ぶ円盤の正体を知っていたのだろうか。僕は女が正気でないか、「いこいの家」でのんびりしすぎてボケたのだろうと思った。僕は彼女に、何をしているのか聞いた。

——あたしは過去の女なの。あんたたちのくれるパンには、いつも昨日か、もっと前の日付がついてるでしょ。あたしは昨日を食べて生きている、過去の女よ。

ああ、そうなんですね、と嫌みを言ってやりたかったけれど、僕はただ、笑った。

——僕はＳＦ作家なんです。未来を売って小説を書くんだから、僕は未来の男ですね。

我ながら、かっこいい。未来の男。僕は将来、小説のタイトルに使おうと考えた。だが女はにこりともせず、つまらなそうに言った。

——ＳＦ？　くだらない。あんたが未来について、何を知ってるっての。

女はそう言うと、懐から、二十年も前から不法とされている煙草を一本取り出し、慣れた手つきでラジオの下にあるライターを押して火をつけた。女が身体を動かすたび、生臭い雨の匂いとともに、変な匂いが漂った。

煙草の煙は窓にぶつかると力なく広がり、匂いだけを残して空気の中に消えた。ワイパーが忙しく動いて雨水を拭いたが、フロントグラスはすぐに雨で覆われ、時々、対向車のヘッドライトの明かりがぼんやりと映った。僕は灰皿になりそうな空き缶を探して女に渡した。女は空き缶に唾を吐いた。

——ねえ、あんたもあたしの裸が見たい？

女が唐突に叫んだ。女は唾を吐き、煙草の火を消してから、唾といっしょに吸殻を空き缶の中に押し込んだ。

——そうでしょ。見たいんでしょ。あんたも男じゃない。

女はそう言うと、ズボンから服を引き抜いてジャンパーと一緒に上に持ち上げた。

——あんたの見たがってるものよ。ほら。

女は片手で服をつかんでから、もう片方の手でブラジャーを下げた。女の方をちらりと見るために、僕はそっとハンドルから手を離した。その瞬間、にじんで広がった明かりが女の裸体に散らばって、消えた。対向車がクラクションとともに放った上向きのライトが、僕の目を刺して通り過ぎた。女の胸が明るい黄色の明かりに染まり、すぐに脱色された。

——何百年たっても、男ってみんな同じね。

女はそう言うと、胸を突き出した。襟が雨に濡れて、首がこそばゆかった。僕が運転のために振り向けないでいるので、女は胸で僕をつつきながら、見ろってば、このバカ、と言った。見たいのはやまやまだが、雨で道路が滑りやすいから、脇見運転は危険だ。女は、バカ、ともう一度言ってから、服を下ろしてズボンの中に押し込んだ。今度は女の服の上に、波のような模様が揺らめいた。

――わかる？　あたし危険を楽しむ女なの。言葉遊びみたいだけど、危険を楽しむ女は、とても危険なのよ。

女はそう言うと、濡れた髪を触りながら、けらけらと笑った。

――雨の中をこうして走っていると、なんだかのんびりするわね。百年前と同じ。

女は言ったが、車の中はイカの腐ったような匂いがした。危険を楽しむだと？じゃあ、楽しんでもらおうじゃないか。そう言って人けのない山道に女を押し倒したかったけれど、話の続きを聞くと、そうもできなかった。

――どんな危険を楽しんだかわかる？　この世で一番危ないことを楽しんだわ。百年間、こちこちに凍っているために、自分で手続きをした。あたしは冷凍人間だったの。百年もね。今、百四十歳。

まさか、百年間も冷凍されていたとは。百四十歳の女の話を聞かずして、山道に押し倒すような愚かな真似はできない。女は、僕が食べようと思って取っておいたサンドイッチをつまみ、むしゃむしゃ食べながら、自分の過去について教えてくれた。女の話をまとめてみると、こういうことだ。

女は一九六九年に生まれた。生まれたのは、人類が初めて月に旗を立てた日だ。そのせいか、女には月の気が流れているらしい。女は僕と同じようにSF作家を夢見ていたという（百四十年前にもSF作家がいたなんて、素敵じゃないか？）。女がSF作家になろうと決心した理由は、僕と似ていた。女には砂漠を求めてさまよう父親がいた。しかし、父親が実際に砂漠に行ったことはなかった。女の父親は、常に砂漠について語ったが、根無し草のごとく街をさすらうだけだった。女は父の語る砂漠がどんなものであるのかわからなかった。父親が砂漠に脱出することを夢見ている時、女は未来に脱出することを夢見ていた。暗雲のような暮らしに、女は夜になるといつも月を眺めつつ遠い未来を思い、百年後に目覚めることを夢見た。それには冷凍人間になる以外、手段がなかったが、数十億ウォンもの金がかかるので、夢でしかなかった。そんなある日、父親が死んだ。満月の日だった。父親が残したのは何万冊もの本だけ。葬式のために腹違いの弟が来たぐらいで、暗雲のような日々であることに変わりはなかった。台風が通り過ぎたある日のこと、女は父が高額の宝くじに当せんしたことと、そのくじが父の遺体とともに埋められていることに気づいた。女は腹違いの弟と一緒に棺を壊して宝くじを見つけた。大金とはいえ、それは女が百年後の未来に行くのにちょうど必要な額だった。女は、弟が半分を要求するのではないかと心配になった。弟は一緒に砂漠へ行こうと言ったが、女が思うに、それは正気の沙汰ではなかった。なぜ百年後に行かないで、乾ききった砂漠に行かなければならないのか。女は弟をだまして、アメリカ行きの飛行機に乗った。その日は三日月がぼんやりと出ていた。そしてアメリカで何の未練も残さずに冷凍人間になった。百年後に起こして下さい。過去と現在はすべて忘れたいんです。未来は美しいはずだわ。私、いつも百年後を夢見てきたんです。未来には不治の病もなく、数十万冊の本の内容が入ったチップを身体に埋めることもできるんですってね。父の遺した本も、小指の先ほどの小さなチップでじゅうぶんだわ。女の身体に、血液の代わりに不凍液が注入され、女は液化窒素のタンクの中で百年間眠っていた。百年が過ぎ、女は一年前、契約期間満了日に目覚めた。長時間の細胞再生手術を受け、意識が戻って最初に見たのは半月だった。女は最初、嬉しかった。とうとう百年後の未来で生きられるようになったのだから。だが百年後に目覚めたものの、女には行くあてもなく、残されたものは追加された解凍費用だけだった。それは借金として残った。パスポートの期間は当然ながら満了（九十五年前に）していて、自分で歩けるようになると、すぐ強制出国させられ、借金を背負ったまま故国に戻った。故国と故郷には、知っている人が誰一人として生存していなかった。故郷は見知らぬ人だらけだったが、彼らはエイリアンではなく、やはり地球人だ。女にとって故郷は砂漠よりも寂しい場所であった。超科学が発達して五次元と六次元を行き来できるのだろうと思っていたのに、金がなければ町の外に出かけることもできない。相変わらず太陽は一つしかなく、故郷でできるのは、身体を売ることだけだった。女の身体にまだ冷気が残っているのか、夏は商売が繁盛した。特に身体に熱の多い男たちが常連になり、彼らは皆口々に、水風呂に入ったように涼しいと言った。そんなある日、売春宿の手入れがあって、身分証明書すら持たない女は、警察で取り調べを受けた。月の光が雲に隠れている日だった。百年前から未来にどすんと落っことされたとも言えないので、女は説明や陳述を拒否した。ちょうどその日は、強制立ち退きに抵抗して連行された人々で足の踏み場もないほど混雑していたから、忙しい警官は、女を行き倒れの病人に分類し、「いこいの家」に送った。女は「いこいの家」で前日の食べ物を食べ、夜ごと月ばかり見て過ごした。

──あんたがSF作家だって言うから話したのよ。これでわかった？　このバカ。

百年間も冷凍されていた女だとは。僕は妙に魅かれるものを感じた。いや、魅力というより宇宙的なリズムを感じた。僕の体内のアトムたちが、あの女だ、あの女だと叫びながら細胞の中を走り回っているみたいに。

──わかりますか？　同じSF作家だからか、宇宙的な共鳴を僕が感じているってことを。

──共鳴？　ばかばかしい。あんたの小説って、何なのよ。

僕は女に、自分の書いている小説のことを話した。女はサンドイッチをもう一つ出して食べながら、僕の話を聞いていた。ちくしょう、それは明日の朝食用なのに。しかし僕は彼女にならば、譲ってもよかった。たぶん、それが愛なのだ。僕は女に僕が書き始めたばかりの小説について話した。

消えたのは、悪霊を呼び寄せることのできる恐ろしい本だ。その本を取り戻すため、預言通り十三人の戦士が召集される。呼び出されて集まった十三人の戦士は、変身術にたけていてテレパシーが通じる四つ子（この四つ子は遠く離れていても互いに意思の疎通が可能だ。テレパシーの能力があるので他の通信手段はなくとも構わない。そして外見がそっくりなので、敵を混乱させる）、元警察官（元警察官という身分を利用して警察内部の情報を利用できる。今は引退して猛犬訓練所を経営している。海外市場向けに、後で猛犬を一頭追加すること）、記者（美貌の女性。さらに頭もいい。84－61－84。O型。うお座。後に主人公と恋に落ちる）、キリスト教の司祭、仏教の僧侶、イスラム神秘主義の学者（すなわちそれぞれの宗教界を代表する。必要なら伝統的な過去の宗教よりも現在、あるいは未来の宗教に替えることも可）、吸収スペクトラムを専攻した天才物理学者（波長と波動そして反重力と吸収スペクトラムを利用して悪霊を見つけ出す霊的レーダーを開発する）、武器密売屋（悪霊の憑いたロボットやＤＮＡ組み換えによって誕生した怪物と戦うための武器を提供してくれる。一見したところ乱暴なようだが、実は誰よりも純真）、美女（初めは美人記者に嫉妬するが、悪霊をやっつける決定的な助けになる。犠牲になって死んでもいいし、他の戦士と恋に落ちてもよい。開かれた構造を目指すこと！）、そして主人公（主人公は、初めは単なる副司祭だったが、彼の身体には悪霊を眠らせることのできる預言者の血が流れており、恐るべき能力を秘めている。事件を追跡する過程で次第に自らの驚くべき能力に気づく）。こうして十三人の戦士が集合する。十三人の戦士はルシファーの送った悪霊と戦う（古代の武器から最先端の武器、そして超能力と魔法まで！）。何度も失敗したルシファーは、今度は十三人の戦士の心の中に悪霊を忍び込ませる。悪霊に憑かれた最初の戦士は恐怖に耐えられずに疾走する。悪霊は戦士たちに伝染病のごとく広がる。二番目の戦士も恐怖に耐えられずに疾走する。三番目の戦士も、四番目の戦士も。

女はこの部分で狂ったように笑い転げ、しまいには足で運転席を蹴りとばした。

――「十三人の子供が道路を疾走します／第一の子供が怖いと言います／第二の子供も怖いと言います／第三の子供も怖いと言います」。いっそ、最初から*6「烏《オ》瞰図《ガムド》」を書いたらいいでしょ。あんた、本も読まないのね？

　百年前も二百年前も今も、何も変わっていないということに気づかなきゃ。女はつぶやくように言った。

――わかる？　百年ぶりに目が覚めたのに、一つも変わっていないってこと。もちろん、あたしも百年前には、百年先の世の中を夢見たわよ。百年後にはどうなってるかな？　二百年後の世の中は、どんなふうに変わっているだろう？　その頃にはほんとうに、目と頭の大きいエイリアンたちとボードゲームをしているかもしれない、なんてね。百年前と、変わったことは変わったわよ。道路も違うし、建物の高さや地下の深さも違う。それでも、何も変わっていないという気がするの。変わったのは、ボードが地球ではなく宇宙をかたどっているから、ニューヨークではなく火星の首都は一千ドル、アンドロメダ星雲一万ドル、ブラックホールに落ちると、サイコロで三回連続偶数が出ない限り脱出できないってことになった、ボードゲームの規則ぐらいね。百年ぶりに目を覚ましてみると、百年前と違うのは梅雨ぐらいだわ。百年前は夏に梅雨があったけど、今は春なのね。一度も重さを感じたことのない人が重さを理解できないように、本質を知らない人は未来も理解できないのよ。百年前にどこかの山にいたとしても、百年後にどこかの海辺にいたとしても、人生は同じだってこと。それに気づかなきゃ。服を着替えたって別人になれるわけじゃないでしょ。正三角形が二等辺三角形になったって、三角形であることに変わりはないわ。まあ、あたしだってこんなふうに百年後に目を覚ましたのでなければ、夢にも知らなかっただろうとは思うけどね。百年過ぎたってのは、ただ地球の最後に百年分近づいたってことに過ぎない。米櫃《こめびつ》はいつか空っぽになるの。お米がいつまでもなくならないなんて、永遠に夢の話だわ。これ、あげる。疲れたから一緒に寝てあげられないけど、車に乗せてくれたお礼よ。

女は懐に入れていたものを出して僕にくれた。[*7]黄鶴洞《ファンハクトン》辺りにあったようなCDプレイヤーと、ソ・ジュンファンの『青いビニール人形のエイリアン』という本だった（博物館で見るような、本物の紙の本！）。

——黄鶴洞は今でもあるのね。物が高くて買えないけど。

女は再び顔をそらし、じっと車窓から外を眺めていた。外では湿り気を含んだ暗闇が雨の中でうずくまって、人けのない夜道を走る水素電池車を見つめていた。

——これからどこに行こう？　うちに来る？　まだ差し押さえされてないし。

——バカ。どこに行っても、破滅しかないってことに気づかなきゃ。進化なんて、滅亡の淵に陥っただけのことよ。たかだか数百万年でしょ。木も石も地球も時間も死ぬ。ねえ、あんた、あたしの弟にそっくりなの。とっくに死んだだろうけど。

それでも僕は、女を家に連れて行きたかった。だが、そうはできなかった。都心に入るとすぐ、検問にひっかかったのだ。僕は警官に「やあ、お疲れ様です」と挨拶した。そしてウインドウを下げて区役所の車であることを強調した。

——公務員でいらっしゃいますか？

堅苦しいやつだ。

——車を見ればわかるでしょう。

レインコートや帽子から、雨のしずくがぼとぼと垂れていた。警官は懐中電灯で後部座席を照らしてから、僕に身分証を見せろと言った。僕は仕方なしに身分証を提示した。そうしなければ、すぐにまた別の社会奉仕命令が下るだろう。照会の結果が出るまで一分とかからなかった。やはり、陽子コンピュータはすごい。

——公務員だなんて、よく言うよ。道路交通法、集会・デモンストレーション法、保安法、出版法、青少年保護法、民防衛法、山林保護法、愛玩動物保護法、公共施設管理法違反に、風紀紊乱《びんらん》と税金滞納まで？　おや、投票にも、三回も行ってないね。これは選挙法違反だ。

警官は懐中電灯を上下に揺らした。僕は窓の外に顔を出したまま唾を吐いた。

——健康保護法違反に、公権力保護法違反も追加するよ。

警官が、ざまあ見やがれ、というふうに嘲笑《あざわら》っていると、女が突然、後ろのドアを開けて走り出た。警官も僕も驚いた。警官が女を追いかけようとしたが、僕がドアを開いて出ると、警官は僕を制止した。走ってゆく女は、スターバックスのコーヒーを飲んでいた別の警官二人が追いかけた。警官がネット銃を撃とうとすると、女は山道の下に飛び下りた。女の消えた痕に、雨だけが降っていた。

——こいつだけでも連行しろ。

ネット銃を撃てなかったのが残念だとでもいうように、警官が僕に言った。

その日僕は、実に九十九時間も取り調べを受けた。僕のことはまあいいとして（罰金刑に社会奉仕命令に、拘留に……）、問題は女のことだ。冷凍人間だったのが一年前に目を覚ましたということを、まったく信じようとしなかった。僕に、これ以上作り話をすれば、あと九十八時間延長するぞと忠告することを忘れなかったし、流言飛語の流布は検察に送致されることもあるほどの大罪なのだと脅してきた。僕が事実なのだと言っても、とうてい駄目だった。

——おい、金警長[*8]。冷凍人間って聞いたことあるか？

——鄭《チョン》刑事、この世の中に、そんなものあるもんですか。冷凍の肉はたくさん輸入されますけどね。

警官が僕にインターネットで記事を探してみろと言うので、僕は検索してみた。次の世紀に初の冷凍人間誕生も。解凍時の深刻な細胞破壊を防ぐナノ技術がお目見え。早ければ二一五〇年頃に常用化すべく推進。不治の病、これからは未来で治す。まあ、そんなふうな記事が出てきた。

——SF作家だって……。ふう。

警官は調書を書きながら長く深いため息をついた。雨がやんで、窓の外には東洋で最も高いという清渓川《チョンゲチョン》タワーが光を反射して輝いていた。

僕は今、公園にいる。公園で女にもらった歌を何時間も聴き続けている。歌は女の生まれた年に発表されたものだ。CDプレイヤーの寿命が来ているのか、ちょっと止まってはまた再生された。

西暦五五五五年には機械がすべてのことをやってくれる。西暦六五六五年には夫も妻もいらず、試験管から息子や娘をつまんで使えばすむようになる。西暦七五一〇年には神が周囲を見回して、審判の日が来たと言うかもしれない。そして西暦八五一〇には神が首を振り、人間は元のままが良かったと言いながら、世の中をそっくりまるごと再創造するかもしれない。

僕が二五二五年まで生きられたとしても、僕の生活には何の変化もないように思えた。建物が年ごとに高くなり、未来について壮大な約束がまた発表されても、僕の暮らしには何も関係がないだろう。

僕の生活は相変わらず時間を雑巾にするだろうし、僕は女にもらった百四十年前のCDを聴きながらこの公園で風が吹くまで眠っているだろうから。西暦二五二五年か。あと四百十六年だ。

いつ来たのか、隣のベンチには若いカップルが座っていた。二人はしっかり抱き合ったまま、ベンチの横で咲き始めた花を見て、つぼみを触りながら何か話していた。僕は少しの間、音量を下げた。彼らはどうして花びらがしっかり抱き合ったまま、重なり合って開くのか気になるらしかった。僕も花を見た。彼らの言う通り、花弁はしっかりくっついたまま、重なり合っていた。

――まだ寒いから抱き合っているんじゃないか？

若い男が言った。

――いいえ、違うわ。まだ子供だからよ。一人ずつ別れて咲いたら、散ってしまうからよ。私たちの愛のように。

　女が言った。

　僕は公園を離れる時が来たと思った。僕は立ち上がり、ゆっくりと隣のベンチに向かった。僕は若いカップルが見ていた花のつぼみをさっと引きちぎり、足で何回も踏みつけてから走った。男が後ろで何か叫んでいたが、僕は聞こえないふりをした。何百年たっても変わらないのに、何でそれぐらいのことで大げさに騒ぎ立てるんだ。走りながら、「深く打ち込まれた釘は抜くことができない」という父の言葉がしきりに思い出された。僕ももう、グッドバイだ。

＊1【"In the year 2525"】西暦二五二五年／もし男がまだ生きているなら　もし女が生き残れたなら　彼らは見出すだろう／／今は一万年が過ぎ／人類は理解できないことのために十億の涙を流した——ゼーガー＆エバンス「西暦二五二五年」より

＊2【トールキン】John Ronald Reuel Tolkien(1892-1973)、中世文学者、ファンタジー作家。代表作に『指輪物語』など。

＊3【祖父の遺品だというリュック】この祖父は、前作「キャンピングカーに乗ってウランバートルまで」の主人公である。すなわち、この作品の主人公はリュックの最初の所有者から見ると曾孫に当たる。みすぼらしい遊牧民の荷物は、先祖伝来の古時計のごとく代々受け継がれてきたのだ。

＊4【トロル】北欧の伝説に登場する妖精。

＊5【ルシファー】神に反逆して天から追放された堕天使たちのかしらであるサタン。

＊6【烏瞰図】詩人李箱《イサン》（一九一〇～一九三七）の有名な詩のタイトル。「十三人の子供が……」はその詩の一節。

＊7【黄鶴洞】ソウル市中区《チュング》にある地名。

＊8【警長】警察の階級の一つで、警査（日本の巡査部長に相当）の下、巡警（一番下の階級）の一つ上。

都市は何によってできているのか　2

のどかな日よう日です。まっすぐのびた日ざしが、まどから入ってすみずみまでてらします。リビングをすぎ、台所のおくまでとどきます。ぴかぴかにみがいたぎん色のおなべが、えらそうに日ざしをはね返します。まるで、鼻で笑っているようなかんじです。あそびまわるこどもたちの笑い声がどこからか聞こえます。耳をかたむけると、ほうちょうで何かを切る音もします。おとなりの家では、ぬれたせんたくものをパタパタたたいています。二かいに住んでいるおじいさんは、お気に入りのラジオばんぐみがなかなか見つからないらしく、歌とざつ音とニュースがつづいて聞こえてきます。いろんな音がてきとうにまざって、かえってたんちょうです。私は、あくびをしながらせのびします。でも、たいくつではありません。もう少しすれば、私のいちばん好きなじかんになるからです。毎しゅう日よう日になると、ママはパパのかみを切ってあげます。日あたりのいい中にわで。いすにすわっているパパに、ママは白い布をかけてあげます。しみ一つない白い布は、とてもまぶしくて、パパはまるで王さまのふくをきているようです。まぶしく白い布の上に、パパの短いかみの毛がぱらぱらおちます。はさみの音を聞いたことがありますか?

じょきじょき。小さく短い音だけど、耳にひびきます。よくうれたりんごをひと口かじる音みたいです。ママはしんけんなかおつきですが、パパはほほえんでいます。かみの長さをはかるママのひょうじょうが、おもしろいです。短くなったパパのかみの間で日ざしがかがやきます。そよそよとふく風にかみの毛たちが軽くダンスをします。そうです。これが、私のいちばん好きなじかんです。

女の子は書くのをやめて鉛筆の先を噛んだ。すっぱかった。また「パパ」と書き始めたが、すぐにやめ、鉛筆についた歯形を見た。口の中にたまっていたすっぱい味が、再び広がった。

——おい、何をしてるんだ？

男が口笛をやめて、聞いた。女の子は静かに鉛筆を置いた。男がちらりと紙を見た。

——日記を書いてたのか。ああ、そうか。これは日記だな。そうだろ？

日記ではなかったが、女の子はうなずいて、男が紙を持って読むのを待った。

そうして、男が早くパパを探してくれることを願った。男は紙と女の子を交互に見、女の子はうなだれたまま鉛筆についた歯形を見ていた。女の子が男についてきたのは、朝だった。男は、パパのいる所を知っていると言った。朝から蒸し暑くて、汗で服が体に貼りついていた。男は口笛を吹いた。こんな道端で一人で泣いてちゃ駄目だ。なあ、一緒に行こう。パパを探すのに疲れてうたた寝していた女の子は、そうして男について行った。

女の子が連れて来られたのは、小さな事務所だった。着くとすぐ、男はキリンみたいに首の長い扇風機をつけた。扇風機の風が吹くと、部屋にこもっていた、饐《す》えたような匂いがあちこちから漂ってきた。女の子はきょろきょろしながらパパを探したが、パパはいなかった。傷ついた皮膚のようにすりきれた革のソファーが、女の子を見つめていた。壁には尋ね人のポスターと、拡大した顔写真が何枚か貼られていた。ポスターや写真は扇風機の風が当たると銃声に驚いた鳥のごとく飛び上がり、すぐ元に戻った。壁紙はしおれた野菜のように乾いていた。口を閉ざして動かない机や、骨をむき出しにして立っている柱があるだけで、パパは見えなかった。男は女の子をソファーに座らせた。男は時々口笛を吹き、煙草をふかした。女の子と男は昼食にチャジャンミョン*を食べ、食べ終えると男は煙草をふかし、また口笛を吹いた。遠くから雷鳴が聞こえ、男は窓の外に顔を突き出して、しばらくそのままの姿勢でいた。男は押し寄せる黒雲を見た。今年の夏は雨がよく降る、と男は思った。女の子はパパ探しがそれほど簡単ではないことをよく知っていたから、あせりはしなかった。自分があせったために、男が癇癪《かんしゃく》を起こしたり怒ったりして探してくれなくなることを恐れた。パパがそんなに簡単に探せると思うか？　女の子はバッグの中の望遠鏡を触った。パパはお空のように遠い所にいるから、望遠鏡で探せると言った。でも、おもちゃみたいな望遠鏡でパパを探すのは、近所のお姉さんが言っていたみたいに、頭のおかしい人のやることかもしれない。精神病院に行けば袖の長い服を着せられるんだけど、その袖でぐるぐる巻きにされて全然動けないんだって。女の子は、お姉さんが言っていた服を着たような息苦しさを感じ、腕をちょっと動かして、ようやく安心した。女の子は、男がパパについて話すのを待った。男は窓から離れて白い紙と鉛筆を女の子に渡し、ソファーに座って口笛を吹きつつ目を閉じた。

女の子が白い紙を見ている間、男には何度か電話がかかってきた。男が電話の相手に事務所の場所を教えたりしていたので、ひょっとしたらパパに道を教えてるのかもしれない、と女の子は思った。とうとうパパが来る。胸が高鳴った。ちょっとくらくらして、顔がほてった。女の子は白い紙を見た。絵を描こうか。じっと白い紙を見ているうち、パパのくれた手紙を思い出し、お話を書くことにした。パパがたくさん手紙をくれたように、女の子はパパにかわいいお話をプレゼントしようと決めた。パパに会ったら、いつか自分の手で散髪してあげたいと思った。

男は女の子に紙を渡すと、口笛を吹きながら、この子をどう扱うべきか頭をひねっていた。扇風機がそれ以上首を振ることができず、しゃっくりのような音を立てるので、男は扇風機の首振りを止めて固定した。男は、女の子が何か書いているのを見た。

男はその紙をつまむかのように指を当てたが、紙を取り上げはせず、その上で指を弾いた。

——日記だな。そうだ、日記を書くのはいいことだ。

男は女の子の頭をなでた。

——だけど、このおじさんは日記が好きじゃない。なぜだかわかるか？

女の子は首を振った。

——お前、蝉《せみ》を知ってるよな。

女の子はうなずいた。

——そう、賢い子だね。蝉はね、何年も土の中で暮らす。そうして外に出て、夏の間だけ猛烈な勢いで鳴いて死ぬんだ。ほんの一瞬のためにな。

男は椅子を引きずってきて女の子の前に座り、指を組んで女の子を見つめた。

——そんな蝉がだな、日記を通じて、自分が何年も真っ暗な土の中で暮らしていたことを思い出したら、どうなる？　どんなにつらいだろう。その日その日を、ただ忘れて暮らすのが一番いいんだよ。昔のことなんぞ思い浮かべる人は、間違いなく敗北者だ。失敗した人たちが、遠い昔に帰りたがるんだよ。

男は女の子を見た。そのぼんやりした目を見て、愚鈍な子だと思った。母親は死んで、父親は顔も知らないと言っていたが、煙みたいに、いつどこに消えてゆくかわかったもんじゃない、と男は思った。バカだから。靴ヒモみたいに。靴ヒモは、しっかりくくりくくれればほどけない。俺がほどかない限り、と男は考えた。男は袖をまくり上げ、肩の入れ墨を女の子に見せてやった。

――おい、この絵、何だかわかるか?

女の子が男の肩に見たのは、大きな羽の、胴体がこぶしほどもある蝉だった。鮮やかな青色で刻みつけられた蝉は、男が筋肉を動かすたびに、今にも羽ばたいて飛び立ちそうだった。目と羽はきらきらする赤い色だったが、血が小さなしずくになっているように見えた。女の子は小さな声で「蝉」と言った。すると男は女の子の髪をなでた。

――そうだよ、賢いねえ。ほんとにいい子だ。じゃあ、この蝉の羽をよく見てごらん。

女の子は言われた通り、蝉の羽を見た。まるで血がたっぷりついたまま割れたガラスのように、無数の小さなひびが血管のように走っており、そこから枝分かれしながら、さらに小さなひびが出ていた。

女の子は怖かった。いつだったかこんな怖い思いをしたことがあったのに、よく思い出せない。あたし、なんで怖かったのかな？　女の子は思い出そうとしたが、そうすると、やたらに頭の中がこんがらがるような気がした。身体は寒いのに、額に汗が流れた。何が怖かったのか思い出そうとすれば、他のものが頭に浮かんだ。車に包囲された象、のどかな日に散髪する父、傘を持って出勤する母、独りで家にいる自分の姿、望遠鏡で見たいろんな空のようすなどが思い浮かんだ。額に流れる汗を拭きたいのに、手がうまく動かせない。女の子はやっとのことで口を開き、「パパは？」と聞いた。

――パパはねえ、

男は長いため息をつくと煙草を一本取り出し、火をつけた。煙草の煙は葬儀場の線香の煙に似ていた。女の子は線香の煙の後ろに、無表情な母親の写真が見えるような気がした。すべてが夢のようだ。

――なあ、このおじさんがパパを探してやるって言ったよな。

煙が薄らいで、母の写真の代わりに男の顔がはっきりと現れた。窓から雨音が聞こえてきた。車輪が水たまりを横切って通り過ぎた。雨もりがしているわけでもないのに、なぜか自分の額に雨のしずくが落ちているような気がした。

――なあ、蝉は羽にあるひびの数ぐらい、たくさんの年月を待ち続けたあげく、ほんの一瞬鳴いて、死んじまうんだぜ。こう考えてごらん。お前はこれから、蝉の羽にあるひびぐらい、たくさんのおじさんたちに会うことになる。俺も、お前のパパが誰なのか、よくわからないんだ。だから、パパかもしれない人たちに会うことになる。それが十人になるか、百人になるのかはわからない。でも、この蝉の羽を見ろよ。羽も結局は、一つの胴体についてるじゃないか。そうだろ。こう考えるんだ。蝉の胴体は、お前のパパだ。そして、蝉の羽にあるひびが、これからお前が会うおじさんたちだ。皆、お前ぐらいの年頃の女の子が行方不明になって探している人たちだよ。その中には絶対、お前のパパもいるはずだ。それぐらいたくさん会っていれば、いつか、ある瞬間に、パパに巡り会えるってことだ。蝉の羽が胴体についてるようにな。どうだ、おじさんの言ってることが、わかるか？

　女の子は男が何を言っているのか、よくわからなかった。もう一度勇気を出して話さなければならないと思ったけれど、言葉が出なかった。

——お前は賢い子だから、わかっただろう。これからもパパだという人に会ったら、なあ、パパだという人たちはだな、お前をあちこち触るかもしれないよ。なぜだかわかるかい。

　女の子は男の言葉が聞こえはしたものの、耳を通過した途端にいろいろなもののイメージと混ざって、言葉とイメージが頭の中でコマのようにぐるぐる回るばかりだった。

——いいかい、蝉はなあ、土の中で育っている時と、蝉になった時とでは、見た目が完全に変わる。これを変態って言うんだよ。変態って、悪いことじゃないんだ。ともかく、蝉のパパが、成長した蝉を見ても、自分の子供かどうか、わからないだろ？　姿があまりにも違っているからな。だから、へそはどんな形か、赤ん坊の時の痕跡は残っているのか、ほくろがあるのかないのか、そんな特徴を探すために、お前の身体を触ったりなでたりすることもある。

男は女の子の髪をなでた。

——暑いんだな。こんなに汗をかいて。

女の子はコンクリートのように固まっていた。靴ヒモはしっかり結べば靴は脱げない。男は口笛を吹きたい気分だった。

——世の中は、蝉のように生きなくちゃいけない。羽にあるひびの数ぐらいたくさん失敗しても、もう一度胴体になればいいんだ。それがほんとうの戦士というものだ。お前、戦士って何か知ってるか?

女の子はじっとしていた。すると男は女の子を机の前に連れて行って立たせておくと、引き出しからナイフを一本取り出した。ワニの口みたいにぎっしり歯がついた、小さいけれど頑丈なナイフだった。男はナイフを自分の顔に当てた。ぎらりと光るナイフの刃には、男の顔が幽霊のように映っていた。男は女の子の前で8の字を描きながら数回ナイフを振り回し、女の子はナイフが放つ銀色の光や風を切り裂く音に慄いて、数歩後ろに退いた。

――おいおい、怖がっちゃだめだろう。さあ、こっちにおいで。

男は女の子をナイフの近くに引き寄せた。

――ほんとうの戦士とは、このナイフのことだ。

男は女の子の目の前にナイフの刃を突きつけた。女の子はナイフに映った自分の姿を見た。冷たく蒼白な小さな顔が、少し震えているのが見えた。パパは？

女の子は啜り泣きながら言った。

――お前は賢い子だと思ってたのに、ほんとにバカみたいだな。

男は声を荒げ、ナイフの刃を女の子の顔にいっそう近づけた。そして女の子の肩をぐっとつかんだ。

――俺の言うことがわからないのか。パパに会わせてやるって言ってるじゃないか。だけど、その前にいろんなおじさんたちに会わなければならないと、何度言ったらわかるんだ。え？　お前はバカか。顔に傷がついて、パパがお前を見つけられなくなってもいいのか。え？　バカで愚図の子供さんよ。

女の子は男の手につかまれている肩が痛かったけれど、痛いと言うこともできなかった。女の子は目をつぶり、唇を噛んだ。すると男が女の子を叩きつけるように押した。

——戦士は戦争で戦う人間なんだ。そして、このおじさんの名前は蝉だ。蝉。

男はナイフを大事そうに引き出しにしまった。女の子は男に押しつけられた所から、まったく動けなかった。誰かが脚をつかんで大きく揺らしているみたいに脚が震えてきて、しきりに涙が溢れた。男はそんな女の子を見ていたかと思うと、女の子が座っていたソファーに腰かけ、女の子のバッグの中をごそごそまさぐっていた。女の子は熱い小便が太ももを伝わって流れるのがわかった。恥ずかしかったが、どうしても足が動かなかった。小便はふくらはぎや足首にまで流れ落ちた。かなりの量だったから、体内の水分がすべて抜けてしまうような気がした。

——小便を漏らしたな。

男はそう言って口笛を吹いた。口笛の鋭い音が、女の子の顔を、火にあぶられたようにかっかとほてらせた。女の子は手を持ち上げて耳をふさぎたかったけれども、小便が流れる太ももから手を離すことができなかった。

——もう、俺の言うことがわかったか？

男は相変わらず口笛を吹きながら女の子のバッグについている象のぬいぐるみをいじっていた。女の子はうなずいた。

——そうじゃない。大人に何か言われた時は、大きな声で、はい、って返事するもんだ。お前、賢い子だよな。な、そうだろ？

女の子は、はい、と答えたものの、泣きながら言ったので、鐘の音みたいに声がひどく揺らいだ。女の子は、聞こえなかったかもしれないと思って、もう一度、はい、と言ったが、同じことだった。はい、はい、と何回言っても、その声はすぐに消えてしまった。

——ああ、そうだ。お前はほんとにいい子だね。しっかり結んだ靴ヒモみたいにいい子だ。

女の子はうなずいた。その瞬間、母親の言葉が思い浮かんだ。世の中はリレーなのよ。みんなの好きなものを好きになり、みんなの信じることを信じ、みんなの考えることを、同じように考えることなの。どうしてかわかる？　木や車の中がどうなっているのか全然知らなくても、外側だけ見れば、木なのか自動車なのか区別がつくでしょ？　中身を知らなくてもちゃんと暮らしていける。生きるってそういうことなの。お前はただ、他の人たちがくれるバトンを受け取って、他の人に渡せばいいのよ。なぜそうするのか、なんて疑問は捨てて、他の人たちが考える通りにやってればいいの。そしてバトンを渡しさえすればいい。バトンが何なのか知る必要はないってことよ。ただ渡すだけ。それが生きるってことなの。

——誰でも一度ぐらいは道に迷うさ。特に、こんな大都市ではな。お前が悪いんじゃない。一度ぐらい道に迷うのは、運命なんだよ。

その時、呼び鈴の音がしたので男は口笛をやめて歩いてゆき、ドアを開けた。女の子はその場に立ったまま、ドアの前にいるもう一人の男を見た。パパだ。女の子の頭の中で、誰かが囁いたような気がした。パパだ。走って行きなさい。誰かが、また言っているようだ。女の子は蝉を押しのけて、ドアの前に立っている男に向かって走って行き、いきなり抱きついた。脚や腕が、勝手に動いた。

——パパ。

女の子はドアの前に立っている男の腰に顔を埋め、おそるおそる、「パパ」と呼んだ。涙をこらえようとして、それ以上何も言えなかった。口笛を吹いていた男は、ほんとうの蝉のように声を上げて笑い出した。

パパ？　いったい、何のことだ？

彼は女の子を見るたび、初めて会った時にパパ、と言って走ってきた様子が思い浮かんだ。パパって、いったい？

彼は父の墓と、遺産として残された本を置いたまま、都市に戻ってきた。父の葬儀のために田舎にいた二カ月間、間の抜けた釣り客が二組、二日間も父の民宿に泊まってくれなかったなら、彼は都市に行くためのバス代すらつくれなかっただろう。姉を探すために父が経営していた民宿を出て来たものの、姉はどこにも見つからなかった。彼は一年間、都市をさまよった。その一年の間、彼は雨が降るのを見、雨がやむのを見た。図書館で新聞を読んだし（ひょっとして「事件と事故」欄に姉の消息があるかもしれないと思ったのだ）、週に一度ずつ住民自治センターに立ち寄って姉の住所を確認し、なじみの飲み屋を手伝い、セメントの袋を六百九十個運び、用便をし、力なく落ちる精液を見、煙草を吸い、鳥の飛ぶのを見、人々がテレビを見ながら笑う声を聞き、キャンキャン鳴いて後ずさりする犬を見、時計とカレンダーを見、鏡を見、鏡の前に立っている見慣れた顔のある男の目尻にかすかにたまっている、しかし下に落ちるほどの重さにはならない涙を見た。

都市で、自分の行くべき場所を知っているのは犬たちだけだった。姉を探してはいたものの、なぜ探すのか、いざ見つかったら何を言えばいいのか、そんなことがすべて、次第にぼやけ出した。治らない癖のごとく、一種の習慣のごとく姉を探していたけれど、後にはどうして探さなければならないのかということすら、わからなくなった。彼にとって都市は、砂漠ではない砂漠だった。どうしたわけか、彼は都市を思うたび、荒涼として砂だけが飛んでいる砂漠が自然と思い浮かんだ。父のせいなのかどうか、理由はわからない。血管を通って流れる血球のように、彼の身体のどこかには砂漠の砂がいつも潜んでいた。砂漠の粗い砂は彼の頭の中にも潜んでいたし、時には脇腹や心臓の裏、目につかない所に潜んでいたりもした。何かの拍子に性器の先に留まっていたのか、勢いのない精液になって彼の目の前にぽとぽと落ちたりもした。一千万を超える人口、大雨、氾濫、まばゆいばかりの明るさ。とうてい砂漠ではありえないのに、都市が、実は砂漠であるということを知った。一晩のうちに砂が数十キロメートルも飛んで、新しい砂山ができたり、なくなったりする砂漠のように、都市は、朝、目を覚ますと新しい看板が立っていて、知っている人はどこかに引っ越してしまい、街は完全に変わっていた。人々は砂漠の虫や動物のように、活動時間に合わせて出勤し、砂漠の昆虫や動物が砂の中に隠れるように、家の中に吸い込まれていった。そのどこにも足跡は残っていなかったし、あるのは砂みたいに手で握ると抜け落ちてゆく虚脱感と風化だけだった。だから彼は、自分の行く道を知っている犬たちが、羨ましかった。

彼は最後の手段として「オフィス蝉」の事務所を訪ねた。彼はなじみの飲み屋で、人探しは「オフィス蝉」が一番だと聞き、二、三カ所に電話をかけて探し当てると、姉探しを頼みに来て、ついでに仕事にまでありついた。

——運転してくれたら、一日に五万ウォンは出せますよ。もちろんお姉さんを探すのは、私が無料でやってあげましょう。

蝉と呼んでくれという男は、彼に提案した。蝉は彼に女の子を指さして、女の子の父親を探す仕事だと言った。一日に一回の時もあり、数回のこともあった。蝉が教えてくれる住所に女の子を連れてゆき、一、二時間後に女の子が出てくれば、蝉が借りてくれたアパートに連れて帰る仕事だった。仕事には蝉の車を使った。蝉がいない時には女の子と一緒に食事をしたり、寝かせたり、遊んでやるだけの、簡単な仕事だった。彼は、女の子が父親かもしれない人の家から出て車に乗る時、いつも、パパじゃなかったの？　と聞いた。すると女の子は、パパみたいな気もするし、違うような気もする、と言い、望遠鏡で窓の外ばかり見ていた。私の身体は草原です、思い切り遊んでください、くすぐったくもないわ、女の子はそう口ずさんでいたけれど、メロディーやリズムは毎回変わった。自分でつくった歌？　と聞くと、女の子は、突拍子もなく、象の話を始めた。

——おじさん、あたし道路に象がいるのを見たことがある。

女の子がその話をするたび、彼は笑った。おい、象はジャングルとか草原、でなけりゃ動物園でしか生きられない、都市では生きられないんだよ、と言ってやりたかったが、やめた。道路に象だなんて。いったいぜんたい。彼は、この子は、とんちんかんなところがあると思った。望遠鏡を目から離さないことからしても、ちょっと変だ。望遠鏡で何を見ているのか気になったが、尋ねはしなかった。望遠鏡がなかったら、世の中は鼻糞ぐらいの大きさだっただろうし、遠い所に別の世界があるなんてわからなかっただろう。女の子が見ている望遠鏡で見れば、探していた姉が見えるのではないか。彼はそう考えつつ、ただ黙々と運転していた。

蝉の借りてくれた小さな地下室にいる時、女の子はいつも一所懸命、紙に何かを書いていた。自分のいる所を照らす電球が一つあるきりの部屋で、日光はいつも小さな窓に切り取られながら降り注いだ。彼は、女の子が何を書いているのか気にかかったものの、盗み見ることはしなかった。女の子はよく居眠りをしたから、そんな時には紙を持ち上げて読んでみたりした。女の子は童話のような話をよく書いていた。最初、彼は女の子のつくった物語が好きだった。けれど物語は、だんだん暗くなっていった。

私はえらばれた子供です。だから友だちは私を見ると、ときどきうらやましそうな目をします。だけどそんなふうに見られるのは、いやではありません。私がえらばれた子供になったのは、ごぞんじでしょうけど、自分でしたことではありません。この王国では四年ごとに子供がえらばれるのだそうです。みんな学校でならいました。自分の子がえらばれるように、何人もの族長をたずねておくり物をしたり、うでのいいみこさんや、しんでんを訪ねて、お祈りをする親もいるらしいです。族長たちのところに行っておくり物をしたりするのは法にはずれた、わるいことだと学校でおそわりました。でも私だって知っています。もちろん学校ではそんなふうにおしえるけども、村人たちはたいてい、法にはずれた行いをしてるってことを。うちの二かいに住んでいるおじいさんとおばあさんは、私を見るといつも頭をなでながら言います。かわいい子よ。うちにも、あんたぐらいの年のまごがいるんだよ。

でもざんねんながら、うちのまごはえらばれなかった。ずいぶんお祈りしたのに。お祭りまであと三年だね。えらばれたかわいい子よ。おまえがさいだんに行くときまで、私たちを祝福してくれないか？　年をとった私たちにも、おまえの祝福を分けておくれ。私はすぐに、おじいさんとおばあさんのために祝福を分けてあげます。おとなりのわかいごふうふも同じです。おとなりには生まれてまもない赤ちゃんがいます。生まれて百日にもならないのに、もういろんな村の族長たちをたずねあるいているそうです。とくに、祝日には、なかなか手に入らないくじらの肉と、金色のしおと、ユニコーンのつのまで持って。わかいごふうふは赤ちゃんをつれて出かけます。えらばれた、祝福の子供よ。うちの赤ちゃんも祝福してくれないか？　うちの子も三年後には、えらばれるようにと。私はかわいい赤ちゃんたちには、二ばいの祝福をわけてあげます。私にそんなしかくがあるんでしょうか。私がいちばん好きなのは、お天気のいい日ようの午後に、パパがさんぱつするようすをみて、ママのうごかすはさみの音を聞くことだけです。だからときどき、他の子がえらばれればいいのに、と思ったりもします。もしそうなったら、パパはおこると思います。

おさけをのんでかえってきても、パパは私のほっぺたをなでながら、えらばれた子、とさけびます。パパがほかの人にていねいにもてなされ、ほかの人の前でけんいといげんをたもてるのは、私がえらばれたからです。だからしかたありません。えらばれたからには、いっしょけんめいやるだけです。みんなに、私の持っている祝福をわけてあげたいです。ほとんどの人は四年ごとに開かれるお祭りだけを待って、つらい仕事をもくもくとこなしています。私はそのときまで、できるだけたくさんの人に会って、祝福を分けてあげたいです。私のからだは草原です。だれでも思いきりあそんでいってください。

その話を読んでいる時、彼は女の子が呻くのを聞いた。悪夢を見ているのか、女の子は冷や汗を流しながらぶるぶる震えていた。彼は起こすべきか、ほうっておくべきかわからなかった。携帯電話が鳴った。前に、松坡洞《ソンパドン》に行ったろ？　今、もう一回行ってもらわないといけないんだが。女の子をもう一度確認したいらしい。蝉だった。

女の子は夢を見た。母親と一緒に住んでいた家だ。女の子は家が怖かった。壁のどこからか入ってくる冷たいすきま風や湿気のように、怖さが身に沁みた。一人で動いている時計が怖いのかもしれないし、身じろぎもしないで無表情に自分を見下ろす壁が怖いのかもしれない。女の子はそっと手を伸ばして壁をなでた。あんた、怖いものじゃないわよね。だが壁は返事をしない。女の子が触っても素知らぬ顔で、相変わらず表情を変えないでいる。女の子はカチカチと動いている時計を見つめた。女の子が睨んでも、時計は自分の行くべき道を進んでいる。時計は女の子に興味すら持っていない。一秒は短すぎて、女の子に関心を持つ暇もないのだ。壁のどこからか入ってくる冷たい風と湿気のように、女の子は、恐怖がどこから来るのかわからなかった。

女の子が初めて怖いと思ったのは、日差しが弱まり出した日だった。母親はドアを開けて出て行ってから、また傘を取りにちょっと家に戻っていた。梅雨が始まりそうだわ。女の子は窓から空を見上げた。日光は、黒い雲の間で弱くなり、すぐ雲に隠れてしまった。続いて、アリよりも小さな水滴が空からぽたぽた落ち始めた。退屈なら、スーパーのおばあちゃんの所に行ってなさい。おばあちゃんとお昼を食べるのよ。しかし、女の子はスーパーに行きたくなかった。この、泥棒女の子供め。ガム一つ買いもしないくせに。老婆は手に持ったハエ叩きで、女の子の手の甲を叩いた。つるつるした包み紙を女の子が触ると、眠りかけていた老婆の目はいつの間にか大きく見開かれ、ハエを殺すよりも素早い動作で、女の子の手の甲を叩いた。女の子の手の甲には、格子窓から入った日光より鮮明な、ハエ叩きの痕がついた。

雨は窓や壁を伝ってとめどなく流れ落ちた。これじゃあ、遊び場も溶けてなくなってしまうかもしれない。女の子は望遠鏡で窓の外を見た。小さな円の中には針のように細い雨脚だけが見え、父親の姿は、やはり見えなかった。パパは空のようにとても遠い所にいるんだよ。だからパパを見るのにはこの望遠鏡がいるだろう。いつかパパの手紙にそう書いてあった。だがいくら遠くを見てもパパは見えなかった。女の子は望遠鏡をぼんやり見つめていた。望遠鏡でパパが見えるなんて。それはほんとうに、頭のおかしい人のやることかもしれない。女の子は力なく望遠鏡を部屋の隅に投げた。雨が入ったのか、テレビの画面の中も雨が横に降っていて、そのたびに画面の中のウサギの頭は、しぼった布巾のように歪んだ。

退屈だったからか、雨音が子守唄代わりになったのか、ともかくその日は早くから眠気がしていた。女の子は熱い、知らない手が自分の身体を触っているのを感じたが、ろくに目を開けることもできなかった。そばで誰かが低い声でつぶやいているような気がしたけれど、何を言っているのか、女の子はちっともわからなかった。知らない手が女の子のTシャツの中に入ってきた。汗か雨に濡れたのか、知らない手は糊のようにくっついてなかなか離れなかった。やっと手を離したかと思うと、女の子の小さな乳首をいじった。女の子は目を開けたかったが、そうすることができなかった。もしかしたら夢かもしれないと思った。もう一方の手が女の子の下腹をなでた。熱い息が、湿気とカビの匂いのする部屋を暖かくした。

わからないのは顔だ。女の子はようやく目を開けて、息を吐いている顔を見ようとした。だが雲で日差しが弱まったせいなのか、何もかもが暗かった。女の子は自分の胸にある手を見つけ、その手をたどって上がっていった。そして顔を触ってみた。女の子はパパかもしれないと思った。手紙をくれ、象のぬいぐるみと望遠鏡を送ってくれたパパが、とうとう家に来たのかもしれないと思った。女の子は「パパ？」と聞いた。だが知らない手は、何も言わなかった。だから女の子はいっそう、これは夢だと考えるようになった。女の子は「これは夢？」と聞くと、雨音のように小さな声が「そうだよ」とつぶやくのが聞こえた。声は、砂粒よりもっと小さかった。

女の子が目を開けた時には、午後になっていた。その日以来、夜に眠れなくなった。女の子は寝るふりをして一晩中母親の顔ばかり見ていた。母親に「家が怖い」と言っても、聞こえるのは規則正しい母親の寝息だけだった。女の子は母親が出勤して、だいぶたってから寝ついた。それからほとんど毎日、女の子が眠るたびに、知らない手が訪れた。女の子は知らない手をたどって顔を触ってみた。時にはちくちくする顎ひげや、ごわごわした髪や、固い顎の骨に触れることもあった。

女の子が「パパ？」と聞くと、「そうだ、パパだよ」と言う時もあったし、「いや、夢だよ」と言う時も、何も言わない時もあった。

女の子にできるのは、一晩中母親を見ることだけだった。女の子は家が怖かったけれど、壁が怖いのか、音を立てて動く時計が怖いのか、わからなかった。

女の子は息が詰まった。知らない手がヒルのように吸いついてなかなか取れず、胸が重く、息苦しい。女の子は沼に落ちたみたいにもがいたが、腕が上がらなかった。両腕が鉛のように重く、心臓は石になったみたいだった。息をしなければと思ったが、それすら容易ではなかった。いくら息をしても、空気がどこかで漏れているような感じだ。

——おい。

彼は女の子を起こした。蝉から電話があって、出かけないといけないらしい。女の子はどこからか聞こえて来る声を聞いた。しかし声は回転木馬に乗ったみたいに左から右へ、頭の上から顎の下に、ぐるぐる回った。女の子は呼吸を整えて集中した。自分の腕と脚が言うことを聞くように、まず心臓をとんとん叩き、荒くなっていた呼吸を整え、ゆっくりと目を開けた。女の子は、男が自分を見つめているのに気づいた。

――どうしてそんなにぐっすり寝てるんだ。

女の子は、しばらく彼を見ていた。女の子の頭の中で、口笛を吹く男の顔から始まって、これまでに会った、パパと称する人たちの顔が一つになっては、また散らばった。机に伏せていた女の子は起き直って、足元にきちんと置かれていたバッグと望遠鏡を、しっかり抱いた。

――また行かなくちゃいけないの？

女の子が聞いた。彼は初めて会った時と同じくらい、当惑した。あんなに父親を求めていたのに、喜ぶどころか、また探しに行かなければならないということに腹を立てている。戸惑った彼が黙っていると、女の子は静かに紙と望遠鏡をバッグにしまい、無理に笑顔をつくった。

彼は女の子を、蝉の教えてくれた住所に降ろし、車の中で待った。閑静な住宅街で、二、三回は来たことがあった。遠くで雷鳴が響き、しばし静けさを破った。

彼はウィンドウ越しに、雲が速いスピードで塊になってゆくのを見ていた。彼は女の子が入っていった家をぼんやり見ていたが、ふと女の子の書いていた文章を思い出し、車に置いたバッグから紙を取り出してみた。

いよいよお祭りの日です。お祭りの百日前から、村中がうかれています。話はお祭りのことばかりで、みんなお祭りのことをほめたたえています。学校でも大きな期待をしています。えらばれた子供のための百日間の祈り、九十九日間の祈り、九十八日間の祈り……。お祭りの日まで、ずっとお祈りがささげられてきました。先生たちは、えらばれた子供たちのぎせいによって、これからはばら色の世の中になるだろうと言います。友だちはよろこんで声を上げます。今回えらばれた子供たちは、とくに清い血をもっているので、えらばれた子供たちのぎせいによって村はいっそうさかえ、清らかになるだろうとのことです。これまで四年間、村には運がなくて事故がたくさん起こり、まずしさや病気が絶えなかったのは、すべて前回えらばれた子供たちが清らかでない血を持っていたからだという話が、ずっと放送されつづけています。また、お祭りをじゃまする少数の人々による、いんけんなぼうどうが予想されるため、みんな気をつけろという放送もされています。お祭りの日が近づくにつれ、こわくなったりもします。もうこれからは、いいお天気の日ようにパパがさんぱつするのを見ることもできないし、ママのはさみの音を聞くこともできないからです。私は前夜祭の日に、えらばれた子供たちに聞いてみました。こわがっている私を、えらばれた子供たちがせめたてます。おまえ一人のためにお祭りがだいなしになったらどうするんだ？　そんなことを言うところを見ると、おまえ、この村の子じゃないな。私は言います。私が自分でえらんだわけじゃない。どうして私がえらばれたの？　えらばれた子供たちが言います。だれもがお祭りを信じて、ただお祭りのことだけを話すから、しぜんにそうしたいと思うようになるんだ。学校でも習うじゃないか。お祭りとぎしきだけがぼくたちをまずしさや病気から救ってくれるって。ぼくたちは戦士だ。戦士なんだよ。

ついにお祭りの日が来ました。えらばれた子供たちはみんな、新しいはなやかな服を着て、さいだんに上がりました。おおぜいの人たちが、みんな同じ服を着て、同じおどりをおどり、同じ歌を歌います。一致と和合の場だそうです。えらばれた子供たちは全部で十一人です。それぞれ別の、十一とおりの方法でぎせいにならなければなりません。くじで火あぶりの刑を引いた子が、ちょっと泣き顔になります。生きうめや、水葬の子も。うえ死にを引き当てた子は、ちょっと安心してためいきをつきます。他の子より長く生きて、自分が死んでゆくのをゆっくり見られるのが、内心うれしいようです。私は、どくやくでした。くじが終わると、おおぜいの人たちが、また同じ歌を歌います。ぎせいではんえいを。いけにえの血で清めを。祭りで希望を。私はパパとママの顔をさがします。ママは顔を上げられないでいます。泣いているのかもしれません。パパは？　ああ、パパのすがたが見えません。パパの顔がさがせません。パパは、私がえらばれたといって、あんなによろこんでいたパパは、いったいどこにいるんでしょう。その時、さわぎが起こります。お祭りに反対する少数の人たちがなぐりこんできたようです。おおぜいの人たちがさけびます。非正常人たちがやって来た。えらばれた子供たちは心配します。お祭りがめちゃくちゃになって、まずしさや病気に苦しみつづけるのではないかと。おおぜいの人たちが少数の人たちをとりかこんで押さえつけます。私はパパをさがします。でもパパがいません。どこにもパパが見えません。パパも、白い布も、にわも、ママも、みんな目の前から消えます。がんじょうな二かいだての家も、いっしゅんにして消えました。ああ、お祭りが始まったようです。いつの間にか私のからだに、どくやくが入ってきたようです。私は戦士ではありません。知りたいです。どうして、そしていつから、私が戦士にならなければならないのでしょう。私は戦士になどなりたくありません。えらばれるより、えらびたいです。でも、もうておくれでしょうか。だんだんねむくなります。パパをさがさないといけないのに、やたらねむくなってきました。ひどくねむい。ねむい。

女の子はここまで書いて眠ってしまったようだ。彼は紙を折りたたみ、何か変だと思った。間違いなく、何かある。三、四回以上も同じ家に来たのも、やはり妙だ。彼は蝉に電話した。蝉は知っているはずだ。彼は蝉が電話に出るとすぐ、父親だと思われる人たちの住所をどうやって調べたのかと問い詰めた。

――おい、車《チャ》さんよ。あんたどこまで抜けてるんだ。

蝉はあくびをするような調子でそう言い、彼も共犯だと、三回以上繰り返した。そして児童わいせつ犯の住所を調べるのは極めて簡単だということ、情報料の単価がいくらであるかということまで付け加えた。

――警察や区役所のホームページを見れば、名前や住所が全部出てるだろ。お互い、いいじゃないか。あの人たちは、罪を問われずに安く提供してもらえるんだし。だいたい、変態をどうやって区別するんだ。人形マニアや、座りもできない二千年前の椅子を買い集めたり、一生持ち歩かないようなハンドバッグを何百個もコレクションする人たちと、あの人たちは、いったいどこが違う？　どれも金で買うものばかりだ。あらゆる種類の糞ばかり集める人もいるぞ。死体の展示に行列して観覧するのは正常で、女の子とちょっと遊ぶのは非正常なのか？　ラマダンは非正常で、礼拝は正常か？　家の隅で自慰をするのは正常で、恋愛するのは非正常なのか？　自分とちょっと考え方が違うからと言って、村八分にし、捕まえて拷問し、戦争をするのは正常で、友達の鉛筆をちょっと盗んだり、ちょっと太っていたり、禿げていたりするのは非正常なのか？　ゴルフや囲碁を一日に十時間以上するのは正常で、花札を十時間やれば非正常か？　靴が四足あるのは正常で、五足からは非正常か？　口があるなら、言ってみろ。正常と非正常を分ける基準は何なんだ？　十三歳の天才は正常で、二十五歳の馬鹿は非正常か？ずうずうしく電話してくるところを見ると、お前は正解を知ってるらしいな。正解を言ってみろよ。お前の基準を。さあ。靴は何足から正常で、夏服は何着、水着と冬のジャンパーは何着から正常だ？　お前が正解を言うなら、女の子を解放してやる。さあ、早く。

彼は頭がちょっと混乱した。

——つまりその……。

——時間がない。さっさと言え。自信がないなら、女の子を連れて戻って来い。ああ、今度は部屋じゃなく、事務所に連れて来い。

——だから……。

——ひとーつ、ふたーつ、みっつ……。時間がどれくらい必要なんだ？　百時間？

一万年？　お前なんざ、永久に時間から抜け出せないぞ。

——おい、蝉。

しかし彼は、言うべき言葉を知らなかった。

——今、この瞬間にも、女の子が何をされているのかわからないぞ。

蝉が言い終わらないうちに、彼は女の子の入っていった家を見た。

——そこで待ってろ。俺がオートバイで今すぐ行く。今まで俺がオートバイで何人ひき殺したか、知ってるか？

蝉は大声を上げた。彼は携帯電話の電源を切り、車のドアを開けた。大粒の雨が降っていた。雨はすべてを消し去るほど激しく、目の前の家も、雨に溶けてしまいそうだった。何もかも形がはっきりしなかった。彼は走った。玄関のチャイムを押すべきか、塀を乗り越えるべきか、ためらっていると、女の子がドアを開けて出て来た。

——おじさん。

女の子が言った。雨に打たれたせいか、女の子はぶるぶる震えながら彼を呼んだ。彼は上着を脱いで女の子にかけてやり、車に連れて行った。

——おじさん。

女の子が呼んだが、彼はすぐにエンジンをかけて、ひたすら車を走らせた。すると女の子もそれ以上彼を呼ばなかった。どこに行くのかも聞かなかった。明らかに別の方向に向かっていても、女の子は黙っていた。

車は都市を抜けて国道を走り、雨はずっと降り続いた。最初彼は当てもなく車を走らせていたのに、いつの間にか父の残した民宿に向かっていることに気づいた。彼は民宿を出る時、二度と戻りたくないと思っていた。「ウランバートル」という名の民宿イコール父であったから、彼は永久に民宿に帰らないつもりだった。だから父の墓と、父の残した本と、リュックと、リュックの中のこまごました物にも、永遠にグッドバイだと思っていた。

——お前、砂漠に行ったことがあるかい？

彼が尋ねた。女の子は望遠鏡をゆっくり取り出して、窓の外を見た。

——これからこの車は蝉の車じゃない。今からはキャンピングカーだ。キャンピングカーを見たことがあるか？

女の子は返事をしなかった。どこでも構わない。まさか、これ以上悪いこともないだろうと女の子は思った。望遠鏡で見えるものはパパではなく、大粒の雨だった。

小都市に着いた時、彼は大型スーパーに立ち寄り、有り金のすべてで缶詰を買うと、車の後部ドアを開けて、それをぶちまけた。

——見ろよ。どの缶詰も流通期間が三年以上ある。これぐらいあれば、三年間は生きられるだろう？　三年の間だけでも、時間を脱出してみようじゃないか。俺たちは今から遊牧民になるんだ。まさか、鉛中毒で死にはしないさ。

彼はそう言って笑い、エンジンをかけてゆっくりと車を出した。車が動き出すと、女の子は望遠鏡をバッグの中にしまって、後部座席に移った。そうしてシートに横たわり、缶詰を一つずつ手に取った。

——蝉は？

女の子が聞いた。

――心配するな。俺たちは蝉じゃないだろ？

彼はミラーを見ながら言った。女の子は手に持った缶詰をまた下ろして、後部座席に横たわった。座席は女の子の背丈にぴったりだった。彼の言うように、本物のキャンピングカーに寝ているような気がした。外は雨が降っていた。女の子は足の指で窓に絵を描いた。雨の降る日は紙がなくても、いくらでも絵が描けるだろう。

――おじさん、このキャンピングカー、いいね。

女の子が言うと、彼はうなずいた。女の子は、三年後には背が伸びて座席が狭くなるかもしれないと思いつつ、眠ってしまった。

＊【チャジャンミョン】中国の麺料理であるジャージャーメン（炸醬麺）が韓国風に変化したもの。肉味噌ソバ。

論理について——僕らは走る　奇妙な国へ　7

僕はこれから、友人の話をしたいと思う。この話を読んでいる皆さんのうち、九月十四日付の新聞をくまなく読んだ方は、ああ、あの事件のことか、と思うだろう。だが、記事は短信だったし、事件の経緯について詳しく知らない方が多いので、恐縮だがこの場をお借りすることにした。友人の経験したことについて、僕の個人的な思いや見解はない。ただ、あの事件の主人公である友人に、自分の代わりに書いてほしいと頼まれただけだ。僕は最初は断ったけれど、実際に起こった事件なので、思い直した。いくらフィクションだといっても、人々の視線は常に固定されている。いつからか、僕はそれが窮屈に感じられ出した。多くの人が、話の本質と関係のないことに興味を示したが、僕は何の弁解もしてこなかった。弁解するための空間も足りなかったし、弁解する必要性もたいして感じなかった。世間は誤解で満ち溢れているものだから。しかし、この話は僕に関わりのない事件なので、僕は友人の話をそのまま書き写すことにした。文章から教訓を得たいとか、何かしびれるようなロマンスを読みたいと思う人は、読まないでいただきたい。

一年ぶりにその友人に会ったのは、麻浦《マッポ》にある西部地方裁判所の付近だった。僕はその時、知り合いの弁護士に会って、出て来るところだった。僕はそれまでやっていた仕事をしばらく離れていたのだが、僕が新しく始めた仕事、たとえば樹木葬や苗木ビジネスのようなことについて、くだくだ話す必要はないだろう。弁護士は環境運動に関心を持っており、僕の新ビジネスについての顧問弁護士だった。一年ぶりに会った友人は女と腕組みをして、向こうから歩いて来た。彼は一年前より太っていた。どちらからともなく再会を喜び合い、互いの近況について少し言葉を交わしている時、友人と一緒にいた女が、出し抜けに横から口を挟んだ。

——誰？　ダーリンのお友達？

僕は女を見つめた。女の口調はとても自然だった。僕は友人の妻を知っていたけれど、女の言い方があまりにも自然だったので、頭の中で一瞬、「死別」「離婚」そして「再婚」という単語が、ネオンサインのようにちかちかした。女の唐突な言葉に慌てたのは、友人の方だ。友人はその瞬間、二度と出せないような奇妙な声で叫び、手を振るばかりで、何も言えなかった。友人の下手な芝居を見て、僕はようやく二人がどんな関係なのかがわかった。吹き出しそうになりながらも、やっとのことでこらえて純真な微笑を浮かべ、簡単に自己紹介をした。友人は想定外の状況に動揺を抑えきれず、吃音者《きつおんしゃ》のように息を切らしていた。女は言葉を続けた。

——あたしたち、食事に行くところなんですけど、お昼まだなら、一緒にいかが？

実のところ、僕はついて行って彼女と食事をしたかったが、友人の顔はぼろぼろになった貼り紙のごとく頬のあちこちに赤い斑点が浮かび、うぶ毛の間に汗まで滲んでいた。僕は友人のために、とても忙しいようなふりをしてやった。それから、その友人と僕はぐんと親しくなった。友人がその日以来、僕によく連絡をくれるようになったのは、ほんとうに会いたいのか、あるいは僕がどこかで秘密をバラしていないか監視し、懐柔し、脅迫するためだったのかはわからない。いずれにせよ、友人はたびたび連絡をくれたし、時には彼女と一緒に会ったりもした。彼女は夫婦ごっこにも飽きたのか、その後は彼をダーリンと呼ばなかった。

友人によると、僕と別れた後、彼は彼女をある建物の中に押し込んだそうだ。友人は彼女に出会って以来、初めて怒った。友人は手を挙げて殴る真似をしたかったけれども、そこまではできず、その代わり、とても腹が立ったし、彼女の言ったことはたいへんつまらないと警告したそうだ。建物の暗闇の中でも彼女の顔は白くはっきり見え、彼が示そうとした威厳は、跡形もなく闇に消えてしまったという。

彼女は、おもしろくはないのかと尋ねた。

——わかってるの？　あんたは、冒険心なんて一つもない、とても退屈な男だってこと。あんたが結婚してようがしていまいが、そんなのどうでもいい。あたしがあんたの恋愛の相手なんじゃなくって、ただ、あんたがあたしの恋愛相手であるに過ぎないの。

彼は彼女の話を聞いて、否定しなかったそうだ。その日の夕方、友人と彼女は窓がなくて、部屋にこもった匂いもなかなか抜けない、よく行く安いモーテルに行ったのだが、情事の後、彼女は足の指でパンティーをつまみ上げ、女王様のように命令したそうだ。

——両手でていねいにはかせて。

彼は言われた通りに足首からゆっくりパンティーを引き上げた。そうしながら、自分が彼女を手に入れたのではなく、彼女が自分を掌握していることを知った。彼は彼女にパンティーをはかせると、これは特別にしてやったことだ、と言ったものの、彼女は笑うだけだった。

僕は友人に、もう別れろと言ったのだが、彼はそんなことはできないと言い、倦怠論をまくしたてた。

お前、うんざりしないのか。お前にはわからんだろう。名曲がローラースケートの下で呻いていている時、ある日、顔を上げてみると自分の青春はすでに終わっていた。倦怠、それはいつからか俺のそばを離れようとしなくなった。たいして食欲もないのに体重は日に日に増えてゆき、腹が減ってるのか満腹なのかすら、区別がつかない。倦怠がいつ始まったのか、俺にはわからない。ひょっとすると、ずーっと前から計画が進行していたのかもな。いっそ暴動でも起こってくれればいいと思っていた頃から、倦怠は予定されていたのかもしれない。妻はうんざりしていないのだろうか。いや、妻も同じだろう。妻は今、この瞬間にも減肥茶を飲みながら、ひと月前に始めた睡眠ダイエットをしているはずだ。ブドウダイエット、宮中ダイエット、タマゴダイエットに緩下剤。スポーツジムとエアロビクス。貞操帯みたいな、痩せる下着。妻は俺よりうんざりしてるのだろうか。いや、妻はちっとも飽きていないのかもしれん。妻はあんなに長い時間をテレビの前で過ごしても、ちっとも退屈しないのだから。妻は倦怠を感じているというより、倦怠を求めてるんだ。いつの頃からか、俺の精神や思考は燃え尽きたフィラメントになっていて、いつの頃からか、俺たちは過去と思い出をどぶの中に捨てていたんだ。

いつの頃からか、いつの頃からか。ああ、いつの頃からか。友人はそこで長いため息をついた。

「いつの頃からか」という言葉は、いつの頃からか僕のすべての考えや、力なく吐き出す言葉に混じるようになった。おかしなことに、いつからそんな癖がついたのか、わからない。いつの頃からか、僕たちは家の前に咲いている花の名を忘れ、三十になるまでに読もうと思っていた本は、いつの頃からか何かの下敷きにされてしまい、いつの頃からか僕たちは結婚し、いつの頃からか僕たちは民事訴訟法と不動産情報に詳しくなり、そしていつの頃からか僕たちは確かなものは死だけだと騒ぎ立て、そのくせ、いつの頃からか僕らの二世はひっきりなしに誕生し、そしてまた、僕らは神の去った跡に、いつの頃からか、どうでもいいようなものを神として迎え、もてはやし、崇拝し始めた。

なぜなのか。どうしてそれなのか。なぜそうするのかを知ろうとするより、いつの頃からかわずかに微笑み口をつぐんだまま、他の人たちのする通りに、テレビで言われていた通りにするだけになった。口を閉じて、ただ従うこと。それが一時の流行ではなく時代精神になっていた。いつの頃からか。ああ、こんちくしょう、いつの頃からか。いつの頃からか、僕たちは事件を必要とするようになっていた。

僕は友人に、事件というのは、たかだか彼女のことかと尋ね、友人は、じゃあ、この年で俺がエベレスト登頂でもしなけりゃならんのかと言った。その友人は、昔から安全な危険が好きだった。座り込み闘争ではなく、退路のわかっている街頭デモに参加し、彼女と付き合うのも、ひょっとすると……いや、今、言ったことは取り消す。友人の経験した事件について、僕の個人的な考えは述べないことにしたのだから。友人は世の中が狂っていると言う。世の中は狂った人間ばかりで、ただ安全なのは、彼女だけだそうだ。僕がそんなはずはない、それでもこの世は今でも美しく、生きる価値があると言ったけれど、友人は違うという手振りをし、狂っていないのなら、どうして何でもないようなものをもてはやし、崇拝するんだと言った。

ともかく友人は彼女を失いたくなかった。いつでも別れられるのは彼ではなく彼女の方で、友人は彼女の秘密か弱点を握ってでも、引き留めようとした。彼の言うところでは、彼女には他にも何人か男がいるらしい。その中に無学な男が一人いて、そいつは彼女に、彼女は自分の夢であり信念だと告白したという。それを聞いた友人が笑うと、彼女は、その人は夢だと言ったが、友人にとって彼女は何なのかと聞いた。友人は、夢ではなく現実だと答えたそうだ。

彼女と会っても、本心を語るのはいつも友人の方だった。一年以上付き合っていても、彼女については何も知らないそうだ。彼女は秘密だらけなのに、自分はすべてさらけ出した状態なので、勝ち目がないという。一年も付き合って、どうして何にも知らないのか、僕には理解しがたいことだ。友人の言うには、彼女は彼が自分の家に来ることをひどく嫌がるそうだ。外で会うと彼女はなかなか別れようとしないのに、アパートの自分の部屋の前まで来るや、ドアの後ろに隠れてほっぺたに軽くキスをし、分厚いハッチを閉じる潜水艦の乗組員のごとくドアを閉め、すっと消え去ったそうだ。寝る時も、わざわざ近所にある一時間二万ウォンの安モーテル――小さな窓すらなくて息苦しいばかりの――に固執したという。彼女は自分だけの空間を誰かが侵すことを、とても嫌がっていた。

そして問題の九月十日。彼女は友人に、二日ほど田舎に帰ると告げた。田舎はどこかと聞いても教えてくれなかったので、彼はそれ以上尋ねなかった。電話を切った瞬間、頭の中に悪魔の囁きが聞こえた。彼は彼女のアパートに、彼女がいない間、旅行に行こうと思った。つまり彼女の部屋の隅々を旅しながら、彼女がごまかしたり隠したりした、まだ聞いていないさまざまな秘密を釣り上げようと思ったのだ。彼女の部屋は彼にとって、一つの事件だった。彼は彼女の留守の間に、部屋じゅうを探索することにした。服、食事、そして読んでいた本や、いつも聴いている音楽について。運が良ければ日記帳や、彼女のノートパソコンに記録されたメモが見つかるかもしれない。隠された物を見れば、なぜ彼女が今まで毎回ドアの後ろに隠れたまま、潜水艦のごとく海の底に沈んでしまったのかがわかるだろう、と彼は考えた。

彼は妻に電話をかけた。

——もしもし。うん、俺。

妻は、何時ごろ帰るのかと尋ねた。彼の口から、手順通りに動く機械みたいに自然な嘘が飛び出した。自分でも信じられないほどだった。

——急に出張が決まった。

妻は何か言ったが、どういうわけか彼は妻の言葉を聞き取ることができなかった。

――なに、一日だけだ。たいして遠くない所だし。

彼は、彼女の部屋への旅を想像した。タンスの中を探検して疲れたら、彼女のベッドでしばらく休んでもいい。

――出張と言っても、一緒に行く課長の話だと、一泊するのにちょうどいい所だそうだ。行ってみて、もし良さそうな所なら、そのうちまた一緒に行ってもいいし。

彼は、彼女の部屋に酒があるかどうかが気になった。

――課長の下心なんて、見え見えだよ。出張を口実に、向こうの職員たちと一杯やろうってのさ。息抜きも兼ねて。課長は休暇を取れなかったからな。

機械は順調に動き、妻との電話は、思っていたよりもうまく行った。彼の妻は話の最後に台風のことに触れた。妻は台風が、出張先だけでなく、ソウルにも来るようだと言った。彼は用心すると言いつつ、思った。妻の心配とはうらはらに、この上もなく安全なはずだ。高台にある彼女のアパートに行くのだから。

彼は彼女のアパートに行くため、地下鉄に乗った。職場は早退した。雨がたくさん降ったせいか、地下の空気は重くじめじめしていた。床は滑りやすく、そここで雨の匂いがした。乗客の傘は、まだしずくが垂れていて、人々のズボンの裾がぐっしょり濡れている。雨が、始まったばかりの秋の気配を洗い流してしまったのか、再び夏が来たような暑さだった。

重くじめじめした地下を抜け出ると雨はやんでいたが、相変わらず暑く、時折雲を貫いて差しこむ日差しは、雨脚よりも細かった。彼はスーツの上着を脱いで腕にかけ、コミュニティーバスに乗った。バスはつらそうに坂を上り、ラジオからは台風のニュースが流れた。彼は、あまりに暑いので、いっそ台風が来ればいいのに、と思った。立っている彼の前に一人の男が座っていた。バスが坂道で大きく曲がろうとした時、つり革を握っていなかった彼は倒れ、男の顔を窓に押しつけながら、もたれるはめになった。バスは方向転換を続け、その間、彼は男の顔を押しつけていなければならなかった。まっすぐな道に入った時、彼はやっと立ち上がり、すみませんと男に謝った。男の指はつり革より太く、強靭な顎からひげが針金のように突き出ていて、魚の目玉に似た大きな両目が、気の毒なほど充血していた。男が彼をにらんだ。顔がレンガのようだ。その時ちょうどドアが開き、彼はすみませんと男に言った。男はレンガのような顔で口を開き「この野郎、すみませんで済むと思うのか」と言った。彼はあっけに取られたものの、恐怖が先立ったので男の目を見ずに、ドアが閉まる前にバスを降りた。男が立ち上がったようだったが、彼は振り向かずに急いで小さな道に入り、誰もバスを降りなかったのを確認してから、彼女のアパートに向かってゆっくり歩き出した。バス停三つ分の距離を歩かなければならなかった。

彼が彼女の部屋の前に着いた時には、昼下がりなのにひどく暗くなっていた。ゆっくり階段を上がり、部屋の前に立ってチャイムを押した。ひょっとして彼女がいるかもしれない。チャイムを押した後で、彼は少しためらった。廊下の窓から子供たちの騒ぐ声が聞こえてきた。小さな窓があっても廊下はひどく暗い。階段と、闇に覆われた廊下は、彼の小さな咳の音にも敏感に反応した。どこかで吠えている子犬の声が、廊下に低く響いた。彼はしばらく廊下の窓を見ていた。外の景色は、小さな窓の中に閉じ込められていた。風はなく、窓の外に見える木がじっとしたまま、無愛想な顔で窓の内側を見ていた。まるで壁にかけられた静物画みたいだ。子犬の吠える声がまた聞こえてきた。今度はもっとはっきりと聞こえたから、子犬がどこにいるのかわかる。彼女の部屋の向かいの部屋だ。

彼は、彼女がいるかどうか確かめるため、もう一度チャイムを鳴らした。チャイムの音は暗い廊下に少しの間響き渡ると、どこかに消えた。ドアの向こうに人けがないので、彼はようやく安心した。その時、子犬の声が大きく響いて向かいの部屋のドアが開き、子犬が床を軽くひっかく音とともに、一人の若い娘が出てきた。娘は暗いのに大きなサングラスをかけたまま、しばらく彼を見ていた。「こんにちは」とサングラスの娘が彼に挨拶し、彼は視線を避けて「どうも」と短く挨拶した。娘は、誰だか気になるのか、彼の顔をまじまじと見つめたが、彼は目をそむけた。

彼は娘にちょっと一礼してから、まるで早く家に帰った人のように、ゆっくり暗証番号を入力した。ドアが開くと、サングラスの娘はゆっくり階段を下りてゆき、子犬はドアまで引っかいて、彼女の部屋に入る彼を威嚇《いかく》した。

彼女の部屋は見慣れない感じがした。空気は重く、濁っていた。彼は靴を脱いで入り、窓とガラスの戸を開けた。しかし風がないので、湿っぽく、得体のしれない匂いがあちこちにずっとこもっている。

彼は大きなウサギが刺繍されているソファーに上着をかけておいて、部屋じゅうを見回した。ドアは全部で三つ。バルコニーのドアは透明なガラスだから、開けてみる必要もない。トイレのドアと部屋のドアは固く閉ざされていたが、開けるたびに思わず生唾が湧いて、喉が妙にくすぐったかった。彼女はどこにもいない。展示品さながらに配置された家具などが、気持ちよく昼寝しているところを起こされたみたいに渋い表情で彼を見た。本立てには本とCDが乱雑に置かれ、テレビの横で小さなラジオが侵入者をにらみつけていた。

彼はこぶしを握り、自分をにらんでいるオーディオを殴りつけるような真似をしてから、自分が買ってやった、唇の形をした赤い電話機――この間の誕生日に買ってやったものだ――を見つけた。かかってきた電話を確認したが、彼の番号ばかりだ。彼は奇妙な興奮が全身を貫くのを覚えた。彼は彼女の部屋が、見慣れないどころか完全に新しいということ、つまり彼女の部屋や空間やたんすや痕跡や名残は、まだ発見されていない未知の世界も同然であることに気づいた。

　ちょっと気持ちに余裕ができたので、キッチンに行ってお茶を沸かすポットを探し、ニワトリとヒヨコの絵がついたティーカップや華やかな薔薇の模様のティーカップ、そしてドーナツの絵のついたマグカップも見つけた。彼はそんな物をじっくり観察し、彼女がどこでどうやってそれを買ったのかを想像した。もらったのなら、誰からか、もしプレゼントだったなら、クリスマスか、あるいは誕生日のプレゼントだったのかについても、一人で賭けたりしながら推測してみた。

　お湯が沸き、コーヒーかお茶を探すと、流し台の棚のコーヒーの横にティーバッグがあった。トゥングルレ茶[*1]から玄米茶まで種類もいろいろだったが、見ているうち、ティーバッグに小さな字で何か書いてあるのに気づいた。ティーバッグは、彼女と泊まったモーテルやホテルに置いてあったもので、そこに書かれた小さな字は、彼と行ったモーテルの名前と日付だった。彼は満足し、ティーバッグにキスの雨を降らせた。彼女の部屋で発見した最初の記録は、それでも彼女が他の男たちより自分との思い出を大切にしているという事実を語ってくれているようで、彼は若干の興奮まで覚えた。

旅は楽しいものになりそうだった。一見《いちげん》の客だからと民宿のおかみにぼったくられ、臭い布団に寝て、数カ月たまった埃を吐き出す扇風機の風に当たり、谷川にちょっと足をつけて倍の食事代を払い、一晩中、見たことのない虫を殺し、くたくたになって旅行カバンを持って帰る旅行に比べれば、彼女の部屋への旅は、とても楽しいように感じた。

彼は彼女の部屋に自分が来たという痕跡を残したかった。目覚まし時計の時間を変えてしまうとか、靴の片方を隠すとか、あるいは食器の位置を変え、洋服の置き場所を逆にしようかと考えてみたが、幼稚な気がした。でなけりゃ、どんな痕跡が残せるかな。彼はお茶を飲みながらあれこれ考えたあげく、彼女の日記帳に自分の日記を書いておくことを思いつき、そのアイデアが一番気に入ったので、日記帳を探すことにした。彼がカップを置いて彼女の日記帳を探そうと立ち上がった時、尋常ならぬ風が吹いてくるのを感じた。台風が近づいているのか、午後の間ずっと動かなかった木々が、ざわざわ音を立て始めた。風が網戸を通って彼女の小さな部屋を、まるで旅行するようにあちこち巡っていた。彼はしばし日記帳探しをやめ、風を観察した。

台風の風は、海の匂いがした。テレビをつけると、スタジオのアナウンサーは落ち着いていたものの、現場に出ている記者は、風になびく雨合羽で半分以上顔が隠れたまま、少し興奮した口調でしゃべっていた。グアムの南西百二十キロメートルあまり離れた所で発生した台風は、太平洋を越えながら冷たい空気と暖かい空気がぶつかる朝鮮半島上空で、とてつもない威力を持った大型台風になるだろう、と言った。記者の予報を証明するように、雨と風が強くなるのが感じられた。開け放していた部屋のドアが突然ばたんと閉まり、木々は首がへし折れそうなほど揺れていた。だが彼は、大丈夫だと自分に言い聞かせた。これより安全な旅はないだろう。ここは高台で浸水の心配はないし、風が秒速四十メートル以上になったら、テープを十字の形に貼ってガラス戸や窓を補強すればいい。

空は完全に暗くなり、彼は空腹だった。いくらかの酒と食べ物、それに懐中電灯が必要だ。もし停電になったら、懐中電灯を持って彼女の部屋の中を旅行し尽くそうと決めた。旅行に必要な物を買いに行くため再び靴を履き、傘を探して下駄箱を開けた時、誰かが向かいの部屋のチャイムを鳴らした。

その音と同時に子犬が吠え始めた。彼はチャイムを鳴らした人が行ってしまうまで、しばらく待つことにした。だがその人は立ち去ろうとはせず、チャイムを鳴らし続けた。子犬がドアを引っかきながら吠え、チャイムを鳴らした人は、今度はドアを叩き始めた。犬の鳴き声が耳障りだ。彼は出て行って、向かいの人はさっき出かけたと叫びたかったが、彼は出て行くことも、叫ぶこともしなかった。子犬の鳴き声がずっと響いていたけれど、チャイムの音やドアを叩く音はそれ以上聞こえなかった。チャイムを鳴らしていた人が去っていったかどうか確認するためにドアに耳をつけた時、今度は彼女の部屋のチャイムを誰かが鳴らした。彼はぎょっとして、とっさに、誰だと尋ねた。ドアの向こうから聞こえる声は、有無を言わせぬほど切羽詰っていた。

——ごめんなさい。ちょっとドアを開けて。急いでるの。

女だ。彼がもう一度誰なのかと聞いたが、ドアの外の女はもっと焦った口調で、同じ言葉を繰り返した。子犬がまた吠え始めた。イライラさせられる鳴き声だ。仕方なくドアを開けると、風よりも素早く、一人の女が中に入ってきた。女はドアが閉まり、鍵がかかったのを確かめると、少ししたら出て行く、と言った。

女の身なりはひどいものだった。雨と風をまともに浴びたらしく、ぐしょ濡れで、額と頬にくっついた髪の毛は捨てられたヒモのように、ひどくもつれていた。濃い化粧が雨でくずれ、まるで顔の上で絵の具をこねたようだ。女の服から水がぽたぽた落ちた。ミニスカートの裾は風に破れたポスターみたいに縦に長く裂けていたので、少し動いただけでも下着が見える。濡れたスカートが尻に貼りつき、下着の線もはっきり出ていた。

どうしたのだと聞いても、女はドアノブを握ったまま、何も言わなかった。そして少し前に彼がしたように、ドアに耳を当ててじっとしていた。向かいの部屋の子犬はまだ吠えていたが、しだいに吠える間隔が長くなった。おばけの呻き声みたいに激しい風の音が、窓を伝って聞こえる。彼は女の太ももを流れ落ちる水滴が、妙に気になった。女は、そんな彼の様子に気づいたのか、脚を少しひねった。太ももが重なり、彼はようやく視線をそらしたが、頭の中では女の太ももが何度もこすれながら重なった。

彼は女にちっとも興味がないふりをしてバスルームに行き、タオルを出して渡してやった。女は「ありがとう」と言って受け取ると、顔と体を拭いた。風が強いのか、窓や窓枠が音を立てて震えた。彼は女がタオルで身体を拭くのをじっと見ていた。雨に濡れて服がべったりくっついた女の身体に視線が釘付けになり、彼はその姿を見て、女がシャワーを終えて出て来たところを想像した。女がタオルであちこち拭くと、香水と雨が混じった匂いが漂った。悪くない。彼はむしろその匂いが続くことを願った。女がタオルで髪を拭く時、鎖骨や胸についた水滴が、少し揺れた。女について知りたいことを尋ねるより先に、思いがけなく親切な言葉が、彼の口から飛び出した。彼はことさらに礼儀正しく、何があったのかは知らないが、ひとまず上がれと言い、女はタオルを下ろしてきょろきょろした。

——あれ、財布がない。

女は床を探し、それにつられて彼も床を見た。女はにやっとした。

――ともかく、ありがとう。じゃあ、ちょっと失礼するわ。

女は靴を脱ぎ、タオルで足の裏を拭いた。足を持ち上げたはずみで黒いミニスカートに隠れていた白い下着が露わになった。彼が「ずぶ濡れで、座って休むこともできませんね」と言うと、女は彼を見てまた笑った。

――じゃあ、新しい服でもいただける？

少し挑発的だったが、彼はそれがかえって気楽だった。事情はわからないが、いきなり入って来て、黙って泣かれるよりはいいだろう。

――煙草があったら、一本いただけない？

彼は、煙草は吸わないと答えたものの、買ってきてやると言いそうになった。

女が部屋の中をしばらくじろじろ見て、トイレ[*2]はどこかと尋ねるので、教えてやった。女はトイレの前に立って、電話をかけたいと言ったが、部屋にはコードレス電話がなかったので、彼は自分の携帯電話を貸した。

女がトイレに入っている間、彼は窓をちょっと閉めた。雨水が部屋の中に飛び散っていた。窓を閉めても、わずかな隙間から入る風で、台風の到来が感じられる。テレビでは速報が流れ、彼は女が出て来るのを待った。女は服でもしぼっているのか、かなり長い間トイレの中にいた。彼はドアに耳を当てた。便器の水が流れる音がし、洗面台の蛇口を開いたり閉めたりする音が、二度ほど聞こえた。

トイレの中から聞こえる音が、彼にいろんなことを想像させた。女の裸体を思い、トイレの中から何も聞こえなくなると、彼は息が詰まった。トイレのドアの前でうろうろしながら、安全かどうかということについて考えた。彼はさまざまなケースを想定し、対策を検討した。女がどういう理由でここに来ることになったのかを考え、どうすれば最も安全だろうかと計算した。まず、女のために温かいコーヒーを用意しよう。女が出てくればコーヒーでもてなし、彼女の服の中から一着やってもいいと思った。彼は女と彼女のサイズを頭の中で測定した。彼は旅行先で誰かに出会ったに過ぎないのだと、自らに言い聞かせた。お湯が沸き、彼はコーヒーをいれた。その実、女がそのまま帰ってしまっても、あるいは疲れてしばらくここで眠ったとしても、いっこうに構わないはずだ。旅先で出会った誰かと別れるように。彼は最も安全な方法を見つけようとした。その時、チャイムが鳴った。彼女かもしれない。彼はどきりとした。ドアの外を確認するテレビドアフォンもドアスコープもないのが、残念だった。彼は黙ってドアの前に向かった。チャイムは鳴り続けた。まるで、中に人がいることはとっくにわかっている、と言わんばかりに。

彼は焦った。チャイムに続き、ノックの音がしたから、彼は落ち着きを失った。彼女なら、暗証番号を押して入ってくるだろう。こんなふうにチャイムを鳴らしたり、ノックしたりはしないと思った。するとそのことを彼に確認させるかのごとく、男の声が聞こえた。重く低い声。

――いらっしゃいますか?

誰だと尋ねると、ドアの外で重くじめじめした声が響いた。

――ドアの前に財布が落ちてましたよ。

重い低音の男は、とても静かに言った。子犬がまた吠え始める。彼はさっき女が財布を探していたのを思い出し、ノックしたり、チャイムを鳴らしたりした時に落としたのかもしれないと思った。

彼は、「ああ、財布ね」と言ってドアを開けた。一人の男が手に持った財布を示しながら、笑顔で立っていた。どこかで見かけた顔だと思ったが、どこで見たのか思い出せない。男は不気味な笑顔で財布を揺らしてみせた。男が笑うと、針金のような顎ひげが、棘のようにぽつぽつと立った。彼はその男が、自分がバスの中でつり革代わりにつかんだ相手であることに気づき、バスの中での出来事のために来たのではないかと心配になった。男は、すべてわかっているというふうに、財布を振るばかりだった。

——どこだ？

男は再び不気味な笑いを浮かべつつ、財布を振った。何のことかわからないので黙っていると、男は再び笑みを浮かべ、どこにいるのかと尋ねた。

——この財布の主がどこにいるかって聞いてるんだ。

彼は男の言葉遣いにむかっとして、「何ですか」と問い返した。しかし男は例の笑顔をやめようとしなかった。暗闇の中でも赤く充血した目玉がぎらりと光った。男の顔が少しずつ硬直して、またレンガのようになった。彼は少し怖くなり、そんな財布は知らないと言った。

――この財布の持ち主は、どこにいるんだね？

男はまるで子供に言うように言った。彼はドアさえ閉めれば安全だろうと思い、もう一度、知らないと言った。事実、知らない財布だ。ドアをゆっくり閉めようとした時、男が彼の立っている床を指さしたけれど、彼は見ようとしなかった。ただ、ドアを閉めたかった。

――さっき財布と聞いてドアを開けたくせに。

男は閉まりかけたドアをつかみ、ドアに隠れて見えなかった右手をゆっくり持ち上げ、彼の目の前に突き出した。その手には短く頑丈な手斧があった。暗い中でも銀色の刃は輝きを失っていなかった。彼は尋常ならざるものを感じながらも余裕を持とうと努め、知らない財布だと言い、一礼してドアを閉めようとした。自分がほんとうに落ち着いており、ちっとも怖がっていないことを示すためだ。男は再び彼の立っている床を指さして「どこだ」と聞いた。彼は、何のことだか理解できなかった。おそらくドアの前に落ちていた財布を見て、女がいると決めつけているらしい。だが今、女はトイレに入っているし、ドアさえ閉めればこっちのものだと彼は思った。彼は知らないと言ってドアを押したが、ドアはぴくりともしなかった。男は斧を持った手で、再び床を示した。彼は仕方なく、男が示す方に顔を向け、そして見た。女の靴が、見ろと言わんばかりに並んでいるのを。彼は、自分の偽装された落ち着きと勇気が無駄だったことを悟った。

――自分でも、おかしいと思わないか？

男が言った。

――靴があるのに、シラを切るってのは。おかしいだろう？

男が斧の先で彼を押し、彼はずるずる後ずさりした。男はドアをさっと開けて入って来ると、大声で叫んだ。

――美淑《ミスク》、どこにいる。俺だ。

男は靴も脱がずリビングに上がった。男が動くたびに水と泥がぱらぱら床に落ちる。彼は男に、少し前に起こった出来事について述べた。一人の女が、ちょっとドアを開けてくれと言ったので、開けると、トイレに入った。すぐ出て来るだろう。彼がそう言っても、男はろくに聞こうともせずに女を呼んだ。男がさらに二度ほど叫ぶと、トイレのドアを開けて女が出て来た。女は下着姿で自分の服を持って立っていた。女は男の顔を見ると、短く、「ちくしょう」と言い、男は斧を振り回して声を上げた。ろうろうと響き渡る男の声に、彼は心臓が縮み上がった。

——ちょっとの間も我慢できずに、また男遊びか。お前、完全にいかれたな。

女はいらいらしたように、自分の服を床に投げつけた。

——暴れたきゃ、勝手にしろ。

男は女にそう言うと、友人をにらみつけた。目は斧よりもっとぎらぎらしていて、彼は弁解しようとしたものの、何をどう言ったらいいのか、何から話せばいいのか。こんな時ほど落ち着かなければならないと自分に言い聞かせた。

——知らない人なんです。ついさっき、ちょっとドアを開けてくれと言うから。

彼の言葉をさえぎって男が言った。

——お前は知らない男の部屋に入って裸で歩き回るのか？　何回寝た？

彼は、笑って見せなければ、男らしく笑わなければ、と自分に何度も言い聞かせた。果たしてほんとうに笑えたのかどうか、自分の表情はわからなかったけれど、それでも彼は最大限、笑顔のような表情をつくるべく頬の筋肉を持ち上げながら言った。

——さあ、どうして服を脱いだんでしょうねえ。確かに、ちょっとトイレを使うだけだと言ってたのに。

とにかくこの状況を脱したかったし、男が女を連れて出て行ってくれることを願った。窓の隙間から入った風に背中をなでられて、ぞくっとした。彼は女に向かって冷静に話しかけた。女が、ここにちょっと逃げ込んだのだと言えば、男の誤解は解けるだろう。

——ともかく、あの女性に聞いてみて下さい。私と面識があったのかって。美淑さんでしたっけ？　美淑さんからも話して下さいよ。

しかし女は彼の言葉に答えず、いらいらしたように、煙草があったら一本投げてくれと男に言った。男は財布を投げ、ポケットから煙草の箱を出して女に投げた。彼は自分の笑顔が、もはや男に対しては効果がないとわかったので、今度は少し怒ってみることにした。

――ちょっと。今、他人の家に不法侵入しているってわかってるんですか。私はあの人の名前も知らないし、今日初めて会ったって言ったじゃないですか。警察を呼びますよ。

男は斧で顎をちょっとひっかいた。

――警察？　俺を何だと思ってるんだ。

男はそう言うと、リビングのテーブルの上に置かれていた唇形の電話機を殴りつけた。電話はスイカ割りのように一瞬にして破片となって床に散らばった。彼は、この男は狂っていると思った。

――警察？　さっさと呼びやがれ。

男はそう言うと、ゆっくりテーブルの前に歩いて行った。テーブルの上には彼が飲んでいたお茶と、女のためにいれたコーヒーがある。

――二人で仲良くコーヒーまですすりながらやってたんだな。

男はテーブルを殴った。テーブルはバリっと音を立てて崩れ、カップは一瞬空中でもがいてから、床に墜落した。彼はその瞬間、驚いて耳を塞いだけれど、女は何ともないような様子で煙草をふかしながら見物していた。

――もう、この部屋から誰も出てはならん。また、誰も入ってはならん。どうしてかわかるか。お前が嘘さえつかなければ、俺は美淑を連れて出て行ったかもしれん。だが、気が変わった。

男はそう言ってドアの所に行き、錠を殴りつけた。錠はぶつ切りにされた魚のようにばらばらと床に落ちた。男は再びリビングに戻り、彼に斧を突きつけた。

――お前、インテリだな。

彼は何も言えなかった。男は再び斧を突きつけた。

――何でわかるか、知ってるか？　学のあるやつに限って、いつも嘘をつくんだ。

男が言葉の終わりごとに斧を突きつけるので、彼はおきあがりこぼしのように後ろにのけぞっては、元に戻った。

――最初、お前は財布を知っていると言っていた。それなのに俺を見ると知らないと言う。

男はまた斧を突きつけ、彼が答えようとすると、斧の刃を彼の唇に当てた。

——二つ、俺が美淑はどこだと聞いた時、お前は嘘を言った。自分の足元に靴があるのにな。

男が斧をまた突きつけた。最初より勢いよく突きつけるので、彼は二歩ほど後ろに下がった。元の位置に戻って話そうとしたが、ぶるぶる震えてうまくしゃべれない。

——三つ、部屋に入ってからも、お前は嘘をついた。美淑が裸でシャワーを浴びて出て来たのに。

男はさらに強く斧を突きつけ、彼は倒れそうになった。

——四つ、お前は美淑の名を何度も呼んだくせして、初めて会う人だと言い、名前も知らないと言った。

男は斧で彼を押し、彼はそのままへたりこんだ。だが、すっと立ち上がった。男が元に戻れとか起きろとか言ったわけでもないのに、彼の身体はよく訓練された犬のように動いた。彼は、誤解を解くことはじゅうぶん可能だという気がしたけれど、口がうまく動かなかった。

——あの……もっと……常識的に……理性的に考えてみましょうよ。

彼はようやく口を開いて男に説明しようとしたが、男は斧を見つめながら言った。

——常識？　理性？　口の減らないやつだな。いい加減にしろ。お前が俺のことを非常識だと思うなら、ほんとに狂ったところを見せてやる。頼むから、もう嘘をつくな。男なら堂々と白状したらどうだ。俺の言ったことのどこが間違ってるのか、言えるもんなら言ってみろ。

彼は女を見たが、女は床に煙草の灰を落としながら彼に言った。

——このバカ。さっきまで、あたしの身体やパンティーを見るのに必死だったじゃない。

女はそう言い、彼はうつむいた。男は女に近づくと、二回ビンタをした。女の首が、台風で折れた木のように、ひどく揺れた。女は煙草を投げ捨てると、「ちくしょう」と言った。

男は彼を見て「案内しろ」と言った。彼が何のことかわからずにいると、男が再び言った。

——今までどんなふうに暮らしていたのか、見てやる。案内しろ。

男は斧で彼の背中を押し、部屋のドアを指して、開けろと言った。彼は部屋のドアを開けて入り、男はすぐに部屋のあちこちを見た。

——リビングにも本がたくさんあったが、部屋にも本棚があるんだな。俺はお前みたいなインテリが、金日成《キムイルソン》より、鳩より、一番嫌いなんだ。インテリは決まって嘘をつく。誰にもわからないように、持って回ったしゃべり方をする。お前みたいに。

男はそう言うと、化粧台を見て女に言った。

——寝た後で、あそこに座って化粧を直したのか。え？　このあばずれ。

女は目をそむけたまま、床に落ちていた煙草の箱をつまんで、新しい煙草に火をつけた。男はたんすを開け、注意深く調べていたかと思うと、ジーンズを一本、斧で持ち上げた。

――これは俺の買ってやったやつだ。美淑、覚えてるだろ？

男が聞くのに、女は見向きもしなかった。彼は、似たようなジーンズはどこにでも売っていると言ったけれど、男は知らんふりをしてタンスの中をごそごそ探り、下着を出した。どれも彼女の下着で、そのうちビキニのような青い下着は、彼がプレゼントしたものだ。

――お前、変態か。

下着をいじっていた男が彼に言った。

――変態だな。こんなパンツをはくなんて。インテリのやつらは変態の真似をするんだ。嘘つきだし。

彼は黙っていた。いつの間にかめまいがしてきて、ほんとうに何も言うことができなかったのだ。彼にはおかまいなく、パンティーを眺めていた男は、突然、何もかもわかったと言わんばかりに、静かにうなずいた。彼は無理にでも何か言うべきだと思った。ひょっとすると、事件解決の糸口をつかんで、すべてが誤解であったことを明らかにするチャンスかもしれない。ここは自分の部屋ではなく、したがって女に会ったのも今日が初めてだということを、証明できるような気がした。

——見て下さい。男物は一つもないでしょう。私の言うことを聞いて下さい。実は、私もこの部屋に入ったのは、今日が初めてです。つまり、ここは私の女友達の部屋なんです。

彼の言葉が終わらないうちに、男は斧を投げた。彼は見た。斧が飛ぶ瞬間を。非常に速かったが、すさまじい摩擦音とともにぐるぐる回りながら飛んでくる斧を、彼ははっきりと目撃した。その短い間に彼は斧が自分の額に刺さり、頭蓋骨が割れ、ぱかっという音とともに火山の噴火みたいに血が噴き出るのを、はっきりと見た。しかし想像とは違い、斧は彼が立っているすぐそばのドアに、雷のような音を立てて刺さった。その音がした瞬間、彼の下半身では知らず知らずのうちに小便がちょろちょろと流れ、太ももを温めながら落ちた。

——頼むから、俺をバカにするな。お前はちょっと前まで、不法侵入とか何とか言いながら、自分のうちだと言っていた。それも嘘か。そんなことを言っておいて、今度は、女友達のうちってか。何も聞かないでも、俺はわかってた。お前みたいなインテリは何も知らない純真な女をたぶらかして、ヒモになるってことをな。少なくとも俺は、お前みたいに学校には行ってないが、それでも自分の稼ぎで家賃を払ってる。なのに、お前は一文無しの美淑をたぶらかして、家賃まで払わせてるのか。美淑にどんな金があるってんだ。そうだ。全部、俺の金だ。お前らは俺の金で部屋まで借りて、うまいことやってるんだ。そんなことも知らずに、俺はきちんきちんと美淑に金をやっていた。結局、お前の懐に入ることも知らずにな。

男は彼の下腹を見て、言葉を続けた。

——自分のザマを見やがれ。お前みたいな賢い男が小便の仕方も知らんのか。小便垂れのくせして、俺をキチガイだと言えるのか。さっさとトイレに行ってこい。

あえてトイレに行きたくはなかったが、男とこれ以上、一緒にいたくはなかった。世の中はキチガイだらけだ。この世は、人の話を聞かず、事実を客観的に理解せず、勝手に錯覚し、あるいは洗脳されて、暴力をふるったり、罵倒したり、排泄したりするだけの狂人でいっぱいだ。生きていくのがつらいのは、まさに狂人たちと一緒に旅行しなければならないからだ。

——今すぐトイレに行って、小便を全部出して来い。

彼は男に追われるようにしてトイレに行き、ドアを閉めて便器にうずくまった。どうしようもなく涙が溢れた。ドアに刺さった斧を取らなかったことが悔やまれた。男の投げた斧が自分のそばに刺さった時、失禁せずに斧を取るべきだった。斧を振り回すことはできなくとも、自分の話が終わるまで威嚇することはできただろう。そんなチャンスは、二度と来ないかもしれない。それなのに、どうして指一本動かせなかったのか。彼にはわかっている。男は真実を受け入れず、勝手に勘違いし、誤解していることを。しかし、だからどうだというのだ。男は誤解を真実だと信じ込んでいて、解決策が見えないのだ。

それでも彼は、このままではいられない、と考えた。そうだ、脅してでも男を武装解除し、無理にでも話を聞かせるべきだ。男は、狂っていないと言ったけれども、今までの経過からして、斧で俺の頭を割るぐらいのことは、やりかねない。死ぬ時は死ぬにしても、真実を語らなければ。そうしなければ。

彼は泣きやみ、トイレの中で、男を威嚇できそうな武器を探した。ゆらゆらしているタオル、ひどくすり減った歯ブラシ、半分も残っていない石鹸、湿ったティッシュペーパーと、半分以上絞り出した歯磨きが目についた。彼はシャンプーの瓶を取り上げて投げる姿勢を取ってみたものの、重いどころかあまりに軽すぎて、男が立っている所までの半分も届きそうになかった。そんな時、携帯電話が目についた。女が電話をすると言った時に貸してやった、自分の携帯だ。彼はそれを手に、再び便器に座り込んだ。彼は誰に電話するべきか悩んだけれど、どうにも思いつかなかった。119番[*3]か、112番か、114番か。ドアの外では男が女に話している声が聞こえ、女が罵る声がそれに続いた。女は言葉尻ごとに「ちくしょう」を付け、そのたびに男が女の頬をひっぱたく音がした。彼の手は病気にかかったようにひどく震え、数字の1を押した後、指が離れなかった。彼は119だと心の中で何度も繰り返したけれど、指は離れなかった。携帯電話は彼の意思とは関係なく、短縮ダイヤル1番につながった。妻が出た。

——ちゃんと着いた？

妻はあくびをしながら言った。

——おい。

彼はまた涙が溢れそうだった。

——台風がすごいけど、そっちは大丈夫？

妻が、あくびをした口を閉じながら言った。

——おい。

——飲んだの？　変なしゃべり方。

——おい。

彼の口からは、それしか出なかった。

——泣いてるの？　いったいどうしたのよ。

——おい、俺は今、閉じ込められてる。

——閉じ込められたって、どこに？　留置場？

——いや。

——じゃ、事故？　交通事故でも起こしたの？

——いや、ここはトイレだ。

泣きたかった。

——トイレ？

——うん、トイレに閉じ込められてる。

——どうして？　ドアが壊れて開かないの？

——いや。

——そこはどこ？　どこのトイレ？

——ここか。ここはある女の部屋だ。

——女の部屋？　出張じゃなかったの？　急に出張が決まったって言ってたじゃない。

——それは、つまり……、俺なりに旅行だと思ったんだけど……。

——旅行？　何の旅行よ。女と旅行に行ったの？

——いや、そうじゃなくて、一人で行ったんだが……。

——旅行に行って、どうしてトイレでひそひそ電話するのよ。閉じ込められたって……。

——閉じ込められたんだけど、さっきある女が俺の携帯を持ってトイレに入ったんだ。

——女？　今、女と一緒じゃなくて一人だって言ったじゃない。女って誰よ？

——うん、美淑って、今日初めて会った女だ。

——いったい何を言ってるの。だから、女がいるの、いないの？

——だから、美淑は今日初めて会った女で、もともとは他の女の部屋なんだけど……。

——誰に閉じ込められたの？　美淑に？　違う女に？

——いや、美淑の彼氏だか、亭主だか。

その時、男がトイレのドアを叩いて、出て来いと言った。彼はできるだけ小さな声で妻に言った。

――おい、俺は出て行かなきゃならない。

――出て行くって、どこに？　閉じ込められてるって言ってたじゃない。

――閉じ込められてたんだけど、今は男が来たから、出て行かないといけないんだ。

――じゃあ、解放されたわけ？

――いや、完全に解放されたんじゃないが、トイレは出ないといけない。

――それなら、今までどうして閉じ込められてたのよ。

彼が答える暇もなく、男がドアに斧を振り下ろした。斧の刃の一部がドアを破り、中に突き出て銀色の光を放った。彼は電話を切った。いつの間にか男がドアを開けて入って来て、手を突き出した。彼が便器から立ち上がり携帯電話を渡すと、男は通話記録を見た。

――妻……妻だと……警察じゃなくて女房だと……。女房に言いつけたのか？

男は彼を見つめた。彼は今までの一連の出来事について、きちんと説明する必要があると思った。もうこれ以上後には引きたくなかったから、ちょっと話を聞け、と怒鳴った。

――一度、理性的に話しましょう。私が順を追って説明します。どうしてこうなったのか、真実をお話しします。

しかし、男は鼻で笑った。

――理性？　真実？　そうだ、お前らみたいなインテリはいつも、論理、真実、理性、そんなことばかり言う。そんなもの俺は知らねえ。美淑は俺の信仰であり、信念だ。俺の夢なんだ。また妻帯者か？　インテリなら、堂々と浮気してもいいのか。お前、いったい何なんだ。女の下着をはく変態か。口さえ開けばでたらめを言う嘘つきか。でなきゃ、女をたぶらかしてばかりの色男か。

彼は立ち上がって男の斧を奪い取ろうとした。男が退き、彼は叫んだ。

――このキチガイ。お前、何で俺の話を聞かない。全部説明しただろう。ここは俺の女友達の部屋で、初めて会う女で、あそこにいるあの女がトイレに行きたいと言うから入れてやったんだ。ああそうだよ、この野郎、俺は浮気したよ。俺の浮気に、関係のないお前が何で口をはさむんだ、この野郎。

男は笑って、斧で額をかきながら言った。

――死ぬ前に、やっと白状したな。お前、今、自分の口で、浮気したと言ったぞ。

男はそう言い、女を連れてくると、女の首に斧の刃を当てた。

――お前なんかに俺が負けると思うのか。美淑は俺の夢だ。俺の夢であり、信念だ。

女は斧を持った男の手を引っ張り、自分の首にさらに強く押し当てた。

――こんちくしょう。つべこべ言わないで、切るなら切りやがれ。おたんこなす。

男は黙って女を見た。

――バカ。ほんとに殺す勇気もないんだろ。

女の言葉をさえぎって、今度は彼が男に叫んだ。台風ではずれたのか、窓枠が壊れそうな音を立てていた。

――何だと、夢？　笑わせるな。お前、そんなに夢がないのか。だから人の話も聞かずに暴れるんだな、この野郎。インテリの悪口ばかり言ってないで、わからないなら、ちっとはわかろうとしてみろってんだ、この、スルメの後ろ足みたいな、のうたりん！

彼が言うやいなや、今度は女が男の斧を奪うようにして、自分の首を切る仕草をした。風が女の髪を乱した。隙間から入る風の音が、凄まじい。

——さっさと切れ。このトンマ。何をもたもたしてる。夢？　笑わせるね。あたしが今まで気づかなかったと思ってるのかい。こっそりいろんな女に同じ台詞を言ってるくせして。あたしが知らないとでも思ってるのか。何でこんなことをするんだよ。あんたは好きなように浮気するのに、あたしは逃げちゃいけないのかい。このバカ野郎。

彼は女を押しのけて男の顔を持ち上げ、自分の方に向けて、言った。

——おい、この野郎。お前は、カエルの足に味噌を塗りつけて自分の耳にぶちこんだのか。どうして俺の話を聞かない？「一つ、お前は財布を知らないと言った、二つ、お前は美淑を知らないと言った」だと？　この野郎、ああ、知らんよ。俺の言うことは聞こうとせずに、そんなふうに斧を持って目玉をひんむいてりゃ、俺が怖がるとでも思ってるのか。

女が男の斧を持ち、まるで髪を梳かすように、自分の首に振り下ろす真似をした。

——さあ、何してんの、切りな。腕が痛いから、さっさとしろよ。

女の言葉を受けて、また彼が言った。

——お前、この首をどうする。サンチュで包んで食うか？　お前がだらしないから、女がこのザマだ。斧を振り回してないで、身の程を知れ。

女が長い髪を揺らしながら男の顎を何度も殴った。

——今日、あんたもあたしも死ぬんだ。さあ、切りな。この野郎。夢だって？　あんた、夢と狂気の区別もつかないのか。この低能。これが夢かい。狂って暴れてるだけじゃないか。

彼は女を押しのけ、男の胸倉をつかんだ。つかんだ腕の筋肉が盛り上がって、皮膚を突き破りそうだった。

——こいつ。このキチガイ野郎。いっぺん死んでみやがれ。

男の喉がふくらみ、呼吸ができないのか、げえげえと音を立てた。レンガみたいだった顔が赤い風船のようになり、今にも破裂しそうだ。台風の風が窓枠やドアを揺らす。彼はつかんだ手を離さなかった。男はうっ、と言いながら、猛烈な勢いで腕を後ろにそらせた。彼は、斧が半円を描いて男の肩の後ろに落ちるのを見た。女が彼を押しのけて、再び頭を突き出した。肩を越えた斧が、恐るべき速さで落ちるのを、彼は見ていた。彼はその瞬間、退いた。そして目を閉じた。

目を閉じたのに、目の前はいちめん真っ赤になっていた。斧の刃がトイレのタイルに当たって、割れる音がした。しかし彼は目を開けなかった。あんまり真っ赤なので、とても目を開けられなかった。目玉がちくちくしてきた。悲鳴と罵声が響き、鈍い音とともに何かが壊れる音がした。目を閉じたのに、どうして辺りがこんなに明るいのだろう。光を見たくないから目を閉じているのに、光は貫くように襲いかかる。彼は音を聞きたくなくて、一人で歌を歌った。台風はとうとう窓枠をばらばらにしてしまったらしく、ガラス窓の割れる音が聞こえた。彼は、ラララ、ラララと歌を歌った。何かがはねて足の指にぶつかったけれど、彼は目を開けないでひたすら歌った。真っ白な光が彼の眼球を抉る。熱くどろりとした液体が頬に飛んできても、彼は目を開けなかった。ぎゅっと目をつぶったまま、ラララ、ラララと歌を歌った。

彼が歌をやめた時、玄関のドアを壊す音に続いて、ドアを開ける音が聞こえた。

それでも彼は目を開けなかった。時間がどれほど経過したのかわからない。どこから吹いて来るのか、強い風だけが何かにぐっしょり濡れた彼の顔に吹きつけた。ちっとも力がないのに、脚の筋肉は石のように硬直していて、座りこんだりでもしたら、ぼきっと折れそうだ。前の部屋から子犬の吠える声とともに、女の声が聞こえてきた。女は、何よこれ、いったいどうしたの、と叫んでいた。その声に、子犬はいっそう大きく吠えたてた。叫んでいるのは、サングラスをかけた、向かいの部屋の娘であるとわかったけれども、彼は目を開けなかった。娘の悲鳴が台風をつんざき、子犬は喉が裂けんばかりに吠えた。それでも彼は目を開けず、座りもしなかった。目を開けることも座ることも、できなかった。

それからのことは、皆さんが新聞記事で読んだ通りだ。友人は逃亡すらできずに現場で捕まった。殺人事件の有力な容疑者だ。記者たちも忙しいから、事件の内幕をすべて暴くことができないこともある。忙しいのは警察も、記事を読んだ人たちも同様だ。水面下を見るのは、互いに疲れることだ。友人は今でもつぶやいている。キチガイめ、最後までわからないんだな、と。僕の見解や考えはない。

僕の見解や考えを理解してくれる人がいるだろうだなんて期待は、とうの昔に捨ててしまった。

＊1【トゥングルレ茶】アマドコロの根のお茶。
＊2【トイレ】五十三ページ「浴室」の訳注参照。
＊3【119番か、112番か、114番か】韓国において、119番は消防、救急、112番は警察、114番は電話番号案内の電話番号。

妻の話——僕らは走る　奇妙な国へ　4

女が夫の失踪届を出しに行ったのは、中部地方に大雨の降った日の翌朝だった。前夜、女は雨音に目を覚ました。ベッドの横をなでても、手に触れるのは冷たいシーツだけだった。女は赤ん坊の方をしばらく見てから、水を飲むためにリビングに行った。水の入ったコップを持ったまま大粒の雨を眺めていた女はふと、どこかで横たわっている夫を見たような気がした。しかし、それが夢だったのか、夫のことを思って幻覚を見たのかはわからない。寝ている妹を起こすと、妹は目をこすりながら、「ミルクつくるの?」と聞いた。女は首を横に振り、寝ている夫を見たと言った。でも、夢かもしれない、と付け加えた。妹は、返事だか寝言だかわからないようなことをむにゃむにゃ言って、また眠ってしまった。

それから女は寝つけなかった。もう眠くなくなったので、女はリビングに出て、降りしきる雨を見た。木の枝がくしゃみをするように揺れ、雨水に満ちた街を、雨は再びばしゃばしゃと叩きつけていた。夜明けには、雨はやんでいた。赤ん坊が目を覚ましたようだ。妹が起きたけれど、女はもう少し寝ていろと言い、粉ミルクをつくった。赤ん坊を抱いてゲップをさせる頃に妹が起きてくると、女は失踪届を出すと言った。妹に赤ん坊を預けた女は、不安に駆られて、失踪届には何の関係もない預金通帳を手に持ったり置いたりし、タンスの中をかき回して着てゆく服を考えたが、冬服を何着か出して、また元に戻しただけだった。

手提げバッグを開けても、何を持っていけばいいのか思いつかない。指先に力が入らず、頭の中は誰かが濡れ雑巾で拭い去ってしまったみたいだ。財布と携帯電話を入れ、手提げの中にあったウェットティッシュとティッシュペーパーを出して、また入れた。赤ん坊を抱いた妹があれこれ聞くのに女はろくに答えもしなかったし、何を尋ねられたのかも思い出せなかった。女は赤ん坊にキスをして、家を出た。

女は女性警官に案内され、一人の警官に会った。警官は腕時計と壁の時計を交互に見ながら、あくびをすると、自分の机の反対側に、椅子を一つ持ってきてくれた。女は手で胸を押さえて静かに座った。女はまず、警官の質問に答えて失踪した夫と自分のことを述べ、警官はそれをパソコンに記録した。警官は、最後に夫に会ったのはいつかと聞いた。最後に夫と電話で話したのは、陣痛が来て病院に行った日だ。夫は、出張先をすぐに出発すると言っていた。女は、子供が生まれる前日だと言ったものの、日にちが思い出せない。一月十八日、いや二十一日、いや十九日です。女は三つ言った後に、ようやく正しい日にちを言うことができた。警官は頬をちょっとふくらませてから、ふう、と長いため息をつき、「写真」と言った。女がじっとしているので、警官は手を出して、もう一度言った。

——持ってきたでしょう？　ご主人の写真。

女はバッグの中をごそごそ探ったが、写真はなかった。持ってこなかったと言うと、警官は、「だって、失踪届を出しに来るのに、写真一枚持ってこなかったんですか」と言った。

女は、冷たく無愛想な表情の警官が、材木に似ていると思った。一度もカンナをかけていない、ざらざらした木目《もくめ》の浮き出た材木。

——そんなら、どんな顔なんです？　顔に傷とか、何か特徴がありませんか。

女は夫の顔を思い浮かべた。髪の毛から鼻の下、顎までゆっくりなぞってみたものの、どういうふうに伝えればいいのか、いっこうにわからない。女は夫の目がわりと大きい方で、額は狭く、丸顔だと言ったが、警官はあまり気を入れて聞いていなかった。

——身体はどうです。大きなホクロがあるとか、特徴か、傷なんかはありませんか。

女は夫の身体を思い浮かべようとしたが、うまく行かなかった。この三年間、一緒に寝ていたはずなのに、夫の身体が、まるで地球の反対側のように遠く感じられ、思い浮かぶのは他の男の身体だった。警官はモニターの横から顔を半分ぐらい出して、再び尋ねた。女は警官と目が合った瞬間、乳房がひどく傷んだ。痛みは心臓から乳腺を伝い、紙で乳首の先を切り取られるような感じだった。女は痛みに耐えられず、しばらく胸を押さえてうつむいていた。

どうすれば、この痛みが治まるのかわからない。他の人に気づかれないよう、ブラジャーを乳首から少し離してみても、痛みは和らがなかった。女が両腕で胸をさらにしっかり抱きかかえ、写真を持ってまた来る、とやっとのことで伝えると、警官はちょっと気の毒そうにキーボードの上で手を止め、顔を洗うみたいに手で顔をなでた。そして、再び事務的な口調で言った。

――どのみち、何回かは御足労いただかなければなりません。失踪届を出したからといって、すぐに捜査を始めるのではないんです。捜査するかどうかは検察の判断です。いちおう受け付けておきますが、すべての失踪届が捜査につながるわけではないので、進行状況を見て、また連絡しますから、その時、持ってきてください。

女は警官の言葉に何も言えず、ただうなずいた。

――ご主人は、旅行や登山がお好きですか。つまり、連絡なしに遠くに行ったことが、これまでありませんでしたか。

痛みがしばらく静まった。女は顔を上げ、そんなことはなかったと言った。

――では、債務関係はどうですか。恨みを買うようなこととか、愛人がいた可能性は？　配偶者の知らない愛人がいるのは、よくあることじゃないですか。

その言葉とともに、薄い紙で乳首に触られるような痛みが、またぶり返すのを感じた。女は我慢できずに短く鋭い呻き声を発し、涙を浮かべた。警官が大丈夫かと尋ね、女はまた来ます、と言って席を立った。あわてたので、座っていた椅子が音を立てて後ろに倒れた。別の警官たちがいっせいに目を向け、女はその視線が全部、紙になって自分の乳首に飛んで来て刺さるような気がした。女は不織布と布でできたバッグを胸に抱き、警察署を出た。

女は、客を降ろしているタクシーの、助手席のドアを開けて乗った。運転手は、降りる客にお釣りを渡すところだった。女は行き先を告げ、バッグで胸を押さえた。女が邪魔になって、運転手は腕を伸ばしてお釣りを渡さなければならなかったが、女はよけてやらなかった。一秒でも早く家に帰りたい一心だった。

後部ドアが閉まり、タクシーが横の車線に入った時、ようやく痛みが消えた。女は窓の外を見ようとしたが、自分の顔が見えただけだった。恐ろしかった。窓に映った白い影のように、すべてが痕跡だけを残して消えてしまうような気がした。目に見えるものだけが真実ではない。目に見えるからといって、それがすべて真実ではないのだ。女は男の言葉を思い浮かべた。男は、女の父親の言葉だと言っていたけれど、女はそれが事実でないことを知っていた。

どこまでが真実だったのか。実の父親を知りたいという気持ちは、おそらく真実だった。女は自分にそう信じ込ませようとするかのごとく、胸を何度もとんとんと叩いた。女が、夫ではない男に初めて会ったのは、実父であるCの葬式でのことだった。それは偶然にも、母の四十九日の法事をした日だった。酒をしこたま飲んだ女の父は出し抜けに、お前ももう知っておかなければいけないだろう、と言い出した。夫と父は盃を何度も酌み交わし、しばらく酒が行き交った後、父は風呂敷包みを解くように、ぴしゃりと言い放った。血はつながっていなくとも、実の子供と変わりない。今、俺がこんなことを言ったからって、誤解してくれるな。俺はただ、お前が事実を知るべきだと思ったまでだ。結婚して半年ちょっと過ぎた頃に生まれたから、皆はお前が月足らずで生まれたのだと思っていた……。しかし俺は、お前がCの子供だと知っている……。小説家のCは……。父は、ずっと言葉尻を濁していた。だが、俺はお前の妹とお前を、一度も差別したことがない。父はその言葉を最後に、ただ杯ばかり見つめていた。風呂敷包みの中には、もう何もないというように。

父の唐突な発言は、法事の供え物も片付いていないリビングの空気を凍りつかせた。父がそれ以上何も言わないので、妹の顔は剥いていたリンゴよりも赤くなり、いたたまれなくなった夫は、ちょっと風に当たってくると言って出ていった。妹が注意深くリンゴを切ろうとすると、果物ナイフと皿はいっそう派手にぶつかり、ナイフの音が部屋全体に響きわたった。

しかし女は、特別な感情が起こらなかった。思春期の少女のように泣かなければいけないのか、あるいは、そんなこともあるでしょうね、と力なく笑うべきなのか。ただ、何の表情も表わさないのは、せっかく話してくれた父に対して失礼だという気がした。女は何も感じない自分が変だと思い、しばらく悩んだが、どんな表情や反応が適当なのか、わからなかった。考えれば考えるほど、ただ、実の父親だというCに対する好奇心が起こった。いったい何があって、母は結婚前にCと寝たのだろう。Cという名前が紙のように薄い女の世界を突き破って侵入し、頭から離れない。闇を追放する太陽の光のように、頭の中がCの名前でいっぱいになり、女は思い浮かびもしないCの顔をくっつけたり、引き剥がしたりした。しかし、浮かぶのは夫の顔だったり、育ててくれた父の顔だったり、死んだ母だったり、または自分の顔だったりした。

凍りついた時間が続き、父は突然、気を取り直したように預金のことや名義変更、そして服を燃やすべきかどうかということなどを語った。その時、夫が帰ってきたので、父はビールをさらに何本か持ってきた。夫と妹がときどき女の顔を見、女は何の感情も湧かないのが申し訳なくて席を立った。その時、父は女の背に向かって、お前のお母さんは、どうしてそんなことをしたんだろうな、と少し声を上げた。夫が父の腕をつかみ、他のことを話しかけたけれど、父は二、三度同じ言葉を繰り返したかと思うと、起き上がりこぼしのように上半身をふらふらさせた。女は結婚前に使っていた部屋に入り、明かりもつけずにぼんやり突っ立っていた。自分の境遇が悲しいとも思わなかったし、運命に怒りを感じることもなかった。ただCのことが気になった。実父であるCが小説家だと聞いたものの、知らない名前だったし、今まで小説などあまり興味を持ったこともない。

女は、インターネットに彼についての情報があるだろうと思った。実父という存在に、間接的にでも会ったなら、何らかの感情が湧くかもしれない。

女はパソコンの電源を入れた。モニターがつくと明るい光が顔を照らした。ドアをノックする音が聞こえ、夫だろうと思ったが、女は応じなかった。また少しノックの音がしたけれど、女はマウスを動かしてCのことを検索し、まさにその日がCの葬式であることを知った。それは、たった数行の短い記事で、Cの顔写真とともに、略歴や数少ない作品集（『不在証明』『[*1]因陀羅網《いんだらもう》』『心の中の地図』）について言及していた。顔写真を見ながら、これが父なのだと自分に言い聞かせてみても、なじめないことに変わりはなかった。女はCの写真の上に指を当ててみたが、感じられるのはモニターの滑らかさだけだ。女は記事の下に目を向けた。

そこには誰かの短い書き込みがあった。女は最初、追悼文だろうと思って読み始めたが、それはCの思いもよらぬ死に方について語っていた。餓死だという。Cは天井の高い所にある何かを取り出そうと回転椅子に上がったが、足を滑らせて転落した。その際に脊椎を大きく損傷したために身動きできず、そのまま飢え死にして二十日以上たって発見されたというのだ。書き込んだ人は、内容に信憑性を持たせるため、他の新聞のウェブサイトのリンクを張っていた。女がそのサイトを開くと、記事は「独居老人の寂しい死」というタイトルで、さっきの書き込みと同じことを書いており、狭い台所の写真もあった。写真にCの姿はなかったものの、名前と年齢は一致していた。

夫がドアを開けて入って来た。夫は女が受けたであろう精神的ショックを心配していた。自分はもちろんのこと、妻の妹もひどく驚いていたようだと言ったが、当の女は何ともなかった。耳の遠い人が波の音を聞けず、目のよく見えない人が黄色を思い浮かべることができないのと同様、自分の精神や感情は何の影響も受けていない、と思っただけだ。女はCの葬式の記事を夫に見せた。葬儀場に行ってみたいと言うと、夫は、雪がたくさん降っているなどと、とんちんかんなことを言った。しかし女はその返答が何を意味するのか、夫の硬直した頬から読み取ることができた。女のすることが気に入らない時、夫の頬の筋肉はぎこちなくこわばったから。夫は女が予想外のことを経験し、予想外のことに陥るのを心配した。

女はそんな夫の反応をじゅうぶん予期していた。夫が既存の枠を黙って受け入れ、いつもうなずきながら暮らし、習った通りに実践し、逸脱を嫌い、変化を恐れ、介入することを嫌がり、定められた通りに生きるべきだと信じていることを、女はよく知っていた。夫が望むのは、女にある変化が訪れても、自分のように世の出来事をただ受け入れ、他の所に足を踏み入れないことだった。

――その人だって家族がいるんだろう。お前が行って、家族が困ったり、ショックを受けたりしたら、どうするんだ。

夫の言葉に、あの人に家族はいないの、と言おうとして、やめた。女は、ただCが気になるだけだ。実の父親という存在に対する神秘的な感じは少しもなく、どんな小説を書き、なぜ一人で暮らすようになり、どうしてそんな死に方をしたのかが、知りたかった。

女はその日、夫の心配をよそに、車で葬儀場に行った。夫の言った通り、雪がたくさん降っていた。雪が降る様子を見ているだけでも自然に呼吸が荒くなってくるほどの大雪だった。女は葬儀場に入ってお悔やみを言ったり、喪主に挨拶したりはせず、一号室から九号室までうろうろして、まるで葬儀場の職員か、あるいは葬儀場の見学に来た葬礼学科[*2]の学生のように、Cの名前のある四号室をときどき横目で見るだけだった。四号室にはかなり大勢の弔問客がいたが、喪主は見当たらなかった。出版社が贈ったらしい花輪だけが廊下を埋めていて、いっそう寂しく見えた。

女は歩き疲れると、四号室が見える折りたたみの椅子に座り、Cの遺影を見つめた。四十代の、見知らぬ男の顔。写真の中のCは笑っていたものの、元気がなさそうだった。女は鼻や目をたどっていくうちに、見慣れない感じが消え、なじみのあるような、自分と似ているような気がしてきた。当初は湧かなかった感情が、あちこちで噴水のように湧き上がり、身体は拒みようのない線香の匂いに支配された。霧が晴れ、見えなかった川の向こう岸が一つ一つ姿を現すように、Cの姿、苦痛に満ちた顔で額をこすりながら原稿用紙を見下ろしている顔や、灰皿に山のようにたまった吸殻、兵隊のように立ち並んだ酒の瓶、よろけつつ路地を歩く足つき、壁にもたれた背中に沁みわたる寒さを、女は見たり、匂いを嗅いだり、感じたりすることができた。女は、そんなはずがない、自分が見たのは幻想に過ぎないのだと首を振ったが、否定すればするほど、Cの顔と行動と言葉がはっきりわかってくる。四号室にいた弔問客たちは時間がたつほど酔いが回り、Cについて、それぞれひと言ずつ話した。彼らの言葉は拒むことのできない線香の匂いのように、女の身体の隅々に沁みわたった。その時だ。女は葬儀場という空間において、自分の存在が特別なものであること、秘めやかな、隠れた存在であることを感じた。女は、無数の名もない人たちの間で、自分こそCの知られざる実子、隠し子であることを思い、それまでのありふれた存在から脱した、特別な存在であることを自覚した。生まれ変わったみたいに、初めて自分の姿を見たような気がした。女はそのことが嬉しく、奇妙な興奮と戦慄が、足の裏から全身に伝わるのを感じた。

椅子に座り、誰にも気づかれないように四号室を見ていると思うと女は興奮を覚えた。誰かと目が合うたびに、四号室にいる人々が自分に好奇心を持つたびに、いっそう特別な感情が起こった。私はCの娘なんです。生後百日にもならないうちに別れた、隠し子ですよ。これまで女の人生は、考えようによっては幸福であった。中流家庭に育ち、四年制の女子大を卒業し、短期留学もしたし、結婚するまで会社に勤め、まじめな男と結婚した。不幸といえば、せいぜい洋服のことで妹と喧嘩したとか、ブランド品を買えなかったことぐらいだ。しかし今までは、幸福だとはちっとも考えていなかった。幸福という単語すら、空気の中にただ当たり前のように埋もれている、意識することもされることもない、川辺でひっくり返った平べったい石ころのようなものだった。だが葬儀場で数時間ぶらぶらしているうちに、自分がもはや匿名の人間ではない、新しい存在であることを知った。娘ではなくて、情婦だったとしても同じことだっただろう。こっそり彼らを見ているというところに、そしてこの空間において、真実を知っているのは自分だけだという自負心に、女は密かな魅力を感じたし、それを楽しみたいと思った。女の頬が火のついた線香のように赤くほてり、深い所に妙なくすぐったさを覚えた。脚を組んだりほどいたりしても、そのたびにかえって強烈なくすぐったさが、女の深い部分をびりびりと刺激した。

午前零時が過ぎると弔問客の数はだいぶ減ったが、女はもう少しそこに居たかった。女は葬儀場にいる数時間の間、ある男に何回か出くわした。男がトイレに行ったり、煙草を吸うために階段を上り下りしたり、電話をしに行ったりする時だ。男と一緒にいた仲間たちが一人二人と帰って行ったけれど、男は彼らを見送って戻って来ると、知人を見つけてまた酒を飲んだ。しかし知り合いの人たちがみんな帰る頃から、男は女と同様、葬儀場をうろうろし出した。彼はうろつきながら時折、携帯電話で誰かに連絡をしていたが、相手は、大雪のために、葬儀場に行くのは難しいと言っているらしかった。

午前二時が過ぎると、隅っこの席にぽつんと座っていた男はついに立ち上がり、折りたたみ椅子に座っている女をちらりと見て、葬儀場を出た。女は男が出て行ってから、さらに二十分ほど座っていたが、花札と猥談が始まる頃、女も葬儀場を抜け出した。

一階の玄関で、男が煙草をくわえて立っていた。雪は降りやんでいたが、地面はこちこちに凍っていた。男は両手を深くポケットに突っこんだまま、その場で飛び跳ねるように両足を動かしていた。立っている間にも、冷気が靴を通して足の裏に伝わってくる。男が女をじっと見ていたけれど、女は駐車場に行った。

女が地下の駐車場から車を出した時、入り口にいた男が突然、手を挙げた。女がウインドウを下げると、男の荒い息が車の中に入ってきた。男は、三十分以上タクシーを待っているのに来ない、大きな通りまで乗せてくれないかと言った。ちょっとためらった後、行き先を聞くと女の実家に近かったが、男の家の方までは送らないでおこうと考え、タクシーが見えたら降ろしてあげると言った。

道が滑りやすいのでスピードは出せなかった。男の口から酒の匂いがして、女は自分が飲んでいたような気がした。女は男に、Cのことをよく知っているのかと聞いた。男は、Cは一番好きな作家だと言い、目に見えるものだけが真実ではないことを教えてくれた作家なのだと付け加えた。女はその言葉を聞くと、またCについてあれこれ知りたくなった。だが、あまりにも多くの疑問が一瞬のうちに、音に驚いていっせいに飛び立つ鳥の群のごとく押し寄せて、何が一番知りたいのかわからない。

まず何を聞こう。女はそう考えつつ、単刀直入に、自分はCの娘だと告げた。ぎゅっと縮こまっていた秘密が、一気に爆発する感じがした。その瞬間男は口を開けたまま、つららのごとく凍りつき、そして、Cに子供が……、と言い淀んだ。女は、自分が小さい時、Cと母が離婚したので皆は知らないのだろうと言った。男からはときどき酒の匂いの混じった息が漏れ、男は発声練習でもするかのごとく、あー、あー、と何度か声を出すと、黙った。

女はギアをシフトダウンした。車が少しずつ滑っている。エンジンの温度が上がり切ったのか、ヒーターが突然猛烈な音を立てて滝のごとく温風を噴き出した。女はヒーターの温度を少し下げ、Cについて知りたくても小さい時に別れたから、あまり知らないと言い、Cのことをよく知っているのかと男に尋ねた。

男はしばらく黙った後、Cの作品をテーマに修士論文を書いていると言った。通りは静まりかえっていて、車もあまり走っていなかった。再び雪が降り出し、風が強いのか、雪は落ちる途中で跳ね上がり、舞い上がってはまた横に走り、浮かんでいたかと思うと、地面に落ちた。

雪を見ていた男が女に聞いた。Cについて何か覚えているか。女は小さい時の記憶がたまに夢のように思い出されるけれど、それが夢の中の出来事なのか現実なのかわからないと答えた。でもCが母に内緒で自分に連絡をくれていたので、年に一度ぐらいは会っていたし、会えない時はCが自分に聞かせるお話をテープに録音して送ってくれたと言った。男がうなずいた時、女はどうしてそんな嘘が思い浮かんだのか、我ながら不思議だと思った。ただ、秘めやかで特別な自分の存在をもっと楽しみたいという思いだけが、蜘蛛の巣のようにまとわりついていた。

どれほども走らないうちに大きな通りに出たので、女は車を歩道に寄せた。男が辺りを見回してタクシーが見えないと言ったけれど、女は家まで送ってやりたくないために、方向が違うと言った。男は、もう少し話がしたいと言ったが、女は男の顔を見て、自分は人妻だと告げた。自分に近づこうとしていると疑ったわけではないが、余計なことを言わずすっぱり言い切った方が、言葉に含みを持たせられるような気がしたし、距離を置けば置くほど、自分が神秘的に見えると思った。秘密と隠しごとだけが自分をつくりあげるだろう。男は仕方がないというように、顔をマフラーで巻くと、ドアを開けた。

ドアが開いたのはほんの一瞬だったのに、猛烈な風が、まるで鋭い凶器のように飛んで来て女の肌を引っかいた。男はきちんと礼を述べ、今度機会があったら、ぜひまたお会いしたいと言った。寒さのせいか、女は顔をしかめた。男は素早くドアを閉め、窓に向かって言った。

——論文を書くために、またお会いできれば嬉しく思います。

窓に男の息が貼りつき、薄くなって消えた。しかし女は目も向けず、ハンドブレーキを注意深く下ろしてから、ゆっくり車を出した。女がルームミラーで後ろを見た時、男はマフラーを風に吹き飛ばされないように必死になっていた。初め、女は満足していたが、秘密は完璧に封印されてしまうと魅力的ではない。きっちりと縛られた秘密は、かえって秘密ではなくなる。ある程度流出して一部が露わになってこそ、秘密は秘密としての価値を持つ。女はそう考え、それとなく秘密を洩らしたのだ。それで女は、自分が少し特別で秘密めいた人間であることをある程度見せつけた。結果は満足すべきものだった。しかし車が、動いているというよりは、車が降る雪に引きずられ、ひとりでに雪の中へ吸い込まれていくような感じがした時、女はCについて知っていることが、それ以上ないことに気づいた。秘密とは、ある程度中身を見せた時に価値が大きくなるものであるとするなら、秘密を維持するためには、逆に秘密の内実も蓄積されていなければならないと思った。包装紙だけ派手で中身がスカスカの場合、それは詐欺であって、秘密ではない。Cについての情報がなければ、それは秘密というより、だましに近い。またCについて皆が知っていることを自分が知らなければ、秘密は掌に乗せた空気のように虚しいだろうし、自分は隠された存在というより、むしろ疎外された存在なのだ。女はブレーキを踏み、ギアをチェンジして、バックした。雪の中に吸い込まれかけていた車が、舞い散る雪からだんだん遠ざかった。女がバックすると男がさっと走ってきて、許可も得ないまま車に乗り込んだ。髪は半ば白くなっていた。男は震えながら、タクシーが見えるまで、ちょっとだけ待ってくれと言った。

——待つ間に何をしましょうか？

女が聞いた。男はマフラーで鼻筋を拭きながら、Cについて話をしようと言った。男は脇に手を突っ込むと、馬鹿みたいに笑った。女がラジオをつけると、クリスティン・マクヴィーの「ウェイト・アンド・シー（Wait and See）」[*3]が流れてきた。その瞬間に女は、男がCがどういうふうに死んだと思っているのか、知りたくなった。女は、Cはどうやって死んだのか、事故か、あるいは持病があったのかと聞いた。男はちょっとうなだれていたが、女に、父親によく会っていたのかと聞いた。女は、母や継父がいるのでほんの時たま、それも内緒で会っていたから今までに十回にもならない、そのためCについて知っていることよりも知らないことの方が多いと言った。

——つまり、Cが発見された場所は、その……、あの、Cの田舎がどこか、御存じですか？

女は知らないと言った。そして、誰にも聞けなかったと付け加えた。

——Cの遺体は、忠州湖《チュンジュ》で発見されました。遊覧船の上で望遠鏡を持って眺めていた四十代の女性が見つけたんです。Cと一緒に忠州湖に遊びに行っていた人たちの話では、その日Cはお酒をたくさん飲んだようです。一晩中姿が見えないので、先に宿に帰ったのだろうと考えたそうです。翌日、皆が二日酔いで、気の利いた[*4]ヘジャンクク屋に行く途中、救急車とパトカーが船着き場の駐車場にいっぱい止まっていましたが、白い布に包まれて出て来たのがCだとは、気づかなかったと言います。ヘジャンククを食べ終えるまで、何度もCに電話をしたけれど、通じませんでした。宿を出る頃、警官が訪ねて来て、まだ水に濡れているCの身分証を見せ、一緒に来たグループかと確認したそうです。

――じゃあ、溺死っていうこと？

　女の問いに、男は少し当惑したように見えたが、再び慎重に言葉を続けた。

――これは、あくまでも私個人の考えです。誰にも確かめたわけではありません。でも私は、Cが、水没した故郷を訪ねて行ったんだと思います。Cの故郷は忠清北《チュンチョンプク》道《ト》東良面《トンニャンミョン》チョドン里《リ》です。東良面一帯は、航路十三里にもなる巨大な忠州湖に水没した地域です。いつかCの小説に、御存じかもしれませんが、Cは自分の作品で故郷という素材をほとんど扱っていません。ところが、最後の遺作の中に、そんな場面があります。もちろんその作品では潜水士と一緒に潜水することになっています。水の中に沈んだ故郷がどうなったか知りたくてたまらない主人公は、専門の潜水士を雇って一緒に水に入ります。底まで下りた主人公は、昔のように歩いてみたかったけれど、道を探すことができませんでした。辺りは暗く、水中眼鏡では視野が狭くて、まるで夜道を歩くようでした。木や家は水草に覆われて境目がわからず、固かった土の道は、歩いたり触ったりするたびに土煙が舞い上がって、まるで黒雲のようでした。潜水士が酸素ボンベの目盛を見せて、もう上がろうというサインを送りました。けれども彼はそのまま水面に、明るく、空気のある外の世界に行くことはできませんでした。小さな痕跡なりとも探さなければならないと思ったのです。彼はなかなか地面に着かない足ひれに力を入れて、村の入り口を探し回りました。でもどこが道なのかわかりません。先の見えない暗闇と、地面を足で踏むことすらできない無力感、そして大きな水の圧力だけが彼を包囲していました。彼は道を探しましたが、ひょっとすると、水の重さが道を消してしまったのかもしれません。道は区別できてこそ、道です。それも人間が人為的につくった方便に過ぎません。しかし水中では区別がありませんでした。大量の水で、ただ押さえつけられているだけです。彼は水中で道に迷いました。一緒に来た潜水士も見えません。聞こえるのは、ただ、自分の呼吸の音だけです。それでも彼は怖くありませんでした。むしろ、きらびやかな水の上の世界より心地いいと思いました。彼は大きな水に、しばし身を預けました。彼の身体は少し浮かんでから、ひとりでに動き出しました。彼は考えました。おそらく水が自分を導いてくれるだろうと。だから彼は水の動きに自分の身を預けました。そして幻を見るんですが、それは実際のことなのか、幻想なのか、区別がつきません。なぜなら彼の酸素ボンベに酸素がほとんどなくなったために、彼は脳の酸素欠乏による錯覚を経験したのかもしれないし、あるいは実際に私たちの見たことのない、ある深淵を見たのかもしれません。

男は少し間を置いた。男の頭とジャンパーを覆っていた雪はすっかり溶けて、跡形もなかった。

——つまりあなたは、父が小説のように水没した故郷を見たくて水に入ったと言いたいのね。

男は返事をしなかった。

——ある人の言うには、父は転んで脊椎をひどく痛め……、そうして亡くなったということだったけど。そんな話は聞いてませんか。

——違います。

男は断言した後、自信なさそうに言い直した。

——違うと思います。さっきお話ししたように、想像に過ぎないかもしれませんが、私の考えが合っているはずです。いくらお酒をたくさん飲んだといっても、理由なく水に飛び込むような方ではありません。

——どうも嘘みたいだわ。信じられません。私の知っている限り、父の故郷は忠州湖の近くではないわ。

女は強く言い張りつつも、心の片隅では申し訳ないと思っていた。故郷？　それは女も知らない。Cが実父であると知ったのは、つい数時間前のことだ。自分も知らない事実について嘘を言い立てていることが、女は申し訳なくもあった。しかし女は、男が確かめてくれることを願った。女は何もわからなかった。もちろん記事を写した人の誤りだったかもしれない。年と名前と死亡日が同じだという理由で同一人物だと主張した人が、間違っていた可能性もある。年齢と名前が一致するケースは、電話帳を探すまでもなく、よくあることだろう。そんなネットサーフィンを楽しむのは、たいていくだらない人間だ。何かを参照するというより、ネットの隅々を回って他人の知らない情報を発見しては、自慢たらしくあちこちで吹聴する。これは知らないだろう、などと言いながら、正確でもない情報を垂れ流す。自らが創造することなど一度もなく、どうでもいいような情報を誇らしげに語って満足する、くだらない人間のうちでも、最もくだらない人々だ。しかし男は違った。そんな人たちに比べると、信じられないほど誇張された男の話、まるで小説のような物語は、なんとおもしろいことか。女は男が自分に話してくれたように、父があっけない事故死ではなく、自分の作品のように死んだのであってほしいと願った。だから確認したかった。しかし、どうやって？　確信は、否定を否定する時に生まれる。女はCの故郷すら知らない。飢死した人とCが同一人物であるという情報を書き込んだ人が、たといつまらない人間であったとしても、情報自体は嘘ではないのかもしれない。だから、女は男に確かめてほしかった。女は男が自分に、違います、あなたの知ってることは間違いです、あなたのお父さんであるCは故郷を見るために水に飛び込んだのです、そして死んだのではなく、ちょっと姿を消したのです、いつか濡れたズボンをはいたまま、また現れるでしょう。少なくとも私たちが彼を覚えている限り、と話してくれることを望んだ。

——そうです。どんな年譜にもCの故郷は出ていません。他の作家によると、故郷について話すことを、極度に嫌がっていたそうです。忠州湖が故郷ではないのかもしれません。また、故郷を見るために水の中に飛び込んだのではないのかもしれません。時には人間が考えをつくるのではなく、考えが人間をつくり、支配するのだと思います。小説を書いたのはCですが、自分の書いた小説のように行動した、ということもあり得るでしょう？　故郷であってもなくても、ともかくCは今、ある原点を求めて探査しているはずです。

男はそう言うと、しばらく正面を凝視していた。女は男の言葉がじっとり濡れていると思った。手でつかむと雪解け水がぼとぼと流れるような気がした。

風に揺れる雪が女の車を再びのみこんだ。ずっとタクシーを待っていることもできないので、女はその日、男を家まで送って行ってやった。雪に覆われた街は、廃墟のようだった。女が男を降ろした時、男は連絡先を書いたメモをくれた。男は論文を書くために、また会いたいという言葉を繰り返し、女はそうしようと応じた。

家に帰った時、夫は寝ていた。女が服を着替えていると夫はようやく目を開けて、自分は実感が湧かない、空虚な砂漠のような感じだと言った。しかし女は聞かなかった。何が空虚な砂漠のように感じられるのか、と。女がパジャマに着替えて布団に入った時、夫は身体を向けず手だけ伸ばして女の身体をとんとんと軽く叩いた。まるで布団ではなく、砂をかぶっているようだった。布団を引っぱって身体に密着させても、布団は砂のごとくすぐにばらばらになって肌から落ちた。しきりに布団を引っぱっていると、夫は、見えない運命は運命だとは言えない、井戸の中にいるからこそ井戸について知ることができるものだ、と言い、女の父はCではなく、今、別の部屋で寝ている人だと言った。それを聞いた女は、目をつぶれば世の中がほんとうに消えるものかどうか知りたいと思った。

女は布団を引っぱりながら、もし、夫ではないあの男と結婚していたら、と想像した。再び、果物ナイフと皿のぶつかる音がリビングに響いた。父の唐突な言葉に自分はまごついているのに、夫は興奮を隠せなかった。夫はちょっと風に当たってくると席を立つことはしなかった。夫はそれを聞くとすぐ、今日がまさにCの葬式の日だと言い、止める家族を振り切って女を葬儀場に連れて行った。車の中で夫がやたらに女を見るので、女は事故が起こらないかと心配になったほどだ。夫は片手で女の手を取ってキスをし、別の手で危なっかしくハンドルを回しながら女を慰める。女が、何が何だかわからないと言うと、夫はCについて語り出す。Cの小説、世界観や生涯について。また、Cにまつわるいろんなエピソードについて。お前がCの娘だったなんて、そんなに近い縁がすぐそばにあったのに、どうして気づかなかったのだろうと言いながら、夫は今にも泣き出しそうな顔になる。夫は女の首筋と頬と髪にキスをして、愛していると言う。そして約束する。女のために良い論文を書いて、世の人々にCのことを知らせると。葬儀場に着いた夫が女を紹介し、皆が驚く。女が遺影の前に立つと皆が場所を空けてくれる。線香の匂いが鼻に入って、女は若干めまいを感じる。めまいはふらつきを伴い、女はしっかりしようと思うが、ゆらゆらして空中に消える線香の煙のように、意識が空気の中に果てしなく消えてゆくのを感じる。線香の匂い、めまい、線香の匂い、ふらつき、線香、消滅。だが、夫の言うように、そんな縁はないのだろう、と考えながら女は眠りについた。

女が男に連絡したのは、夫が長い出張に行くのでしばらく実家にいた時だった。その間、女はCの小説を読んでいた。絶版になった本を古本屋で探し回って買ったりもした。女は読むというより指先で文字を一つ一つなでた。指が通り過ぎるたび、字が消えたり、また元通り現れたりする感じが好きだった。隠れて、また指の間に浮かんでくる黒い文字たち。その文字たちが単語になり、単語は文になり、文は段落になり、段落は小説になった。女の指は紙の匂いがした。女はそこにCの痕跡と体臭を感じようとしたが、それで満足はできなかった。自分の感じた痕跡と感情を確かめてほしかったから、女は財布の中に入れてあったメモを出して電話をかけた。男は女の声を覚えていて、今まで連絡先がわからなくて、もどかしかったと言った。女は男に、Cはどんな作家だったのかと聞いた。男は、Cは不運に向かって突っ走った、才能豊かな作家だと言った。

——哲学者というと、普通、ソクラテスやカントを思い浮かべるでしょう。画家といえばピカソやミレー、ダーヴィンチなんかを連想するように。でもすべての哲学者がカントやソクラテスを信じているのではないように、また、すべての画家がミレーのように描くわけではないように、小説もいろんなパターンがあります。カントに反駁《はんばく》する哲学者もいれば、ミレーの画風とは逆の描き方をする画家たちもいますが、小説もまた同じです。小説だけじゃないでしょう。天動説が真理だとされている時に地動説を主張するのは異端であり、極刑に処せられるべき重罪でした。王政が真理だと信じられている時代に、共和制を主張するのも。ニュートンの物理法則が優勢である時、アインシュタインの相対性理論は、検証され得ない、一説に過ぎなかったのです。悪人におとなしい羊の血を輸血するのが、科学的だと信じられた時代もありました。特に現代は、状況がもっと悪化しています。問題は、デカルトかスピノザかということではないでしょう。腐ったゴミまで高価な商品として包装される現代において、Cは、奪われた心と飼い馴らされた思考とコントロールされた行動を、実は猛烈に皮肉っているのです。少なくとも私はそう信じています。彼の作品が賞讃に値しないのではなく、誤った構造が彼の作品を賞讃できないのだ、と。もちろんCは、誰よりそのことをよくわかっていたはずです。しかし彼は一歩も後に引きませんでした。少しでも後退すれば賞讃を受けられたのに、彼は一歩の後退すら拒んだのです。だから私はあえて、不運に向かって突っ走ったと表現するのです。

男の話を聞いていると、女はいつもCがそばにいるような気がした。触ることも、あまり感じることもできなかったCが、男を通して近づいてきたし、近づいてくるほどCは女の中で大きくなっていった。女は男に何度も電話をかけた。男は電話のたびにCについての新しい話を聞かせてくれた。しかし女は男の話が誇張されていて、時にはまったくの嘘であることに気づいていた。嘘をついているのは、女も同様だった。女はCについてほとんど何も知らないのに、まるでよく知っているかのように彼の小さな癖について語り、男はあいづちを打ちながら、Cの小さな癖がどのように小説の中で繰り返し現れるのかを話してくれた。男の話には何より中毒性があった。いや、中毒せざるを得なかった。女は男にCに関する嘘を言ったけれど、男は女の話がほんとうであるかのように、話してくれた。女は男の話を聞きながら、ひょっとすると自分の作り話が、嘘ではなく、実際にCの癖や世界観だったのかもしれないと思った。人が考えをつくりもするが、考えが人を支配するという男の言葉通り。

電話だけの付き合いだった彼らが実際に会ったのは、ある春の日だった。その前日、男はCの小説のうち、まだ本として出版されていない、雑誌に掲載された作品を全部集めたと言っていた。女はその小説を読みたかった。男は自分が一人で住んでいるワンルームマンションに女を招待した。春にしては蒸し暑い日で、開け放した窓枠には桜の花びらがいっぱい落ちていた。女は壁に背をもたせて楽に座り、男は雑誌と文芸誌をめくりながらCの小説を探してくれた。女が雑誌に載ったCの文章をまた指先でなでている時、男はCの小説を朗読した。

橋がなければ俺は川を越えられなかっただろうし、川を越えられなければ、真実を探すことはできなかっただろう。

小説はそんなふうに始まっていた。男が小説を読んでいる間、女の上半身はしだいに床に引き寄せられていった。スカートが女の肌をやさしくくすぐった。どこの家からか、小さな包丁でまな板を叩く音がした。屋上に干された白い洗濯物が風に翻《ひるがえ》った。子供の一団が、いっせいに駆け足で裏通りを走った。風に耐えられない花びらが窓枠に落ち、日差しが女の耳たぶと首筋をなでる。男はいつ小説の朗読をやめたのだろう。女が暗い影を感じた時、男の顔は女の額の上にあった。男が優しく入ってくると女は恥ずかしくなったが、それも束の間だった。女は男が滑り込んでくるたび、Cの名を思い浮かべた。女が呻くようにCの名を小さく呼んだ時、男は女の胸の上にそっと倒れた。

男は女の胸の上で、Cの小説に出てくる一節を話した。世の暮らしがぎっしりと組み合わさっている因陀羅網という網に関する話だった。その話をしながら、男はCと自分にまつわる因縁について語った。男は女に因縁について、そして目に見えない糸について語った。しかし女は男の心臓の音が自分の胸に伝わってくると、その言葉に耳を傾けることができなくなった。恥ずかしさと申し訳なさが血管を伝って筋肉のあちこちで沸騰した。いくら大きな網が因縁を複雑にからみ合わせているとしても、男とはもう会ってはならないと女は思った。因縁も断ち切ってしまえば終わるはずだ。女は静かに男を押しのけ、男もようやく恥ずかしげにうなだれた。

女は急いで服を着た。男も服を着た。目を合わせるのが互いにつらかった。靴を履く時、女は無理に笑顔をつくってみせた。下手な笑顔をつくる以外に、言う言葉も見つからなかった。何か言わないといけないという義務感を感じるだけで、何を話すべきかわからないので、女はためらったあげく、さっき読んでくれた小説は、最後にどうなるのかと尋ねた。男は雑誌を探し、結末を読んでくれた。

橋がなかったなら、いっそ橋がなくて川を越えられなかったら……。俺は越えてはならなかった。俺は行くべきではない所に行き、見てはならないものを見た。俺は橋を渡ってはならなかったのだ。橋を渡り、真実であると信じて触ったとたんに、真実は遠くに消えてしまった。ひょっとするとそれは真実ではなかったのかもしれない。橋が、川の向こうに導き、向こう岸を欲するように仕向けたのかもしれない。そうだ、もしかすると、橋のせいなのだ。

そんなふうに終わると男は言った。それが、女が男に会った最後だった。女は家に戻って男の連絡先を書いたメモを燃やした。紙は燃えながら、キャラメルの匂いを放った。

妊娠に気づいた時、女は失語症にかかったように黙り込んだ。女はときどき自分の腹をなでつつ、実の父親のことを子供に話す未来を思い浮かべた。もしかすると、その日も子供の妹は、リンゴの皮を剥いていている途中で皿にナイフをぶつけるかもしれない。凍りついたリビングの空気にカチャカチャという音が響き、成長した子供は自分の実父について知ろうとするかもしれない。男はどうなっているだろう。妊娠して以来、女は口数が少なくなり、夫はただ、妊娠に伴う鬱病を心配した。夫は女の胎内で赤ん坊が動くたび、自分に似ているらしいと言った。

タクシーを降りた時、痛みは止まっていた。女はマンションの入り口にあるベンチにしばらく座っていた。出産されたんですってね、と誰かが言った。女の住む部屋より二つ上の階に住む奥さんだった。女はうなずいた。奥さんは、産後の養生についてあれこれと話した。女はうなずいていたが、ちっとも頭に入らなかった。その時、一台の車がけたたましい音を立てて、女の座っているベンチの前に止まった。一人の男がエンジンを切らないまま、車から降りてきた。家に何か忘れ物でもしたのか、男は時計をちょっと見ると、入り口に走っていった。女はその男をぼんやり眺め、もしかすると夫が帰っているかもしれないと思い、突然、心臓の鼓動が激しくなった。

女がドアを開けて入って行った時、妹は片手で赤ん坊を抱いたまま、電話で誰かと話していた。妹は女を見ると、あわてて受話器を渡した。警察だった。

――記録を調べている最中に、御主人の乗っていた会社の車が見つかりました。絶壁の下で発見されたんですが、おそらく雪道で滑ったのでしょう。これまで雪に覆われていて見つからなかったらしくて。この冬、雪がたくさん降ったじゃないですか。車は破損しているけれど、辺りに遺体もありませんでした。交通課の言うところでは、大きな事故ではないから、ドライバーが生きている可能性が大きいということですが……。

女には過程よりも結果が大事だったのに、結果は、もう少し調べなければならないということだけだった。女が警官の言葉を伝えると、妹は、生きている可能性が大きいという点を何度も強調した。どこかで入院して治療を受けているけれど、ちょっと記憶喪失になって帰れなくなっているのだ、事故現場に近い病院に一カ所ずつ電話してみようと言った。女はうなずき、妹から赤ん坊を受け取った。赤ん坊の上まぶたは赤かった。女は赤ん坊を抱いてリビングを歩き回った。通りはいつの間にか乾いていて、夜に雨の降った痕跡は消えていた。夫はいったいどこにいるのだろう。夫は失踪を黙って受け入れたまま、どこかに横たわっているのだろうか。男はその後、どうなったのだろう。男を思い浮かべると、乳首を切るような痛みがまた蘇って女を苦しめた。女は痛みを忘れるために窓の外を眺めた。日ごとに強くなる日差しの中で、それまで寒さで屋内に閉じ込められていた子供たちが、三輪車に乗っていた。バス停には夫ぐらいの年配の男たちが立っており、腕組みをしたおばさんが、靴のかかとをつぶして履いたまま、商店の前を急ぎ足で歩いていた。世の中はそんなふうにいつもと変わりなかったものの、小指でつつきさえすれば、がらがらと崩れ落ちそうな気がした。

＊1【因陀羅網】仏教用語で、インドラ（帝釈天）の宮殿を飾っている網。その網の結び目についた無数の宝玉が、それぞれ互いに映し合っているところから、宇宙のすべての事物が互いに関連しつつ存在することの比喩として使われる。

＊2【葬礼学科】韓国には「葬礼指導士」養成のための学科を設置した大学がある。

＊3【クリスティン・マクヴィー】Christine McVie、イギリスのロック歌手、一九四八〜。

＊4【ヘジャンクク屋】ヘジャンククは、酒を飲んだ後、酔い覚ましのために食べる辛いスープ。

没書

誰もが彼のことを悪く言うけれど、僕は彼のことを非難したくはない。かといって、擁護するつもりもない。僕はただ、彼が絵を描かなくなったのが残念なだけだ。彼について語ろうとすれば、おそらく人々は「靴論争」を思い出すだろう。彼は目に見えるものを、見えた通りに描かなかった。彼はモデルや物を見て自分なりの想像や推測をし、その連想をキャンバスに描いた。小説のような物語を描いているということから、彼の絵は「小説画」という独特な名で呼ばれたりした。ともかく彼の描いた小説画がやりだまに挙がったのは、ヨーロッパから帰国したばかりの若い評論家のせいだ。その評論家が彼の絵を、飛躍とつまらない連想に満ちた絵だと言ったことから、いわゆる「靴論争」が始まった。古くて汚い、擦り切れた靴から今にも砂や泥が落ち、湿っぽい汗の匂いが漂ってきそうな感じ。もつれた靴ヒモと、折れて壊れそうな一足の靴。ゴッホの「靴」という絵だ。若い評論家は正しい連想によって描かれたというゴッホの「靴」について、キャンバスに描かれているのは単なる靴ではなく、その古い、擦り切れた感じを通して苦難や生活の疲れ、貧しさや逆境が感じられるのだと言った。画家の道は、具体的な姿を提示しつつ実際にはそれを超える意識を伝えるものだということも付け加えた。それに対し、彼は次のように言った。

「絵を見る鑑賞者の役割に関しては異論がないが、創作者の役割については、私は別の考えを持っている。もしゴッホが古く擦り切れた靴を前にして靴を描いたのではなかったなら、どうなるのだ。新しいちゃんとした靴、いや、靴でなくても構わない。仮に誰かの足を見たり、あるいは靴の革になる野牛を見て靴を描いたのだとしたら？　木の枝や海を靴として描いたのなら？　もしゴッホが生まれたての赤ん坊を見て、そこに古く擦り切れた靴を連想したとしたら？　そうして古靴として表現したとしたら？　そうだとすれば、何が伝わるのだろうか。せいぜい、実際に対する誤解だけではないのか」

つまり彼の言いたいのは、自然の模倣と再現は、芸術の世界——特に美術——においてはすでに終わっており、そのため創作者は、もはや写真のような模倣ではなく、新たな意識と自覚を創造して伝達すべきだ、ということだった。しかし彼の言葉は、人々の共感を得ることができなかった。僕としてはそこが変だと思う。彼の言葉が正答だとは思わないが、確かに一理があり、じゅうぶん説得力のある意見だ。僕は彼の言葉を、新たな可能性だと思った。なぜなら、彼の言う通り、自然についての模倣は、何千回も修正して書き直す絵筆の動きではなく、カメラのシャッターを切る、たった一度の指の動きで終わってしまうからだ。それも、百年以上も前から。数千年の努力も、科学技術の前では、一日にして無になる。人々の望んでいるものは絵筆の数千回の動きから来る苦しみではなく、たった一度の笑いだ。それもほんとうの笑顔ではない、偽の笑い。しかしほとんどの人は、若い評論家の肩を持った。実のところ、僕は彼を援護する立場ではない。なぜなら僕もまた、彼を見捨てて大勢に従ったからだ。今もそうだが、僕は無名の、つまらない街の画家であり、敵をつくりたくない、気の弱い人間に過ぎない。当時の雰囲気からすると、彼をかばうのは自殺行為だった。見ようによっては、陳腐な論争。つまりプラトンとアリストテレスの論争。見えるものと見るものの論争。見える通りに描くことと、理解した通りに描くことの論争。再現と抽象の論争のような、小さな歴史の反復に過ぎなかったけれど、当時と違うのは、昔はいつも勢力が拮抗していたのに、今は大多数とごく少数という差があることだ。彼は最後に、「芸術の歴史に見合うほど観客のレベルは進歩したか」という文章をある雑誌に発表したが、彼の存在はすでに人々の記憶の中から消えていた。彼はその中で、多数のための体制が芸術を駄目にし、人間を愚鈍にしてしまったと言い、結局、多数を指向する民主主義は芸術ファシズムである、という極端な論旨を展開した。今の芸術は、これまでの思潮と創作方法を覆しながら少しずつ多様になり、深さと広さを増しながら発展してきたけれど、大衆に迎合しなければ食べてゆけないマスコミと一部の評論、そして資本のせいで、大衆はその発展のスピードに追いつけないまま、昔よりももっと陳腐で浅く、虚しい欲望ばかり追う、盲目的な狂信者になったというのだ。最後に彼は、新しい技術の出現で大衆の自覚と感受性が発展するだろうというベンヤミンの考えを、猛烈に攻撃した。しかし誰もそれを読まなかったし、読んだ人は、時代遅れの暴言だと一蹴した。僕は誰の理論が正しいのか、また誰の意見が間違っているのかは知らない。しかし僕はゴッホの絵と同じぐらい、彼の絵も立派だと思う。僕が残念なのは、彼の優れた絵画がまったく知られずにいるということだけだ（そしてさらに残念なことに、僕が後輩たちに彼の絵を紹介しても、ほとんど反応がない。「有名な作家は釘一本打っただけでも立派な作品だと認識される」という、美術界の古いことわざのごとく、後輩たちは有名作家の作品でなければ、何の感興も起こさない。もしかすると、彼の言うように、今では芸術家になりたがるのはバカばかりなのかもしれない）。それはともあれ、「靴論争」の後、彼は急速に忘れられていった。「小説画」という名の代わりに、つまらない妄想という汚名が着せられ、皆はそれすら、すぐに忘れてしまった。

　連休で人のいなくなった都市に取り残された人のように、ある日彼は、都市の片隅に捨てられていることを悟り、自分が老いたことに気づいた。芸術というものが、もともと使い道のないものであることは知っていたし、その意味をいつも大事にしていたけれど、家どころか自分の死装束すら買う金がないということに、彼は動揺した。ある休日の朝、彼は散歩に出た。朝からひどく暑かった。早い時間ではなかったが、休日の朝だからか、街はひっそりしていた。前夜に雨が降ったらしく地面が濡れていて、へこんだ所には小さな水たまりができていた。彼は住宅街まで少し早歩きで行ってから、その真ん中にある遊び場で少し休んだ。彼は乾いた所を探して座った。休日の朝、誰もいない遊び場はわびしかった。彼はちょっと錆びかけている、木馬の手すり部分を見た。子供たちがたくさん触ったからか、黄色いペンキが剥げた間に、赤黒い錆が出ていた。彼はそれを、老人の顔のシミみたいだと思った。その時、風が少し吹いて、彼の頬をかすめて通り過ぎていった。どこかの家で唐突に笑い声が起こり、まな板の音がして、鍋の煮える匂いが漂ってきた。ブランコの後ろにある家のドアが開き、子供が一人飛び出してきた。三つか四つぐらいの男の子はパンツもはかず、ランニングシャツだけを着ている。子供はおちんちんを出したまま遊び場に飛び出し、姉らしい女の子が、弟の半ズボンを持って後を追いかけて来た。服を着て遊びなさい。お姉さんが言うのに、弟はおちんちんを出して走り回るばかりだ。ある家では屋上に洗濯物を干し始め、別の家では旅行に出かけるのか、車にアイスボックスやカバンを積みこんでいた。休日の遅い朝が始まっていた。その時、彼は何か手につかめない、ぼんやりとしたものが鼻をかすめていくのに気づいた。静かな中で、皆が休日の遅い朝を迎えていたけれど、彼は、彼らのようには朝を迎えられない。なぜ一緒に朝を迎えられないのだろう。彼は自分が朝ではなく、夕焼けがかかり始めた夕暮れであると思った。太陽が沈む直前、最後の光を放ちながら力なく過ぎてゆく夕暮れは、もはや二度と朝になることができない。時計は誰にでも正確だが、時間の流れ方は違うものだ。どういうわけだか、彼は休日の遅い朝の静けさが憎く、悲しかった。あんな朝は自分には二度と訪れず、雨がやんだら雲を追い払い、隅々まで照らす太陽に、もう会えないような気がした。彼は立ち上がった。胸がむかむかし、気道に綿か何か詰まっているようだ。家に帰りたい。

彼は家に帰るとシャワーを浴び、鏡に映った自分の顔と体を見た。ラジオからは古い歌が流れていた。シェービングフォームを顎と頬に塗りつけ、鏡の曇りを拭けば、みすぼらしい男の顔が現れた。もっと近くで見ようと顔を鏡に近づけると、腹が先に洗面台についた。彼は鏡に映った顔を見ながら錆びた手すりや風になびく白い洗濯物を思い出し、そしてふと、自分の目に涙がたまっているのに気づいた。彼は剃刀の手を止めてうなだれ、声を出さずに泣き始めた。

その日以後、彼は、少しずつ描き続けていた絵を、もはや描くことができなくなった。すべてが失敗だ。これ以上絵を描くことはできそうになかったし、絵はもちろん、人生も失敗してしまったと思った。何の意欲も湧かず、欲望は絵筆の毛のようにはらはらと抜け落ち、日照りの時の田んぼみたいにひび割れた。彼は乾いた絵の具を水でこねては、窓の外に投げ捨てた。残されたのは絶望だけ。彼はアトリエを見渡した。乾いた絵の具の匂いがそこここに漂い、床には毛の抜けた絵筆が二、三本落ちていて、蛍光灯の光が届かない暗闇の中、虚しさと無力感だけがまるまると太り続けているような気がした。

彼は窓から通りを見下ろした。本格的なバカンスのシーズンを迎え、街は静まりかえっていた。都市に残っているのは日光に照らされて熱くなった壁と、きらきらするガラスだけだ。同じドラマを見、同じ服を着、同じ音楽を聴き、同じことを考える都市が、彼は嫌いだった。もっと前に、ここから出てゆくべきだったのだ。都市の骨組みは狂信であり、都市を浮遊している空気は盲信だ。都市を支えているのは、でたらめな信仰だけだ。都市のみならず、この国全体が狂ってい る。ただ明るいだけの、天からもたらされた闇まで食いつくして、明るいばかりのこの都市は、狂っている。芸術を輸出する商品だと考えているこの国は狂っている。娯楽と、娯楽を愛国だと考えるこの人たちは、みんな狂っている。

――見てろ、俺は死んでやる。

彼は通りに向かって叫んだが、迫ってくるのは、むっとした熱気だけだった。

――俺は死んでやる。

彼がさらに大きな声で叫ぶと、通行人が一人二人、顔を上げて彼を見た。そして、頭のおかしなやつもいるもんだ、というようににたりと笑い、また元通り歩き出した。彼の目に涙がたまっていたが、なぜか口元は笑みを浮かべていた。俺は死ぬぞ。彼は独り言のように、静かに言った。

彼はその日から少しずつ身辺を整理し、僕も手伝いに行った。彼は、アトリエを静かな所に移したいと言っていた。小さなイーゼルすら持とうとしないほど無力感に浸っている彼に、僕は申し訳ない気がした。以前の靴論争で、僕が彼の味方になってあげられなかったのが悔やまれたが、どうすることができよう。今でも僕は、人気を取りたいとあがいている、無名の画家に過ぎないのだ。アトリエを片付けた数日後、彼は僕に金を借りに来た。何に使うのかと尋ねると、彼は、自分も他の人たちのように旅行に行くのだと言った。

——金をかき集めてみたら、なんと三万七千六十ウォンしかないんだよ。ははは。

僕は、貸せるだけの金を全部貸してやった。

——先生、返さなくていいですよ。おごってもらった酒代だけでも、それより多いんですから。

僕が言うと彼は、顔をくしゃくしゃにして笑った。彼は僕の絵をあれこれ見て、とてもいい、と言った。僕は言いたいことがたくさんあったのに、いざとなると何をどう言えばいいのかわからなかった。それで、慰めるつもりで言った言葉が、太陽は沈んでも、また明日昇るじゃないですか、というような、本心ではない、型通りの台詞だった。

――だから、どうだってんだ。明日の太陽だって沈むのに。

彼はそう言って、僕から受け取った金を握りしめた。彼は僕のアトリエを出る前、わが国で最も大きく高級なホテルはどこかと聞いた。僕はホテルの名を思い出そうと考えたあげく、少し前にオープンしたという、リゾート地の、とあるホテルの名を教えた。そのホテルは、最大規模のプール施設を備えていると毎日宣伝していたから、いつの間にか名前を覚えてしまっていた。僕は彼に、ホテルでバカンスを過ごすつもりかと尋ねた。

――うん、皆が行きたがる場所に、いっぺん行ってみなきゃ。死ぬ前にな。

彼は礼を言って僕のアトリエを出ていった。彼がアトリエと家まで処分すると言った時、ひょっとすると自殺という極端な行動に出るのではないかと、僕としても心配した。

彼は僕のアトリエを出た後、若干の荷物をまとめると、僕の教えたホテルに向かった。

彼が女に再び会ったのは、ホテルの地下にあるカジノだった。彼がカジノに入ったのは、真夏の日差しと客たちの笑い声を避けるためだ。長くなる日差しは彼を執拗に苦しめた。しばらくビーチチェアに横たわって本を読んでいたけれど、三十分もしないうちに日陰がなくなり、木陰にある他のビーチチェアに移ったが、そこも同じだった。正午近くになると太陽はいっそう燃えさかった。地面から上がってくる熱気が彼の胸を圧迫し、風もないので、たまった熱気が岩のように重苦しく居座っていた。空を見上げれば雲一つなく、都市と同様、日差しに熱くなったホテルの丈夫な壁や輝くガラスが、空を牛耳っていた。彼は手で額と首筋を拭いた。尻は溶け出しそうなほど汗まみれになり、帽子の中が重い湿気で煮えたぎっている。彼はシャツを脱いでプールに潜りたいと思ったものの、ボタンを一つはずしただけだった。

彼が初めて女に会ったのは、ホテルに着いた当日だった。彼は最上階の部屋を予約していた。展望が良いので倍ほど高かったが、彼は最上階を望んだ。荷物を下ろし、テラスに出るドアを開けると、音楽や人々の笑い声が、津波のように押し寄せて来た。彼は下を見下ろした。目がくらくらしたけれど、深呼吸をし、手すりをつかんで平然と立っていた。二十四階でも、それほど高い感じがしなかったし、ちょっと飛べば地面に着きそうだった。足首に力を入れて力いっぱい飛んだら、転落するどころか、ふわふわと浮かんでいられそうな気がした。誰かが落ちて頭が割れ全身が砕かれて骨のかけらと臓器と血の固まりが四方に飛び散ったら、皆はようやく笑いやんで、苦しみながら嘔吐するだろうか。彼はしばらく下を見ていたが、再びドアを閉めて戻り、ロビーに下りていった。その時、彼はホテルの玄関前で煙草を吸っている女を初めて見た。女は少しも気がねしたり、はにかんだりせず、ゆっくりと煙を長く吐き出していた。それはその場に似つかわしくない姿だった。葬式にでも着ていくようなござっぱりした黒いワンピースを着て、サングラスも帽子も着けずに真昼の太陽をまともに浴びながら、ぼんやりと自分の吐き出す煙を見つめている姿は――しかも化粧っけのない素顔だ――、違和感を通り越して、彼の好奇心を刺激した。女が立っている横を若い女の子のグループが通り過ぎた。女の子たちは皆、ショートパンツに軽やかなシャツを着ていたから、黒いワンピースは、青空に浮かぶ白い雲のように、彼の目にいっそう鮮やかに映った。女は煙草を吸い終わっても、しばらくそのままじっとしていたが、やがてロビーに入った。女がロビーに行くために身体の向きを変えた時、彼を見たのではないのに、彼はまるで尾行がばれた下手な探偵みたいに柱の後ろに身を隠した。そして女がホテルの中に入ると、一定の間隔を維持しながら跡をつけた。女はロビーの横にあるコーヒーショップの前でメニューを見ていた。白く長い指でメニューを一つ一つ押さえていた女は、隅の席に座った。女の席を確認すると、彼はロビーで新聞を一部買い、それを持って女の席の後方に座った。それから新聞で顔を隠して女を見つめた。女はカフェラテを注文し、彼は黒ビールを頼んだ。女は身を傾けてバッグから小さなノートパソコンを出し、何かを書き始めた。そしてその途中で煙草を吸い、またぼんやりどこかひと所をずっと眺めていた。彼は黒ビールを一本開け、もう一本注文した。彼は女が眺めている所を見てみたが、何もない空中だった。女はパソコンをバッグにしまうと、本を取り出した。彼は気になった。連れはいないらしい。ひょっとしたら売春婦かと思ったが、そんな女がわざわざ昼間に本を読んで過ごしはしないだろう。一人旅でもなさそうだ。静かな湖や川のほとりではなく、カジノやレジャー施設や遊園地まで完備した特級ホテルに、わざわざ一人で来るというのも変だ。彼女は誰かを待っているのかもしれず、あるいは誰かとの思い出のために来たのかもしれないし、それでもないなら、夫をつかまえに来たのかも知れない。彼はそんなことを考え、心の中で笑った。そんな想像はどうでもよい。彼は女を見ながら一人であれこれ想像しているうち、ふと、さかんに絵を描いていた昔の自分を思い出した。そうだ。その時もそうだった。彼の描いた最初の絵も、こんな尾行のような想像によるものだった。若い頃、彼は一人の女と知り合った。彼はその女を、ただ遠くから眺めているだけだった。気づかれないように間隔を取ってはいたものの、彼の視線や思考から、女は決して離れることがなかった。その女はとても快活で明るかった。彼は女と何度か言葉を交わしたこともあったが、女は愛を信じると言い、彼は欲情を信じると言った。話をした日から、彼はその女のことを思いつつ絵を描いた。彼は女から一つの着想を得た。愛だなんて。まったくもって。

笑わせるぜ。愛は欲情の偽装に過ぎない。澄んだ水ほど濁るのも早い。スポンジのように柔らかいほど、吸収しやすい。派手なキノコほど毒があり、表情は明るいほど偽りだ。彼が描いた最初の絵は全身傷だらけの女の裸体画だった。そして上半身に、欲望と欲情を喚起するあらゆるものを描きこんだ。彼はその絵が完成すると、真っ先にその女に見せた。女は見る前にはとても期待していた。あたしがモデルだったなんて、夢にも思わなかったわ。しかしいざ見ると、女は頬を膨らませて「どうしましょう。私の身体に傷なんか一つもないんだけど」と言った。彼は女の言葉を聞き、とても満足した。欲しかったのは、まさにそんな断絶だったのだ。彼は女に絵をプレゼントしたいと言ったが、女は受け取るようなそぶりを見せながら、結局は彼のアトリエに置いていった。結果的に、彼はその絵で画家として認められた。

彼は女をまじまじと見た。首筋のうぶ毛を一本一本確認することができ、その間に小さなホクロがあるのが見えた。特に変わったところはなかったが、妙な印象を受けた。皮膚を貫いて立っている細いうぶ毛。まるで島のように浮いているホクロ。それはうぶ毛とホクロではなく、未知の世界か、宇宙の片隅にある荒れ地みたいだった。肌は惑星の痩せた土地のように見え、うぶ毛は地球では見られない木のようで、ホクロは宇宙のどこかにある黒い海のように見えた。近くにいるのも遠く離れているのも、もしかしたら同じことなのかもしれない。拡大と縮小は、結局、同じものなのだろうか。スピノザだったかな。様相が違うだけで本質は同じかもしれない。近くで見ること。ひょっとすると、今まで近くで見ずに遠くから連想していたのが、間違いだったのかもしれないと彼は考えた。再び絵を描くことができそうな気がした。女を近くで見た瞬間、彼の手は絵筆を握ったように再びくねくねと動き、閉ざされていた新たな霊感が全身に広がるのを感じた。それでもやはり不安だった。描けそうだという希望が湧いただけで、いざキャンバスに何をどんなふうに描くべきなのかわからない。何かがぼんやり浮かびはするものの、それがどんなものかわからずに苦しんだ。想像力が枯渇してしまったように、彼は自分が追求していた独特な連想をすることができなかった。彼は近くで、もっと近くで女の肌を見たいと思った。

女は再び煙草を一本吸うと、席を立ち、コーヒーショップを出て地下のショッピングモールと二階にあるレストラン街、そして公演場や遊園地を見て回り、散歩道を通って屋外プールに行った。彼は女の跡をつけた。女は手すりにもたれてプールにいる人々を眺め、彼は三メートルほど離れた所から女を見守っていた。プールは混雑していた。楽しそうな笑い声が、水しぶきとともに跳ね上がっては消えた。女の顔には波の模様が反映して、澄んだ透明な波の模様が踊るように揺らめいた。そこでも女は特に何もしなかった。まるで本を読むように、ただ人々を見つめていた。

彼は照りつける午後の日差しに耐えられなくて、少しの間、木陰に身を隠したが、女は彫刻のように同じ所に立っていた。彼はそんな女を見て、わけもなく悲しくなった。太陽があまりにもさんさんと輝いているので、女の黒いワンピースは、いっそう憂鬱に見え、厚い胸をした若い男たちが女の近くをうろうろしていた。辺りいちめん、明るさだけがあった。彼は暑さと日光と足で水を叩く音とおしゃべりの声にいらいらした。隅にある超大型スクリーンでは、ある企業がスポーツ行事のためにつくったダンスを踊る人たちの姿が、何千もの電球を通じて流され、プールに溢れた人々は、その動作を真似ながら幸福に酔った顔で踊ってい
た。参加しなければ無視され淘汰されるとでも思っているのか、反乱を装った欲情の顔で、ともに笑いながら踊っていた。都市と同じく、虚しい笑いと楽しい麻酔が、このホテルにも満ちていた。溢れる明るさ。暗さなどみじんもない、影の持つ暗さすら探すことができないほどに、溢れている明るさ。明るさが溢れ出しても、度が過ぎているとは誰も思わない狂信。笑いの間を浮遊する盲目。誰も苦痛ではない世の中で、誰も苦痛について語らない。肘や膝に汗がたまって不快だった。彼は持っていた新聞を折りたたんだ。もしかすると、彼女も同じものを見ているのではなかろうか。彼は、女が自分と同じことを考えていてほしいと願った。その時、彼の目の前にビーチボールが落ちた。プールの中から、シャツの裾をたくし上げて滑らかな上半身を出した若い男が、ボールを投げてくれと叫んだ。彼は新聞を床に置き、ボールを投げてやった。力いっぱい投げたのに、ボールは半分も飛ばずに女の足首に触れて止まった。女は振り向いて彼をちらりと見ると、

ボールを拾ってプールの中に投げ、また彼を見つめた。彼は自然にふるまおうとしたが、思うようにならず、女の視線をなるべく避けるようにしながら、散歩道の方へ歩いた。しばらく歩いて振り返ると、さっきの手すりには波の影だけが音もなくぶつかっていて、女はいなかった。

彼は夕食を取った後、野外公演場と遊園地とホテルの地下にあるショッピングモールまで回ってみたが、女は見つからなかった。残念だった。もう一度あの肌とうぶ毛とホクロを盗み見たかったのに。彼はホテルの部屋で、遅くまでニュースを見てから寝た。眠る前に、いつか遊び場で見た、ペンキの剝げた木馬の、錆びついた取っ手を思い浮かべた。彼は、それが自然というものだと思った。それが唯一の時間の流れであり、成長であり、生命なのだ。古くなって壊れ、ぼろぼろにならないものが、いったいどこにある？　身体が老いるのは鉄が腐食するのと同じで、どうしようもない。それは遺伝子の絶対命令だ。プールでかかっていたダンスミュージックがまた大きくなり、あちこちで爆竹らしい音が響いた。遺伝子の絶対命令は虚しい笑いにではなく、消滅と死にある。彼はそう考えながら、いつの間にか眠りについた。

翌朝、ホテル中を探しても、女は見つからなかった。彼は、女がまたプールに行ったかもしれないと思い、ショッピングモールで雑誌を一冊買ってプールのベンチに座ったものの、朝から立ちこめている熱気に耐えられず、ロビーに戻った。彼の目についたのは、カジノの入り口だった。そして、カジノで再び女を見た。

カジノの天井では数百個のハロゲンランプがいっせいに輝き、ビッグホイール*や、おもちゃの兵隊みたいに立ち並んだスロットマシンも、休みなくけばけばしい光を放っていた。溢れる日の光だけではなく、地下のカジノまでが明るさに満ちている。どうして誰もがあれほど暗さを軽蔑し、嫌うのだろう。どうして明るさばかり画一的に好むのか、彼には理解できなかった。彼は競争するように放たれている光の中で、女が入り口に最も近いテーブルに座っているのを見た。彼は女の後ろに立った。

女はブラックジャックをしており、彼が後ろに立った時、カードを二枚持っていた。女はコーヒーショップやプールにいた時と同様、まったく緊張せず、無心にカードを見つめていた。女はスペードの8とダイヤの7を手にしていた。合わせて15だから、かなり手堅い数字だ。しかしディーラーに聞かれた時、女はためらわずにカードをもう一枚もらった。新しいカードはクローバーの7で、数字は合計22になった。ブラックジャックでは、21を超える数は使えない。彼は女のしているブラックジャックを見ながら、芸術と芸術でないものの差は、ブラックジャックのようなものかもしれないと思った。21を超える数字は芸術だ。なぜなら何の役にも立たないから。しかし21以下の数字で争うゲームは、どれも芸術ではない。序列と順位を決め、価値の高さによって勝者と敗者が決まるのは商品の世界であって、芸術の世界ではない、と思った。そうして彼はすぐに自分の考えをすべて取り消した。21を超える数字は芸術でも商品でもなく、俺だけだ。俺は使い道のない男だ。俺だけが孤独で狂った人間だ。彼はそう考えた。

女は惜しがったり、落胆したりはせず、ずっとそうしていたように、カードだけをしばらく見つめていたかと思うと、そっと席を立った。その時彼は、女のゲームが終わったと直感した。女は椅子をテーブルの下にていねいに押し込むと、ディーラーの挨拶にも答えずに、その場を離れた。女は彼と少し目が合ったが、全く反応を見せなかった。女は何もなかったように、ゆっくりカジノを出て行った。彼は少しためらってから、女を逃さないよう後にぴったりついて行った。女はカジノの入り口にある喫煙室に入った。

彼が喫煙室に入った時、女は灰皿の砂に顔を近づけ、吸殻を見つめていた。彼は女と目を合わせないために壁に貼られたホテルの施設案内や、カジノのゲーム機に関する説明を見た。

——あの、煙草お持ちですか。

女の声だった。彼はポケットを探ったが、なかった。それもそのはず、彼は十年以上も前に煙草をやめていたのだ。彼は煙草を探すふりをしたけれど、女はすぐに吸殻を選び始めた。女は何のためらいも恥じらいも見せなかった。若い女が吸殻を漁っているというのに。女が比較的長い吸殻を見つけた時、彼は思わず、少し大きな声で言った。

——行きましょう。煙草を買いに。

女が彼を見つめた。彼自身も驚いた。ちょうど自分も煙草を買いに行くところだったと口ごもりながら言うと、女はようやく微笑を浮かべた。女の微笑を見て彼は安心し、わずかながら自信を取り戻すことができた。

——いいわ。じゃあ買って下さい。

女はあっさり言った。

——煙草のついでに、お昼も御馳走して。まだご飯食べてないの。

女は明るく笑いながら言った。意外だった。これまで見られなかった明るい表情もそうだったが、積極的な態度に、少し当惑せざるを得なかった。

——道に迷ったんですね。昨日はずっと私の跡をつけていたのに。

女はそう言うと、喫煙室のドアをさっと開けた。

彼と女はホテルの中にあるレストランで食事をした。食事の間、女は無駄口を叩いた。それは、とても意外なことだった。彼は勝手に想像していた姿とはかけ離れた女の姿に、奇妙な違和感を感じていた。

――私、変ですか。

女の問いに、彼は、いいえ、と答えた。

――変だと思うわ。私がもしあなただったら、変に思ったでしょう。でも……。

女はそれ以上話さなかった。女は煙草を吸い始め、彼は灰皿をそっと女の方に押しやった。

――いつまでここにいらっしゃるの。

女が聞いた。彼は日曜までのつもりだと言った。それは出まかせで、日曜日まで生きているかすら、疑問だ。しかし、と彼は考えた。女の肌をじっくり見ることができるなら、自分が霊感を得るまで見ることができるならば、と思った。しかし、それもまた虚しい希望と妄想かもしれない。

――じゃあ、今晩まで一緒にいましょう。

女は煙草の煙を吐きながら言った。煙がカップに入り、しばらくその中でぐるぐる回っていた。

――私は午後の空を見るのが好きなの。私はこれまで、どきどきしたりためらったりするのが一番好きだったけど、この世でいちばんつまらないものだとわかったの。そして私の好きなのは、雨が屋根を叩く音。嫌いなのは……。

女はそう話した。彼は、その話を聞きながら、なかなか気持ちを切り替えることができなかった。女は聞かれもしないのに、自分のことをぺちゃくちゃしゃべりたてている。自分のすべてをわかってほしいと願っているかのように。いや、まるで遺言を言い残すように。彼は女の真意を測りかねていた。知らない人に会ったなら、まず相手のことを聞くのが普通だろうに、自分のことばかりまくしたてる女の気が知れなかった。彼はむしろ、自分が観察されているのではないかと疑いたくなったほどだ。女に、自分のことは知りたくないのかと尋ねた。何をしている人なのか、またどうして一人でここに来ることになったのか。そんなことが気にならないのか。

——ええ、気にならない。なぜなら、今日は私の誕生日なの。だから今日だけは、自分の好きなようにしたいわ。食事は、私への誕生日プレゼントってことね。プレゼントありがとう。

彼は、ほんとうかと聞いた。その言葉は一種のあいづちのようなものだったが、女は笑いながら財布の中の身分証を見せてくれた。

――見てよ。ほんとうに今日が誕生日でしょう。それから、私、変な女じゃないから安心して。

彼は女を近くで見て、女の肌とうぶ毛とホクロにまた目がいった。女の首筋を見た。首筋のうぶ毛と左の肩の辺りにある、小さなホクロが目についた。女は話の途中で何度も首を後ろに倒し、そのたびに小さな耳たぶが見えた。

――信じてもらえないかもしれないけど、私、処女なの。

彼は、もう少しでテーブルに置かれたコップの水を、全部こぼしてしまうところだった。誰かに聞かれたような気がして、軽く咳払いをした。

彼は女に、外に出ようと言った。レストランの従業員や、食事をしていた人たち全員が自分を見ているように思えた。

――私の誕生日だから、私を楽しませてね。

女が言ったが、彼にはろくに聞こえなかった。勘定をすませて人のいないエレベーターまで行くと、ようやく声が聞こえるようになったので、彼は女に、何をしたいか聞いた。海を見に行ってもいいし、あるいは一緒にカジノに行ってもいい。すると女は彼に、部屋は何階かと聞いた。

――二十四階です。

――二十四階だと、景色はいいかしら。

――いいですよ。プールも遊園地もよく見えますし。

――じゃあ、暑いから、ワインを買って部屋で飲みながら見物しましょう。人間見物。

彼はためらった。あまりにも意外な状況だった。彼は女のことを見定めようとしてみたが、頭の中は、誰かが白いペンキを塗りたくったように真っ白になって、何も思い浮かばない。女は、ためらっている彼の手を取って、エレベーターの方に引っぱっていった。

――急がなきゃ。私の生まれたのは午後六時四十九分よ。あまり時間がないわ。

女はそう言って時計を見た。彼も時計を見た。三時十九分だった。女は二十四階のボタンを押し、彼は、自分が気を回し過ぎているのだ、女は誕生日に一人旅をして退屈だから、自分の生まれた時間まで誰かと一緒にいたいだけなのかもしれないと思った。

午後になって日差しはいっそう熱くなり、ガラス窓を溶かしそうな勢いだったが、部屋の中はエアコンが効いて涼しかった。彼は受話器を取り上げ、チリ産のワイン二本とスモークサーモンをルームサービスに注文した。そうしている間に女は窓にぴったり身を寄せて下を見下ろしていた。

——わあ、ほんとに全部見えるのね。

女は上からの景色を楽しんでいた。五十メートルを超える巨大なすべり台の曲線を指先でたどったかと思うと、人工波のプールの水を掌で掬《すく》うような仕草をした。

——見て。ここから見ると、世の中は、まるでおもちゃね。人間がアリンコみたいじゃない。餌を探して忙しそうに動いているアリの群れ。何も意識せず、何も考えずにフェロモンの命ずるまま、虚しい笑いと楽しい麻酔だけを追って動く、盲目の集団。近くで見れば何でも執着心が起こるけど、こうして高くて遠い所から見れば、どうしてどれもこれも滑稽なのかしらね。なぜこんな簡単なことに気づかなかったんでしょう。どちらがほんとうの姿なのかしら。近くで見るのと、こうして遠く離れた時に見えるのと。人間の目って、ほんとに人を欺くのが上手だわ。

どちらがほんとうの姿だろうか。彼は女の言葉に何も答えなかった。それは彼が追い求めていた美術の世界だった。彼も追求するばかりで、答えを見出すことができないでいた。しかし追い求める機会すら今はもう失われたのだと思うと、絶望だけが波のごとく押し寄せた。

——滑稽な姿。そのすべてを振り払ってしまえば……。

女は一人でつぶやいた。ワインが来るまで、女は窓際から離れなかった。ルームサービスが来た時、彼は少しだけドアを開けた。従業員がテーブルまで運ぼうとしたのを断り、ドアの前で受け取って礼を言うと、急いでドアを閉めた。

彼は小さなテーブルを引いてきてワインとスモークサーモンを置いた。ワインを開けて渡すと女は、とても嬉しいバースデープレゼントだ、このことは一生忘れない、と言った。

——このテーブルのほんとうの姿はどんなものかしら。今みたいに、上から見た姿？　あるいは、横から見たところ？　下からみたところ？　全部合わせた姿？　このテーブルは今、静止しているの？　動いてるの？　動かないというのも正解だろうけど、地球が自転しているから、一緒に動いているというのも正解よね。限りなく多くの可能性が存在するけれども、実現されるのはそのうちの一つだわ。誰かがボールを投げ、他の人はそれを打つこともあれば打てないこともあるし、当たったとしたら、うまく打てないかもしれないし、ジャストミートするかもしれないけれど、数えきれない可能性の中で、実現するのはたった一つだけでしょう。私たちは、目に見える世界だけを見て、それを世界のすべてだと錯覚しているのかもしれない……。

彼は静かにワインを飲んだ。日差しは弱まる気配を見せなかったし、ワインは冷たく、ラジオから流れる音楽は素敵だった。彼は話をしたかったが、何から話せばいいのかわからなかった。女を近くで見ると、彼は再び、その肌とうぶ毛とホクロを見たいという欲望を感じた。女は音楽に耳を傾け、ときどきうなずいていた。

女と彼は、ワインを一本開けてしまった。彼はもう一本のワインを開けた。コルクの栓を抜こうと力を入れて唸っていると、女が微笑を浮かべた。

——今、四時四十九分だから、ちょうどあと二時間ね。

女はそう言いながら、彼に手を貸した。女が瓶をしっかりつかむと、軽快な音を立てて栓が抜けた。

——ワインは傾けて置いておかないといけないんですよ。そうすればコルクが湿って抜きやすくなるから。

彼はそう言いながら女についでやった。女はありがとうと言い、どうしましょう、と聞いた。

——どうしましょう?

——何が?

――私があげられるのは、身体しかないけど。

女はそう言った。それを聞いた瞬間、彼はワインを注ぐ手を止めることができなかった。女のグラスからワインが溢れた。彼はすまないと言いながら、ティッシュペーパーを探し、女の手とテーブルを拭いた。彼は笑った。そして何も言わずワインを飲んだ。

――人間は言葉によってたくさんのものを失うわ。たかだか空気の振動のせいで、ほんとうの意味は虚しく歪曲され、屈折し、反射し、誤解され、空中に散ってしまうの。ほんとうの意味は言葉の中にはありません。

女はそう言い、躁鬱病患者のごとく、再び憂鬱な表情になった。

――五時を過ぎたから、あと一時間ちょっとね。

女が静かな口調で言った。

彼は目を覚ました。彼は考えた。それが、夢で考えたことなのか、あるいは眠り込む前か、目を覚ます前に考えたことなのかはわからない。彼が考えたのは、女の言葉だった。あげられるのは身体しかない。それは女の本心かもしれない。あるいは遠回しな表現か。つまりいろいろな状況を隠すため偽装した言葉、それでもなければ、女が言った言葉のほんとうの意味は、身体は与えられるが心は絶対与えないということか。そのいろいろな可能性のうち、どれが真実なのだろう。女の言うように、言葉というものは単に空気の振動に過ぎない。どんな言葉も口の外に出された瞬間、真実を喪失する。ただ受け取る側が自分の思い通りに受け取るだけだ。それですべての真実は空気の中に消え、残ったものは受け取る側の頭の中で抜け殻としてのみ存在し、受け取り手の思い通りに変形され、加工される。ただそれだけだ。我々は真実を求めるけれど、真実は空気の中に、ほんの少しの間だけ漂い、すぐに消えてしまう。残されるのは抜け殻。

彼が目を覚ました時、周囲はひどく暗かった。いつ寝てしまったのかすら、記憶にない。女はまだいるのだろうか。彼は考えた。女と交わした会話が、まるで夢のように感じられた。問題は、彼の知らないことがあるということだ。

彼と女は最初に注文したワインをすべて飲み干してしまったので、さらに二本、追加注文した。ちゃんと覚えているのはそこまでだ。そこから先は、途切れ途切れの記憶しかない。三本目を飲んだ時、つまみがなくなり、彼が注文しようとした時、女はつまみの代わりに錠剤をのむと言った。女が生まれたという時間だったが、女が時間を知らせてくれないので、彼は何時なのかわからなかった。

　何の薬かと聞くと、女は、酔いをさます薬だと答えた。彼は、酔いをさます薬などこの世に存在しないと言い、女は信じられないなら一錠のんでみろと言った。彼は酔っていて、いい気分だった。女から錠剤をもらって一緒にのんだ。女は、自分は一錠では足りないと言って、もう一錠のんだ。彼と女は、ほんのささいなことにも笑いが止まらなくて、ゲラゲラ笑った。彼が覚えているのは、ときどき笑ったこと、そしてワインの瓶を持って振ったこと、見てろ、おれは死んでやる、と叫んだこと、それぐらいだ。女がのんだ錠剤は、酔いをさます薬ではなく、睡眠薬だった。彼は気づかなかったが、女は三十三錠の睡眠薬をのんだ。そして比重一・五二、融点六三五度のシアン化カリウム(青酸カリ)を少量のんだ。もちろん、ワイングラスで殺鼠剤《さっそ》も飲んだ。だが、彼は気づいていなかった。ワインと一緒にのんだ睡眠薬一錠のため、記憶を失っていたのだ。女は彼が気を失って倒れると、彼をベッドに横たえた。生まれた時間を三十分あまり過ぎた頃だ。日が暮れかかり、窓から夕陽が溢れていた。夕陽が女の顔に当たって反射し、頬をうっすらと染めた。女は彼に簡単なメモを残した。ほんとうに幸せだった、最後のバースデープレゼントは忘れられないだろう、という内容だった。さらに追伸として、自分のノートパソコンに、送っていない手紙と遺書が保存されているのだが、それを送ってもらえればありがたいと記していた。女は服を全部脱ぎ、三十三錠の睡眠薬からシアン化カリウムまで順番通りにのみ始めた。シアンと殺鼠剤の塩素が反応して、女は少量の血をベッドの上に吐き、倒れた。

彼は暗闇の中で手を伸ばした。女がいないかもしれないと思ったのに、手を伸ばすと横に女がいたので、少なからず驚いた。たどってゆくと、指先に女の滑らかな背中が触った。女の背中は、プールのすべり台みたいにすべすべしていた。女の身体が感じられた。女はなぜ裸なのだろう。彼は手で女の背中をなで、そこにキスをした。彼は暗闇の中で女の首筋を探した。暗い中でしばらく女の肌とうぶ毛とホクロを感じていると、全身の血管を通ってびりびりした感じが昇ってくるのがわかった。彼は女の背に自分の身体を密着させた。自分が勃起するのがわかった。女の背に身体をこすりつけた。女も眠っているのか、ぴくりともしなかった。彼は女の身体にぴったり身を寄せ、少し動いた。冷房のせいか、女の身体が少し冷たいような気もしたものの、彼はもう他のことを考える余裕がなかった。抑えられない欲情が起こり、耐えられない柔らかさを感じて射精した。その瞬間、彼は自分のキャンバスに描く絵を思い浮かべた。肌とうぶ毛とホクロを、まるで未知の惑星のように描くのだ。近くで見ること。しかし、結局は遠くから見ること。人間の身体。宇宙。巨大な宇宙は身体の中にある。身体が宇宙で、宇宙が身体だ。躊躇《ちゅうちょ》がすなわち挑発で、挑発がすなわち躊躇だ。ためらいは激情と同じで、激情はためらいなのだ。動かないことは、実は疾走していることであり、疾走することは、動かないでいることだ。

彼は女の首筋を唇で噛み、明かりをつけようとベッドから起き上がった。周囲が暗いところからすると、時間がだいぶ過ぎて真夜中になっているらしい。闇の中で光を発するものがあった。コントロールボックスについている時計だ。時計は9と30を点滅させていた。

——あれ。

彼は叫んだ。女の生まれた時間が過ぎていた。

——たいへんだ。もう時間が過ぎちゃったよ。どうする？

彼は急いで部屋の明かりをつけた。あわてたのでテーブルを倒してしまい、ばたんと音がした。

明かりがつくと、ベッドの上には全裸の女がうつ伏せになって眠っていた。彼はベッドに行って女を起こした。女の背中と尻が、精液でべたべたしている。

——ごめん、生まれた時間が過ぎちゃったよ。

揺さぶっても、女はぴくりともしない。シーツに血が少しついていた。彼は女の言葉を思い起こした。信じないかもしれないけど、私、処女なの。それを聞いた時は、冗談だろうと思っていた。

強く揺さぶっても女がいっこうに目を覚まさないので、彼は変だと思った。どうしてこんなに深く眠れるのか。彼は、うつ伏せになっている女の身体を上向きにした。話しかけながらいくら揺すっても、されるがままに揺れるだけだ。女の鼻に手を当ててみると、息をしていない。初めは女がふざけているのだと思ったが、いつまでたっても女は呼吸をしなかった。彼はようやく、あたふたとベッドから起き上がった。

——おい、おいったら。

彼の声はひどく震えていた。倒れそうだった。誰かが足首から太ももまでつかんで揺らしているみたいな震えが来た。落ち着こうと努めても駄目だった。どこかで爆竹の音がする。闇を引き裂いて火花が起こり、彼の背中に反射した。けたたましい音とともに、プールからダンスミュージックが聞こえてきた。辺りを見回すと女の服が散らかっていて、何種類もの薬の瓶とワインの空き瓶と、得体の知れない粉があちこちで息をひそめて彼を見ていた。彼が見ているのではなく、確かに物たちが彼を見ていた。彼は物たちの視線を避けてうなだれた。時計はちょうど十時を過ぎるところで、窓の外は暗く、ときおり火花が散る以外は何も見えない。雲が出ているのか、星明かりすらなかった。

彼は何をどうすべきか考えたけれど、答えは見つからなかった。暗闇の中でぼんやりとした空気だけが彼を包んでいた。誰も苦痛ではない世界では、誰も苦痛について語ることはない。

彼に関する僕の話はこれで終わりだ。

＊1【ビッグホイール（Big Wheel）】カジノゲームで使用される、垂直に取り付けた大きな円盤状の器具。ホイールはエリアに分割されており、ディーラーが回転させたホイールが止まる時に、ストッパーがどの数字を指すかを賭ける。

分裂

彼は水とビールを買うため、車を止めた。友人の言うように、クァンギョ[*1]を過ぎて海辺まで続くその道には、店はおろか民家もめったになかった。クァンギョを過ぎれば店がないと友人が何度も言ったのに、皺くちゃで見づらい手書きの地図と、松林の間に垣間見える海を交互に眺めているうち、なんとなく通り過ぎてしまった。海は松林の後ろに隠れていたかと思うと、フラッシュのように現れて彼の目を引きつけた。木の枝の間から見える海は、冷たい銀色だった。

銀色だった……銀色……お前はそこで書くのをやめた。鉛筆をそっと置き、手で顔をなでた。頬が熱かった。お前は頬づえをついて海を思い浮かべたが、奇妙なことに頭に浮かぶのは、広く、青く、空に続く水平線が見える海ではなかった。空の下にあるというより、空に押さえつけられている海だった。お前は海を思いながら、海の広さよりも重さを感じた。重さのせいでろくに息もできない。ともすれば砂の中に埋まってしまう足がじれったく、重いように、お前は重い水平線を眺めてめまいすら感じた。深呼吸をしても、息苦しさは変わらなかった。言い表すことも抱くこともできない重量感、手に負えないような煩わしさ。どうしたことか、海を思い浮かべるたびにお前は息が荒くなった。なぜ広々とではなく、重たく感じられるのだろう。どうして広くてすがすがしいはずの海に、こんなに息が詰まるのだろう。

お前は顔を上げて部屋の中をよく見た。クリーム色だった壁紙が、本来の色を失っていた。壁紙は雨漏りで染みができ、黒雲の立ちこめた空のようになって、見ただけでも悪臭が漂ってきそうだった。時折、何かの拍子に風が入る以外には換気はされず、部屋の中を占領しているのは、おとなしく積もっている埃だけだ。アパート地下のボイラー室を改造した部屋で、お前はこの冬、休みなく動くボイラーの音で難聴になったりもした。だが俺は知っている。お前を苦しめたのは壁紙や空腹ではなく、人を濡れた洗濯物のようにぐったりさせる夏の暑さや、喀血させる冬の寒さでもなかったことを。誰よりも俺はよく知っている。何にもましてお前を苦しめたのは、分裂から来る孤独だ。

分裂のせいで孤独なのに、お前は分裂を理解している。人間の身体は最初から細胞分裂で成り立っていることを、お前は知っている。すべての進行と成長は分裂によってなされる。分裂は人間にとって必然だ。しかし人間の細胞は、人間の身体を破壊するために分裂するのではない。成長し、補い、助けるために果てしない分裂を続ける。反面、悪意に満ちた分裂もある。ガン細胞のように、ひたすら破壊し、殺すための分裂。その分裂は一種の資本主義的分裂だ。限りなく商品を量産し、人々をその商品で首つりするようそそのかし、ゴミを商品に化けさせ、わずかに残っていた主体性をごっそり奪い、自分が奴隷として飼い馴らされているという事実に気づかないようにさせる分裂だ。末期のガン患者にならなければガン細胞の存在を感じないように、幸福に満たされている人は、自分の幸福が何によってできているのか知らない。人が幸福なのではなく、実は、幸福なのは商品で、商品の力によって生きてゆく文明が幸福なのだ。少なくともお前は、そんな類の分裂だけが明白な敵で、他の分裂は、ただ癒しと助けのための分裂であるべきだと考えていた。しかし世の中は望み通りにはいかないことを、お前は知った。世のすべては分裂した。ただ趣向と立場が違うという理由で、取るに足らない理由で、ガン細胞たちが嘲笑う中、分裂は正当化され、お前はいっそう孤独を感じた。

お前の側を離れないのは本だけだった。お前は自分の蔵書を愛している。本はそれぞれ趣向と立場は違っても、ガン細胞とは異なり、互いに成長し癒し合うための分裂を見せてくれた。お前は孤独を感じるたびに本の中に逃避した。お前の側を離れず、お前の手が触れるのを待っているのは、本だけだ。ある日、お前はそのことに気づいた。それはお前が酒をしこたま飲んだ日だった。世の中が、満ち溢れる幸福で呻吟している時、すなわち溢れる商品に狂信者のごとくあがいている時、お前は酒を飲みながら孤独感に襲われ、逃げるように自分の部屋に隠れた。自分の小さな部屋の明かりをつけると、暗闇は光の中にさっと潜伏し、お前は自分を待っていた本を見た。それぞれ他の世界を見せてくれた、つまり分裂を見せてくれていた本たちは、ぎっしりと密着したまま、倒れないよう互いを支えていた。お前はそのうちの一冊を取り出した。恥ずかしげに立っていてお前の手に取られた本は、お前が開くと隠れていた肌をさらけ出した。それは何年か前に読んだ本だ。前はそれほどでもなかったのに、その日は読みながら泣いた。紙はつるつるしており、白い肌に点々と散らばっていた文字たちは一つ一つ立ち上がってお前の息を包んだ。お前の脳裏は濃厚な愛撫を受け、お前は泣くことしかできなかった。

　酔った時に愚痴を聞いてくれたのも本だったし、ため息と息づかいと愛と精液を受け止めてくれたのも、蔵書たちだった。本がなかったなら、お前はおそらく凶暴なテロリストか世の中に背を向けた狂人、あるいは商品を選ぶ幸福に酔う匿名の人間になっただろう。その後、お前は映画やスポーツもあまり見なくなった。世の中には、互いに成長し、癒し合うための分裂の本がたくさんあることに気づいたからだ。お前はひどく孤独だったし、孤独である分、本を愛した。一年で蔵書は倍以上になり、お前は、李承雨《イスンウ》の小説のタイトルのように、本と寝た。[*1] だが孤独なことに変わりはなく、どう見てもガン細胞ではないはずなのに、悪意に満ちた分裂はお前をどこまでも苦しめた。すべての人が孫昌渉《ソンチャンソプ》[*2]の小説を好むわけではないし、すべての哲学者が一つの哲学思想に従うわけではない。また、すべての人がフォークソングを好むわけではない。そのように、分裂は必然的に起こるのだ。しかし趣向と立場による分裂は、ガン細胞の分裂と相俟《あいま》って、作品の持つそれなりの価値まで殺してしまった。それでお前はいつも孤独なのだ。小説なんてものを書いてはいるけれど、世の中が変わるだろうとか、明るい未来が来るだろうといったような期待はしていない。

お前は部屋の中を見回し、片隅に何かを見つけた。お前は椅子から立ち上がり、それを拾い上げた。小さな木切れだった。木の切れ端だということはわかるが、それがどこから取れたものなのかはわからない。お前はどこにあったものなのか探そうと、部屋の中に見える木製の物をすべて調べた。ドアと本箱と椅子と机と流し台まで調査したが、欠落した部分は見つからなかった。お前は木切れを見ながら、自分の小説のようだと思った。

お前は「銀色だった」という文の次に、海について思ったことを書こうとして、ためらった。書こうとしている小説は美しい愛の話であったのに、愛の物語にしては、やや暗く重い表現だったからだ。お前は「銀色だった」に続けて、「押さえつけるように重い海」と書き、クエスチョンマークをつけた。

まばらにあった民家は、ある瞬間からなくなり、その代わり、カーブがあることを示す標識や、「落石注意」「路肩なし」といった警告文を書いた表示板が、しょぼんと立っているのが見えた。彼はスピードを落とし、周囲を見た。左には道路に沿って蛇のようにくねった擁壁が道の果てまで続き、右側には曲がった松の木が、目に見える限りずっと遠くまで立ち並んでいた。松の木は潮風に吹かれたせいか、どれもいちように曲がってねじれたような形をしている。道は舗装されていたものの、あちこちに深くへこんだ跡があり、まるで皺だらけの老人の顔を見るようだった。車も走っていない。クァンギョまで、そしてクァンギョに近い海水浴場には、冬なのに少なからぬ車が走っていた。しかしクァンギョを過ぎ、友人の描いてくれた地図に従って道に入ってからは、車も見かけなくなった。友人の言葉通り、静かを通り越して、寂しいほどだ。来る時に飲み物、煙草、食料品をじゅうぶん準備してこいよ、と何度も言っていた友人の言葉に嘘はなかったらしい。逃亡中の彼としては幸いだった。今頃は指名手配されているかもしれない。逃避先を求めて、山奥に隠棲している友人を訪ねていくところだったが、狭い土地にそれほど長くは隠れていられないだろうとは思っていた。逃亡者になってしまったとはいえ、彼は自分の行為が正当なものだったと考えていたから、捕まるまでに考えを整理しておきたかった。それさえできれば自首するつもりだし、捕まっても問題がないような気がした。彼はスピードをさらに落として周囲を見回したが、商店などなさそうに見えた。

彼は引き返して再びクァンギョ方向に向かった。走行計を見ると、クァンギョから二十キロ以上離れている。うんざりするほど続いていた松林と擁壁が終わると、平原が続き、家が一つずつ現れた。彼は家が見えるたびにスピードを落とした。小さな村ほど、一見、普通の民家のような店が多いのだ。予想通り、クァンギョの少し手前で彼は商店を見つけた。制限速度以上で走っていたなら、気づかないで通り過ぎただろうと思えるほど、小さな店だ。

店先には指の形の立て看板があり、その指が指し示す方向にコンビニエンスストアという文字が赤いペンキで書かれていた。彼は店の前に車を止めようとしたが、二台の車両がすでに置かれていて、空間がなかった。そのうちの一台は屋根にスキーの装備を積んでいたが、海辺に、それも有名な海水浴場ではない小さな漁村にスキーは似つかわしくなかった。彼は仕方なく、店を少し過ぎて、農道に続く道に駐車した。

車から降りた彼を真っ先に出迎えたのは、老いさらばえたような呻き声を上げて野原を吹き抜ける強風だった。風があまりにも強いので、彼は呼吸すらしづらく、風にさらされた肌がひりひりした。彼は手で耳を塞ぎ、店に走った。

店内は暖かかったので、眼鏡が曇った。見えるのは月の暈《かさ》のようにぼんやりした明かりだけだ。彼は眼鏡の曇りが少し晴れるまで、ぼうっと立っていた。ひどい霧のような曇りが少し消えると、まず目に入ってきたのは、鮮やかな色のスキーウエアを着た二人の男だった。一人のスキーウエアは紫一色で、もう一人は派手な濃いピンクの花模様だった。二人のスキーウエアは、水から揚がったばかりの魚の鱗みたいに、てらてら光っていた。彼は、眼鏡に月の暈のようにぼんやり広がっていたのが、照明ではなくスキーウエアだったことに気づいた。男たちはあまり明るくない店の中でサングラスをかけており、サングラスの上の額にはさらに、滑降する時にでも使うような大きなゴーグル[原注1]をかけていたから、まるで大きな目の下に、さらに小さな目のあるエイリアンみたいだった。

　店の中には若い女も二人いた。一人はストレートのロングヘアで、もう一人はおかっぱ頭だった。スキーウエアを着た男たちが女たちについて回っていたため、連れのように見えた。レジでは主人らしい老人が新聞を読んでいた。深い皺が旱魃《かんばつ》の時の田んぼみたいで、ほとんど髪のない頭は、さっき通り過ぎた野原を連想させた。主人は読んでいた新聞を置いて、老眼鏡の上から彼を見た。彼は顔をあまり見せたくないので店内をきょろきょろ見回し、挨拶代わりに、寒波注意報が出ましたねと老人に声をかけて彼らの横を通り過ぎ、水とビールを選んだ。彼は、友人は黒ビールが大好物だったことを思い出して冷蔵庫の扉を開き、主人に、黒《フク》ビールがあるかと聞いたが、主人は土《フク》でつくったビールもあるのかと、老眼鏡の上で目を丸くして問い返した。彼は別のビールを選んだ。

　彼が買い物カゴにビールを入れていると、一人の女が走り寄って、彼の肩をつかんだ。

——ヨンハンさん、あたしたちが買ってくって言ったのに。ここまで迎えに来てくれたの？

髪の長い女だった。彼はどぎまぎした。ヨンハンという名は、聞き覚えがない。考える隙も与えず、髪の長い女が彼の腕を引っぱった。彼は女が錯覚しているのだと思った。髪の長い女は、おかっぱ頭に大きな声で言った。

——紹介するわ。前に話したヨンハンさんよ。今、付き合ってる人。

女はそう言ってから、スキーウエアを着た男たちに言った。

——わかった？　連れがいるって言ったでしょう。あたしたち、この人の別荘に行くの。だから、つきまとわないで。

女は彼に笑顔を見せながら、来てくれてありがとうと言った。

彼は怖くなった。わけがわからなかったが、誰かが自分を知っているようなふりをするということ自体、彼を恐怖に陥れた。彼が自分の腕をつかんでいた女の手を払い、他の人と勘違いしているのではないかと言った瞬間、女は落胆したような、怒ったような表情になり、彼は女の顔を見て、ようやく事態を把握した。スキーウエアの男たちが女たちにつきまとっているのだ。ぼうぜんとしていたスキーウエアの男たちが、けらけら笑い出した。店の主人が老眼鏡の上で目玉をぐるりと回して、彼と女たちを交互に見た。女はスキーウエアの男たちを追い払うために彼を仲間に引き入れたのに、彼は、女が自分を他の人と勘違いしていると思ったのだ。彼は赤面したけれど、正義感を発揮して、女たちの知り合いのようなふりをすることもできない。逃亡中だから、他人の目についてはならなかった。

彼は当惑して酒と食料品を手当たり次第カゴに入れたものの、何を入れたのかすら、よく思い出せなかった。それ以上、気にしないでおこうと思ったが、狭い店の中で品物を選ぶたびに、彼らにぶつからないわけにいかなかった。彼は、一人の女とよく目が合った。髪の長い女だった。

彼はその視線を避けて品物を適当にカゴに入れた。レジに行くには狭い通路を通らなければならないのに、そこではスキーウエアの男たちが女たちと、相変わらず言い争っていた。通ろうとしても、男たちはよけてくれない。男たちの口から酒の匂いがした。彼が、ちょっとすみません、と言うと、男たちは寝ぼけた子供があくびをするみたいに、ゆっくりよけてくれたが、その隙に女たちが彼の後に隠れた。男のうちの一人が、おい、そんなふうに逃げて、これからどうするつもりだ、と女たちに言った。女に言ったことなのに、逃げるという言葉で、彼はぎくっとして肩がすくんだ。彼はカゴを置いて老人に、いくらかと聞いた。老人は品物を一つ一つ取り出すごとに舌打ちをし、老眼鏡の上で目を開いて彼を見つめ、深い皺の刻まれた顔をひどくゆがめた。彼が品物を入れた袋を抱いて店を出ようとする時、髪の長い女が、また彼の腕をつかんだ。

――あたしたちと一緒に出てくれませんか。

彼はためらった。

――ねえ、お願い。

女が言うのに、彼は躊躇せざるを得なかった。女は彼に、怖いのかと聞いた。彼はそうではないと言おうとして、ただ顔をそむけ、スキーウエアの男たちを見た。紫の男が彼に近づいてきた。

――買い物はすみましたか。ヨンハンさん。

男はそう言っておもしろそうに笑い、彼は男の黒いサングラスから顔をそむけた。なるべく人目につきたくないのに、女がやたら彼にすがりついてくる。すると男は女を彼から引き離し、店の外に彼を連れて行って、言った。自分たちは友人なんだが、ちょっと前に喧嘩をした。女たちが自分たちだけで旅行すると言うので、そう信じていたところ、休憩所で偶然見かけ、変な感じがしてスキー場からつけてきたのだ、だから何も心配せずに自分の行くところに行け。男はひどく頬骨が高かったから、話すたびに頬骨が動き、サングラスもそれと一緒に動いた。彼が店の中を見ながらぐずぐずしていると、男は、まさか真っ昼間に人身売買をするわけじゃあるまいし、もし信じられないというのなら、帰って確認してみて、警察に届ければいいと付け加えた。彼は警察という言葉に、引き下がるしかなかった。彼は袋を抱いて、自分の車の方へ歩いた。

彼が引き返したのは、店を過ぎて十キロ以上走った時だ。まだ明るいし、年寄りではあるが主人もいたから、それほど心配はしていなかったが、どうも女たちが気にかかった。女たちが店の外に出たまま戻ってこない自分を、臆病者だと誤解するのも癪《しゃく》にさわった。自分は卑怯なのではなく、逃亡中なのだという状況は説明できないとしても、まだ彼らが言い争っていれば、女たちだけ連れて出てこようと思った。だが、店に戻ると、主人以外、誰もいなかった。彼は店の中を見回し、老人に、さっきの人たちはみんな行ってしまったのかと尋ねた。老人はまた額に皺をよせ、老眼鏡の上から目を出して、いい若いもんが、女の子を助けてやらんでどうする、と言った。彼が答えられないでいると、老人は、自分が男たちを追い払ったと言い、新聞に目を向けた。彼は何か言おうかと思ったが、挨拶しただけで店を出た。風は相変わらず冷たく、今にも雪が降りそうな空模様だった。

お前はそこまで書いて、また止まった。なぜならその時、先輩が訪ねて来たから。先輩は、何をしているのかと聞き、お前は恥ずかしそうに頭をかいた。先輩は言った。言わなくてもわかる。実は、俺はお前が小説を書くたびに、いやもっと正確に言うと、小説を書こうと考えるたびにひどく吐き気がする。分裂、分裂と言うが、俺の見たところ、お前こそ分裂症だ。先輩の言葉を、お前は黙って聞いていた。

俺が、「外国人労働者の家」が最近とても忙しいと言った時、お前はただそれだけかと言った。俺が加入を勧めたのでもなく、お前の方から手伝いたいと言い出したのを、お前も覚えてるだろう。もちろんお前が金《キム》幹事と何を話していたのかは、俺も聞いている。金幹事が聞いたはずだ。では、どんな手伝いをしたいのですか、と。お前は、どんな手伝いが必要なのかと尋ね、金幹事は、外国人労働者の家でいちばん切実なのは医療問題なので、医者か看護師がありがたいと言い、その次に必要なのは法律問題だから、法に関する知識があれば嬉しいと言い、その次には言葉の問題があるので外国語が上手なら役に立つと言い、マスコミ関係はもちろん助けになるだろうし、映画や放送に従事していて一般に知らせてくれたら嬉しいし、それ以外でも事業主や同僚職員にでもなってくれれば、大きな力になるだろうと言った。金幹事がお前に、どんな仕事をしているのかと尋ねた時、お前は何も言えなかった。お前が感じているように、俺の目から見ても、お前はこの社会において、ちっとも役に立たない人間だ。そんなボランティア団体においてすら、お前は何もできない。この社会がどれほどたいへんなのか、お前は知らない。自分がこの社会の生産に、少しは貢献したとでも思っているのか？　小説では何もできない。小説を書いたからといって、それがセメントにでもなるのか、物と交換できるのか。値打ちが出るとでもいうのか。お前は実に、何の役にも立たないことに打ち込んでいる。お前の言うガン細胞の分裂なんざ、聞いたって、俺には何のことだかさっぱりわからん。お前は人が大ゲンカしていても、自分だけはちゃんと暮らしたいと思うやつだ。先輩はそう言うと、少しの間、部屋の中をじろじろ見ていた。ああ、今の言葉は取り消す。お前はいい暮らしをしてないな。もっとも、お前みたいな男にまともな生活ができるわけがないさ。お前はもともと夢見ていたように、一人で農業をやって果樹園で暮らすべきだったんだ。それがおそらく、お前が世のために何かを生産できる、最善の方法だった。お前があんなに嫌がっていた大学に行けと俺が勧めたのも、俺はお前がこの社会で、多少は何かの役目を果たすだろうと思ったからだ。お前はいつも、この社会のことをゴミだと言っていたけれど、お前こそ、この社会でいちばん臭いゴミだ。だからお前のことを考えると吐き気がする。先輩はそう言い、お前をしばらく睨んでいた。

見ろ。何も言えないじゃないか。ちっとは言い返さないのか。お前の頭の中に何が入ってんだか、皆目わからん。いっぺん本心を言ってみろ。この精神分裂症患者め。

お前は黙っていた。先輩は帰ってしまい、俺は、お前の顔色を窺《うかが》いながら布団をかぶってそっと横たわった。俺が寝ついたのを確かめると、お前は何度かため息をつき、酒を出してちびちびとやりだした。そしてお前のお兄さんが以前、よく聞かせてくれた、昔の歌をかけた。お前は俺が寝ていると思っていただろうが、俺はお前をずっと見ていた。慰めてやりたかった。奴隷は奴隷として生まれるのではない。奴隷として飼い馴らされたのだ。人々は自分が奴隷であることを知らない。主人を選ぶことができるので、自分は奴隷ではないと錯覚している。奴隷のごとく他人の言うことに、そして社会の言うことに引きずり回されているのに、自分が奴隷だとは気づかない。だがお前は違う。先輩の言うように、お前の書く小説は、今の世の中で何の値打ちもない。使い道もないし、高価な物と交換することもできない。だから逆説的に、もっとも素晴らしい武器なのだ。そんなふうに慰めてやりたかったけれど、俺もまた、お前を見守るだけで、何も言えなかった。俺はちっとも強くない。俺も、お前と同じく脆弱《ぜいじゃく》な人間なのだ。

彼は約束の時間に遅れて到着した。道に迷ったのだ。友人の描いた地図はあまり役に立たなかったが、彼は道に迷って、かえって良かったと思った。海岸に続く道を通り、舗装されていない道路を過ぎて山を登る頃から、友人が何度も言っていたように、静かで安全な感じがした。ぎっしり生い茂った木は枝を互いに重ねて外部を幾重にも遮断し、枝の先にぽっかりと現れた空が、今にも落ちて来そうなほど近くに見え、こんもり積み重なった落ち葉は、侵しがたい寂しさと静けさを湛《たた》えていた。彼はできる限りの用心をしながら運転した。聞こえるのは車のエンジンの音だけで、車が動くたびに寂しさと静けさが乱されるからだ。彼は友人の家に行くまで何度も車を止めた。彼は森の静寂を車のエンジンの音で破りたくなかった。荷物さえなければ、車を置いて歩いて行きたかった。都市で感じるような作り笑いはどこにもない。ただ、森に抱かれて眠りたかった。

彼は森の静寂を破らないように、できるだけのろのろ車を走らせ、山の中腹まで来ると、友人の家はすぐに見つかった。一階はすべてガラス張りで、ガラスは空と森を残らず吸い込むかのように風景を映し出しており、その様子は遠くからも目についた。友人が外で焚火をしたのか、煙が空をくすぐるように昇っている。彼は友人に会ったら、来る途中の道が素晴らしかった、ほんとうの平和と愛を感じたと伝えたかった。森が終わると広々とした道が現れ、その道は前庭まで続いていた。寒いのに、前庭では厚い服を着こんだ友人が、もうバーベキューグリルで肉を焼いていて、前に置かれたテーブルには酒や皿が並んでいた。グリルの横には焚火が燃えていたが、二人の女が——一人はストレートのロングヘアで、もう一人はおかっぱ頭だった——きゃっきゃと笑いながら火にあたっていた。彼が車を止めると、友人はトングを振って挨拶した。友人は挨拶をしながら煙を避けて上半身を後ろにそらし、ちょっと顔をしかめた。入って来る車を見て、女たちも振り向いたが、彼はその顔を見た途端、さっき店で会った女たちであることに気づき、当惑した。あの女たちがどうして友人の家にいるのだろう。

友人は、車を降りた彼を女たちの前に引っぱって行き、くどくどと紹介した。待たせたね。これが俺の友達。ところでこいつ、これから小説を書くんだって。仕事場がないから、俺と一緒に当分ここにいて、小説を書くことにしたんだ。友人が紹介すると、女たちは笑いながら挨拶をした。おかっぱ頭は、「あれ、どこかでお会いしたわね。どこだったかしら?」と言って大笑いした。友人は彼に、ほんとうに知り合いなのかと尋ね、彼は首を横に振った。彼は女たちに謝り、状況を説明しようとしたが、何からどう話せばいいのか迷った。自分は逃亡中で、今頃は指名手配されているかもしれないし、それで助けたかったけれどできなかった、と言えば女たちは理解してくれるだろうか。店に引き返したことも言いたかったが、言い訳がましいような気がした。

――これから小説を書かれるそうだけど、すてきな主人公が現れて、危機に陥った女を助け、その女と恋に落ちるような小説を書いてほしいな。私はそんなお話が好き。

おかっぱが明るく笑いながらそう言い、髪の長い女は何も言わず彼を見ていた。彼は顔が赤くなり、手は血が通っていないみたいにしびれてきた。

友人は肉を焼こうとしたが、また振り向いた。お前も話を聞いてみろよ。このお嬢さんたちは、来る途中でえらい目に遭うところだったんだってさ。道がわからなくて、休憩所で会った男たちに聞いたら、あれこれ説明してくれたんだけど、道の説明って難しいじゃないか。まっすぐ行って三差路で左に曲がり、それから二番目の交差点で右に曲がり、直進して大きな交差点で左、直進、右、また左。何度聞いてもよくわからないだろ。だからこの子たちが、聞いてもよくわからない、方向が同じなら、一緒に行ってくれないかと頼んだそうだ。男たちが、クァンギョまでは同じ方向だと言って一緒に来たんだけど、クァンギョが何で有名なのか知ってるか？　知らない？　お前、テレビも見ないのか？　このごろ人気のあるドラマの主人公が、クァンギョで覚えた刺身入り冷麺や、刺身の和え物で、ソウルの一流食堂と競い合う場面があるんだ。ほんとうにそんな食べ物がクァンギョで有名なのかって？　もちろん違うさ。海に近いからもともと刺身を出す店はあっただろうが、そんな料理はなかった。そのドラマ以来、雨後のタケノコのように元祖という看板を掛けた店が増えたんだよ、うん。そう、まず乾杯しよう。ともかく、このお嬢さんたちがドラマに出て来た店がどこにあるか聞き、男たちはその店をよく知っているから一緒に昼食をとろうと言って、食べたそうだ。俺に言わせりゃ、ずいぶん間抜けなやつらだよ。開店して一年もたっていないはずなのに、そいつらの話では、ドラマが騒がれる何年も前から常連だったっていうんだ。あり得ないだろ。それから一杯やらないかと言って、少し飲んだそうだ。え？　飲まなかったって？　酒の匂いがプンプンしてたのに。わかったよ。ごめん。冗談だよ。冗談。食事代も割り勘にするつもりだったけれど、そいつらが出したんだと。気分よくコンビニまで来たんだが、その時からそいつらは、別れが惜しいとか、一緒にスキー場に行こうとか、そんなことを言いながらつきまとったんだってさ。その時、バカみたいな男に会ったんだけれど、そのバカみたいなやつが……。ああ、来てくれて嬉しいよ。一緒に飲むのは久しぶりだな。

友人の言葉を遮って、女たちがつまらないからその話はやめましょうと言い、友人はこれからそんなやつに会ったら、股ぐらを蹴飛ばしてやれよ、という言葉でしめくくった。彼は、股間を蹴られるのがスキーウエアの男たちなのか、あるいは女たちの目に映った、卑怯で、気が利かず、勇気のない男なのかはわからなかった。

友人は横城《フェンソン》産の韓牛だと言いながら、焼いた肉を差し出した。焚火は見た目より暖かく、北風がかえって涼しく感じられるほどだ。友人は、平野とは違って山奥は山で遮られているから冬でも暖かいのだと言い、彼に向かって、もうすぐおかっぱ頭と婚約するつもりだと言った。髪の長い女も初耳だったのか、おかっぱをハグしておめでとうと言った。皆が喜んで何度も乾杯をしたが、彼はあまり笑えなかった。ぎこちなく口角を引き上げてみたものの、笑顔のつくり方を忘れてしまったみたいに、頬の筋肉はすぐに落ちて硬直した。彼は、女たちと目が合うたびに不安だった。おかっぱがカメラを出してきて何度も写真を撮り、そのたびにフラッシュが光って彼は目が痛かった。彼はその光が自分を狙っているのだと思った。逃亡者のくせに、卑怯な真似までするなんて。友人は自分の愛する人たちと一緒なので、このうえなく幸せな時間だと言いつつ、彼の肩を抱いて写真を撮った。友人は女たちの写真を撮り、そして彼に、髪の長い女と一緒に写真を撮ってやると言った。彼は遠慮したが、友人は強引だった。おかっぱは彼を髪の長い女の方に押しやり、フラッシュが焚かれるたびに彼は自分の顔がほてってくるのを感じた。友人が、ちょっとは笑えと言ったけれど、彼の頬は生気を失い、感覚がなくなった。友人が、彼の頬を押して女の頬に軽くくっつけた。彼はほんの一瞬、女のうぶ毛を感じた。確かに柔らかかったけれど、柔らかさが伝わるほど、彼の筋肉はよけいに硬直した。気まずくなった彼は、ビールをあおった。友人はちょっと前に公開された映画の話をし、おかっぱは撮影途中に怪我をした女優のことを心配した。彼らは女優の回復を祈りつつ乾杯し、彼は、自分が突き落とした人が生きていることだけを祈った。だが、生きてはいないだろう。どんな医術をもってしても、死者を生き返らせることはできないはずだ。髪の長い女が、有名サッカー選手のセミヌードが載っている写真集の話題を出すと、おかっぱは、その選手の離婚について語り、友人は中継権料と放送局間の競争について話した。彼は話を聞きながら、自分の正当防衛を陳述してくれる女を探すべきか悩んだ。あの女はどこに行ったのか。おそらく怖くなって、逃げ出したのだろう。よりによって自分の正当性を陳述してくれるべき女は姿を消し、目撃者だけが、あの瞬間に現れるなんて。皆は話し続けた。話を聞くほど、彼の頭の中はいっそうもつれ、混乱した。彼は聞きたくなかったが、声が聞こえてくるのは防ぎようがなかった。髪の長い女は、友人が卒業した大学に行きたかったが、自分とおかっぱは入試に落ちたのだと言った。すると友人は、それなら俺が代わりに行ってやったってことだな、と言い、女たちはきゃっきゃと笑った。彼はその話を聞きながら、亀とアキレスが駆けっこをするという、ゼノン[原注2]のパラドックスを思い出した。おかっぱは髪の長い女と一緒に株をやったけれど、ほとんど損をしてしまい、一方、友人は株で儲けた金でこの家を建てたと言った。そして、それじゃ、この家は二人が損した金で建てた家だね、と言った。誰かが儲ければ必ず誰かが損をする。一人が笑うためには必ず他の一人が泣かなければならないという、ガン細胞のような世の中を思いながら、彼は自分が生きるために一人の男を崖の下に突き落とした時のことを思い浮かべた。友人はカルチャーイベントを企画すると言い、髪の長い女に、*4士大夫《したいふ》の家で酒を供えるのに使っていた「白花玉瓶」という酒瓶の素晴らしい色合いと幽遠さ、そして家ごとに少しずつ違う模様について語り、髪の長い女はキュレイターと一緒に検討することにした。おかっぱは、展示したら取材して雑誌に記事を書くことにし、彼は、彼らと話を合わせることができないことに気づいた。彼らは笑い、彼は今後のことを心配していた。ビールが切れたので、彼は車から持ってくると言ってあわてて席を立った。友人はそんな彼のことを、こいつは、ほんとはとてもおもしろいやつなんだけど、人見知りをしてるらしい、と言って笑った。

車に向かう途中、明るい笑い声がひっきりなしに聞こえて彼の背をくすぐった。彼は、皆が何でそんなに笑うのか気になり、振り向きたかったが、その勇気はなかった。

彼が持ってきたビールを見て、友人は黒ビールはないのか？　と聞いた。するとおかっぱの女が、店にいた老人が土でつくったビールとは何かと聞き返したと言った。彼はばつが悪くて、友人に、寒いから先に家に入ると言った。一緒にいようとしない彼に友人は不満だったし、女たちも、寒くないからここにいようと言ったが、彼はつらかった。彼は口実を探し、暗くなる前に荷物を運ぶと言って席を立った。

彼が、たいして多くもない荷物を運んでいる間、彼らの笑い声は飽きもせずに響いてきて、彼の身体のあちこちをくすぐった。彼は服を脱いで節の多い木に背中をこすりつけたかったが、いつしか森は真っ暗な闇に覆われ、木どころか、すぐ前も見えない。闇の中に焚火だけが浮かび上がり、その前で笑っている彼らだけが見えた。笑い声は森の静寂をしばし破った。彼は、森から生臭い匂いが漂ってくるのに気づいた。

彼は荷物を全部運び入れても外には出ず、ガラス越しに彼らを見ていた。あの日もそうだった。彼はあの日のことを思い出したくなかったけれど、それは防ぎようのない日差しのように彼の瞼を貫き、目を熱くした。彼はあの日、女を助けないで、見て見ぬふりをして通り過ぎるべきだった。そうしていたなら、彼は逃亡者になどならなかっただろうし、彼らと一緒に笑って騒ぐことができただろう。彼は突然、怒りがこみ上げてきた。しかし、どうすることもできない。時間を取り戻すことはできないのだ。時間は絶対に逆行しない。彼はノートを出してこれからの計画を整理してみた。所持金の額を記し、ここまで警察が来た時に備えて脱走計画も立てなければならない。未解決事件として処理されるまで潜伏するべきなのか、あるいはさっさと自首する方がいいのか。誰かに打ち明けたかったけれど、誰に話せばいいのか。彼はノートに、自首、情状酌量、目撃者、行方、などいろいろな単語を書いたものの、どれも実感が湧かず、すべてがでたらめのような気がした。

——あら、小説を構想してるのね。後で小説にするときには、悪党を懲《こ》らしめるすてきな主人公を絶対書いてね。

友人たちが、残ったビールを持って入ってきた。皆は、酔ったのか、風に吹かれる枝のようにふらついていた。彼はその場にいたくなかったが、かと言って、一人でもう一度外に出ることも、隠れ家である友人の家を離れることもできなかった。彼らと仲良くしなければ、彼はまた気の利かない人間だと思われてしまう。彼は努めて笑顔をつくって彼らを迎え、皆は一度ずつトイレに行ってきてから、彼にビールを勧めた。彼は勧められるままに飲んだ。いっそさっさと酔っぱらって、どこか隅っこでひたすら眠りたかった。誰かがゲームをしようと言い、別の誰かが、罰としてビールを飲むことにしようと言った。彼はわざと何度もゲームに負けて罰としてグラスを開け、彼らはそんな彼を見て笑った。彼は急速に酔いが回り、記憶は脱色されてところどころ白紙になった。彼のよく知らないゲームは続けられ、誰かが真実ゲームをしようと言った。真実ゲーム？　それをゲームと言えるのだろうか。ひょっとするとそれは時間つぶしにその場でつくった、つまらない悪戯《いたずら》なのかもしれない。そうだ、悪戯だ。悪戯。あるいはつまらない冗談のような。彼は真実ゲームという言葉を聞いた途端、口の中のビールが飛び出すほど大笑いした。真実だって。真実にゲームという言葉をくっつけるなんて。いったいそんなことが可能なのか。彼は記憶がぼやけるだけでなく、友人たちの姿も次第にかすみ、声も聞こえなくなってきて、彼らが回転木馬に乗ったみたいにぐるぐる回るのを見た。彼らが話しながら笑い始めた。あたし勇気のない男が一番イヤだわ。彼はその姿を見ながら、地球が自転していると思った。だが自分は動くことができない。身体は少しも動かなかった。自転する地球で、自分一人だけ自転していない感じだった。勇気がないのは、まだましよ。それよりイヤなのは、自分に勇気がないことを認めないで、顔を合わせるのを避けようとする、みっともない男よ。彼は皆を眺めただけでくらくらした。変だと思った。自分はちっとも動かず、彼らが回転しているのに、どうして自分がくらくらするのだろう。彼は言葉に気をつけろと言いたかった。指名手配されていなければ、俺はあんなふうに行動しなかった。俺が逃亡者になったのも、助けなくてもいいのに、人助けをしたからだ。だから、これ以上俺をからかうな。隠された真実も知らないくせに、わかったような口を利くんじゃない。悪党を懲らしめる、かっこいい小説を書けだと？　ああ、お前たちが望むのは、せいぜいそんなものだ。お前たちが望んでいるのは、溢れる幸福と、何を選ぶべきかという悩みと、制度と商品が要請するまま熱狂することだけだ。目に入ってくる映像だけを追いかけ、法事のためにつくられた酒瓶の展示なんぞを企画し、怪我した女優を心配し、ガン細胞が与える通りに同じ服を着て、限りなく熱狂しているお前たちは、自分たちが主人だと信じている。奴隷のくせに人をからかい、嘲笑うことしか知らない。俺は知らないじゃないか。スキーウエアの男たちの言うように、お前たちはあいつらの恋人で、あいつらは、お前たちが別の男に会うのか確かめるために追って来たというのが、事実かもしれないじゃないか。しかし彼は、頭がくらくらして何も言えなかった。くらくらしていなくとも、そんなことは口に出せなかった。彼はもう行く所もなく、隠れる所もないのだ。ことに、おかっぱと友人は婚約するのだから、めったなことを言って追い出されたくもなかった。彼は卑怯という言葉を聞いて笑い、ひよわで融通の利かない人間という言葉で、さらに大きく笑った。すると彼らも楽しそうに笑い始めた。彼はついに彼らと仲良くする方法がわかったような気がした。ひょっとするとあの女から愛されるかもしれない。すると森の静寂が破れ、ただ溢れる笑いだけが森を覆った。

お前はそこで止まった。お前は鉛筆をそっと置き、顔をなでた。お前がかけていた音楽は終わり、岩のように重い沈黙だけが部屋を満たしていた。お前は酒を探したが、切らしていた。美しい愛の物語を書くと言っていたのに、お前は愛の物語を書くことができなかった。お前は椅子から立ち上がり、窓の外を見た。夜明けだった。お前は星が見たかったけれど、都市の夜明けは星を失っていた。お前は彼女に電話をしたかったが、あまりに遅い時間だ。お前は鉛筆を折ってしまいたい衝動にかられた。だが鉛筆に何の罪もないことはよくわかっている。お前は本棚の所に行って、寝る前に読む本を選んだ。お前は本を読み、本はお前を黙って受け止めてくれた。お前は愛の物語を書くことができず、何も言えなかった。結局、お前は。

原注1【ゴーグル】

＊ここでお前は、しばらく書く手を止めてためらった。最初に書いたのは「大きなゴーグル」ではなく「大きなグーグル」だった。お前はそう書いてから、何か変だと思ったけれど、どこが間違っているのかはっきりわからなかった。前後の文章を何度も読み、ようやく、「グーグルって何だ？」と、おかしな箇所を見つけることができた。お前はすぐにゴーグルに直したけれど、気分がもやもやとしていた。タイプライターやコンピュータのキーボードなら打ち間違いだと言えるだろうが、それは手書きだったからだ。お前は筆記具で書いていた。そのため、お前はいっそう妙な気がした。どうしてゴーグルという単語の代わりにグーグルという単語を書いたのだろう。意識的であれ無意識のうちであれ。辞書を見ても、グーグルという単語は載っていない。お前はゴーグルという単語についてしばらく調べてみた。けれど探した本のどこにもグーグルという単語はなかった。グーグルが、先験にでもなるということなのか？　どうして生まれて初めて聞くその言葉が、ゴーグルの代わり

に飛び出したのだろう。お前はいらいらしたが、どうしようもなかった。グーグルがインターネットのサイトであるということを知ったのは、ひと月あまり過ぎた、ある酒の席でのことだった。しかし変なことに違いはなかった。お前はグーグルというサイトを訪れたこともなかったし、インターネットが好きでもなかったからだ。それなのに、なぜあの瞬間、グーグルと書いたのだろう。ひょっとするとフロイトが言ったように、ある性的欲望がグーグルに置き換えられて現れたのだろうか。あるいは、ラカンの主張のように、グーグルという単語が頭のどこかで無意識のうちに構造化されていたのだろうか。それとも、ロックの意見のごとく、まだ白紙状態なので新たに記録されたのだろうか。またはスピノザの見るように、一種のコナトゥス[*5]として無意識に作動したのだろうか。それでなければ、ドゥルーズの見解の通り、グーグルとして書くよう欲望が誘導され、まんまとひっかかってしまったのだろうか。もしかすると、神の啓示、あるいは神霊が降りたのか？　ひょっとするとヒュームの言うように、ゴーグルとグーグルの間には、必然的な因果関係はまったくないのかもしれない。広告屋たちが無意識に植えつけた記号の発現ということも考えられる。お前はマルクーゼとベンヤミンとボードリヤールとハウクとデュアメルとユナボマーの意見に従うことにした。くだらない広告屋、呪われた商品業者ども。お前は解毒するために煙草を吸い、浄化するために酒を飲んだ。勝手にしやがれ。

原注2【ゼノンのパラドックス】

＊お前はここでまた、手を止めた。定員が限られている条件下で無限競争をしても、全員が満足する結果を得られるわけではない。アキレスが前方のある地点まで行った分だけ、亀も前方のある地点まで行くから、アキレスは永遠に、先にスタートした亀に追いつけないというのがゼノンのパラドックスだ。定員一人の条件で二人が競争する教育制度も同じだ。二人とも無限に努力するが、結局一人だけが選ばれ、もう一人はいくら努力しても同等の結果を得ることができない。こういう理由でお前はゼノンのパラドックスという比喩を使ったのだが、お前は書いたあとで、突然迷い始めた。もしゼノンのパラドックスがどんなものか知らない人が読んだ場合、お前の書いた文章は何の意味伝達も、価値生産もできないからだ。かといって、ゼノンのパラドックスを長々と説明した後に、したがって彼はゼノンのパラドックスを思い浮かべた、と書くこともできない。もしそんなことをすれば、アキレスを知らない人や、パラドックス、地点といった概念を知らない人のために、また

説明を付け加えなければならないからだ。お前はデリダの「差延」という概念と、削除の下でのエクリチュールという概念を連想し、デリダの書いたものの中に、「意図は消えないが、意図はその場において、もはや発話の全過程と体系を支配することはできない」という言葉を見つけた。お前はしばらく悩んだ。そしていくつかに分裂した。小説とは何か、教養のあるやつらだけが読むものなのか。何を言う。だからと言って、文学的選択を経ない日常言語で小説を書くことはできないじゃないか。いいや、問題はそこではない。日常言語を使ったからといって、情緒や感動がまったく伝わらないと言っているのじゃないんだ。だが、その日常言語というのも、実は新しい描写や物語の構造の中で適切な配置がなされた時に効果が出る。それなら、一つのテクストを読むと誰でも同じ情緒を持つということになるが、果たしてそうだろうか。たとえば、アレゴリーや象徴はどうだ？　すべての人が同じ解釈をするわけじゃないだろう。それなら、お前が言っているのは、結局、高級と低級に分けるというブルジョア的想像力だ。笑わせるんじゃない、お前こそ、微積分と九九を同じものとみなす還元主義者だ。何？　還元主義？　お前の使う言葉を見てみろ。無礼な士大夫の貴族野郎め。お前たちは皆、ロゴス中心主義に陥ってるんだ。お前はまた、何だ？　語ることのできないものについては、むしろ沈黙せよ。発話する言語が問題なのではなく、実はお前たちの頭の中にあるモジュールが問題なのだ。

お前は果てしなく分裂したが、分裂自体は問題ではないと考えた。ただ、分裂それ自体を容認できず、罵倒と暴力を通じて制圧しようとする無知な誤解がもっとも大きな問題であると思った。お前は分裂たちをすべて集めた。そして、答えを探すために一緒に努力しようと言ったが、そのうちのいくつかは、とうてい賛同できない、とお前の意見を黙殺した。それでお前はいっそう悲しかった。ガン細胞たちが虎視眈々《こしたんたん》と果てしない分裂を狙っているのに、自分の身体で繰り広げられている分裂すら、収拾できないことが、お前をいっそう疲れさせ、苦しめた。

＊1【クァンギョ】架空の地名。
＊2【本と寝た】小説家李承雨（一九六〇～）の作品に、「本と寝る」という中編小説がある。
＊3【孫昌渉】小説家。一九二二～二〇一〇。
＊4【士大夫】官吏。格式の高い家の人。
＊5【コナトゥス】conatus。自己保存をしようとする衝動や努力。

著者あとがき

日本のみなさん、こんにちは。パク・ソンウォンです。本は何冊も出したけれど、今まで一度も「あとがき」を書いたことがありません。日本での出版を前に、初めて「あとがき」を書くので胸がドキドキしています。

小説を書く前や書いている時、僕はいつも三つのものを身近に置いています。本と音楽とお酒です。僕は小学校高学年の頃から六、七〇年代の歌手たちの音楽をカセットテープに録音して聴いていました。当時は音楽を聴くのも、とてもたいへんでした。今はインターネットでダウンロードしたり、MP3やCDプレイヤーで聴いたりできますが、以前は聴きたい曲があれば、レコード屋に行ってテープに録音してくれと頼まなければなりませんでした。もちろん高いお金を払うのです。曲のリストを持っていくと店の主人は、叔父さんか、年の離れたお兄さんのお使いで来たのか、と尋ねたものです。子供が知っているはずのない曲ばかりでしたからね。思春期には「ロックやヘビメタが聴けないなら死んだ方がましだ」と騒いでいたくせに、今ではろくに聴きもしません。子供の頃から今に至るまでずっと好きなのは六、七〇年代のフォークソングです。プロテスト精神やアンチ商業主義があるからです。

僕が好きなのは、メジャーな商業システムとは関係なく、アーティストが自分の表現したいことにこだわった音楽です。レコードがなかなか手に入らなくて、今でもあちこち探し歩かなければなりませんが、そんな歌は大衆にも商業システムにも媚を売ることがないので歌詞は抵抗精神に満ち、ほんとうに自由なのです。

最近の歌は実際に演奏するのではなく、コンピュータでサンプリングをしたり、プログラムを使って合成したりしてつくるものが多いのです。だけど僕が好きなのはギター、ベース、ドラムなど、それぞれの楽器の特性を生かした曲と、ほんとうの演奏を通して生み出される音楽です。

良い音楽は想像力をかきたててくれます。僕は音楽を聴きながらその時代を理解し、個人の苦痛を想像し、現代に置き換えて考えます。そうして物語をつくり、拡げていくのです。読書が僕の小説の蛋白質であるなら、音楽はビタミンです。この本に収められた作品を書く時も、音楽をたくさん聴いていた記憶があります。

＊

最後にこの場をお借りして、日本の友人たち、先生方に挨拶を送ります。みなさまお元気で。近いうちにまたお会いしましょう。

二〇一二年九月　朴《パク》 晟源《ソンウォン》

訳者あとがき

『都市は何によってできているのか』に描かれているのは、大都会をさまよう現代人の孤独で悲しい姿である。登場人物たちは「真実とは何か」、「真実は存在するのか」という問いに翻弄され、常識的な価値観は巨大な虚構ではないかと疑いつつも、その代案を見つけられない。テーマ自体は極めて内省的で、厭世的と言ってもよいのに、ユーモラスでスピード感のある文章が、作品を軽快に読ませてくれる。

本書に収められた八つの作品は独立した短編として雑誌に発表されたものであるが、「キャンピングカーに乗ってウランバートルまで」と「キャンピングカーに乗ってウランバートルまで　2」、「都市は何によってできているのか」と「都市は何によってできているのか　2」はストーリーが連続しており、「キャンピングカーに乗ってウランバートルまで」の「僕」は「都市は何によってできているのか　2」にも登場する。「キャンピングカーに乗ってウランバートルまで　2」の主人公である二〇六九年生まれの「僕」は、作者によると前作の主人公の孫で、民宿「ウランバートル」の主人の曾孫だそうだ。作品の時間は円環のごとく繰り返され、父子の関係は反復される。物語の結末はねじれながらぐるりと回って、物語の発端に戻る。もっともこの円環構造は、全く同じことを繰り返すのではない。

家族とは何か。未来はほんとうにあるのか。文学は何かをなし得るのか。人と人は理解しあえるのか。パク・ソンウォンは登場人物たちの悩みを解決してやることはできない。しかし時間の外部を夢見る都会の遊牧民たちにとって彼の作品は、抱きしめたい、曾祖父のリュックのごとき存在には、なれるはずである。

韓国文学翻訳院、クオンの金承福社長、編集の谷郁雄さん、デザインの寄藤文平さん、鈴木千佳子さん、その他、スタッフの方々に、この場を借りて感謝を捧げたい。

二〇一二年九月三十日　　吉川凪

パク・ソンウォン（朴晟源）

1969 年、韓国慶尚北道《キョンサンブクト》大邱《テグ》市に生まれる。

東国《トングク》大学大学院修了。現在、啓明《ケミョン》大学文芸創作学科教授。

『文学と社会』1994 年秋号に短編小説「遺書」を発表して以来、

これまでに小説集『異常《イサン》・李箱《イサン》・理想《イサン》』

（文学と知性社、1996、李箱 [1910 ～ 1937] は韓国の詩人）、

『俺を盗め』（文学と知性社、2000）

『僕らは走ってゆく』（文学と知性社、2005）

『都市は何によってできているのか』（文学トンネ、2009）を出版している。

今日の芸術家賞（2003）、現代文学賞（2010）、

現代仏教文学賞（2012）受賞。

現代的な主題、奇抜なストーリーと、その不可思議な世界に読者を無理なく

引きこむ巧みな表現力によって高い評価を受けている作家である。

吉川凪（よしかわ　なぎ）

大阪生まれ。

新聞社勤務の後、韓国仁荷《イナ》大学国文科大学院で韓国近代文学を専攻。文学博士。

著書『朝鮮最初のモダニスト鄭芝溶《チョンジヨン》』、訳書『ねこぐち村のこどもたち』『リナ』

『この世でいちばん美しい別れ』『申庚林《シンギョンニム》詩選集　ラクダに乗って』など。

都市は何によってできているのか　新しい韓国の文学 05
2012 年 10 月 10 日　初版第 1 刷発行

〔著者〕パク・ソンウォン（朴晟源）
〔訳者〕吉川凪

〔編集〕谷郁雄
〔装丁・本文デザイン〕寄藤文平＋鈴木千佳子（文平銀座）
〔カバーイラスト〕鈴木千佳子
〔ＤＴＰ〕廣田稔明

〔発行人〕金承福
〔発行所〕株式会社クオン
〒 104-0052
東京都中央区月島 2-5-9
電話　03-3532-3896
FAX　03-5548-6026
URL　www.cuon.jp

〔印刷〕モリモト印刷株式会社
〔製本〕株式会社新広社／株式会社川島製本所
（この本は PUR 製本でつくりました）

ISBN 978-4-904855-15-7 C0097